Buntstei

Frank Schlender

MITSUKOSHI

Roman

Buntstein

1. Auflage 2016

Satz/Layout: Martina Stolzmann
Covergestaltung: Nele Schütz Design, München
Lektorat: Saskia Wagner

Druck: CPI – Clausen & Bosse, Leck
Made in Germany
ISBN: 978-3-95669-031-0
www.buntstein-verlag.de

Myn liver jong.

Nachdem unsere Wege sich getrennt hatten, habe ich die letzten Jahre mit dem Wiederaufbau des zerstörten Klosters Kongobu-ji verbracht. Doch nur noch wenige trockene Blätter sind an meinem Schicksalsstrauch verblieben. Wie ich Dich kenne, wirst Du Dich meinem Wunsch widersetzen und trotzdem versuchen, Dich hierherzubegeben. Doch Du wirst zu spät kommen.

Ich habe den Abt des Klosters Kongobu-ji gebeten, meinen Wünschen zu entsprechen. Er kennt die Bräuche meiner Heimat und wird die richtige Wahl der nötigen Handlungen treffen. Ich habe Dich zum Erbe meiner wenigen Besitztümer bestimmt. Der Oberpriester wird sie für Dich aufbewahren. Zögere nicht, sie in Deinen Besitz zu bringen, sollte sich Dir eine Gelegenheit dazu bieten. Du bist noch jung, aber das Auskommen auch langgedienter Samurai reicht heutzutage oft gerade mal für eine Handvoll Katayaki-Kekse im Monat und niemand sollte gezwungen sein, aus Stolz zu verhungern.

Diese Erkenntnis gehört jedoch zu den weniger wichtigen Werten meines schmalen Erbes. Darunter findest Du auch ein Geheimnis von großer Tragweite für das gesamte japanische Volk. Dieses Geheimnis kann ich niemand anderem als Dir anvertrauen. Ich weiß, Du wirst dieses Wissen weise verwenden.

Cornelis Maurits Vanderveer

Daimyo Takayama Tomoteru hatte eine schlechte Nacht hinter sich gebracht. Mit Anfang Vierzig, seinem Übergewicht, schütterem Haar und langsam faulenden Zähnen gehörte der Fürst bereits zum alten Eisen. So schätzte er sich zumindest selbst ein. Ihm lief die Zeit davon. Nicht mehr viele Jahre würden ihm vergönnt sein, sein Lebensziel zu verwirklichen. Den Titel des Shoguns zu erringen, füllte sein Denken fast vollständig aus. Eine lange Spur getilgter Seelen pflasterte seinen Schicksalsweg zum Herrn der Burg Fukashi. Zehn endlos lange Jahre hatte er nun seine Armeen immer weiter nordwärts geführt, von der heimischen Burg Sawa tief im Süden quer durch das halbe Land, hatte ein Fürstentum nach dem anderen niedergerungen und wenn nötig, die eingenommenen Burgen wieder aufbauen lassen. Das hatte vor allem viel Zeit gekostet; Zeit, die ihm inzwischen fehlte. Alles andere zählte für Daimyo Takayama nicht. Bitternis hatte das wenige, das noch von seiner Seele übrig war, zerfressen. Er war umgeben von einer Schar heimtückischer Speichellecker und Intriganten. Schlangen und Skorpione, die jeden seiner Tage voller Arglist und Missgunst beobachteten.

Finster blickte Daimyo Takayama beim Morgentee drein. Schlechte Kunde hatte sein Ohr erreicht. Immer auf dem neuesten Stand der Dinge zu sein, gehörte zu den wenigen offenen Geheimnissen seiner Macht. Seine Kundschafter hatte er über Dutzende Fürstentümer gestreut. Die ganze Nacht hatte er über die Neuigkeiten seiner Spione aus der Nachbarprovinz gegrübelt. Burg Hikone, nur wenige Tagesritte entfernt von Burg Fukashi, hatte angeblich seit einiger Zeit einen neuen Herrn. Warum, war unklar. Daimyo Nagao Kagetora hatte nun die Macht inne und erstaunlicherweise sagte Fürst Takayama dieser Name nicht das Geringste. Mit dem Vorgänger, Daimyo Nagao Sasaki, verband ihn eine lebenslange Fehde, die über die Jahrzehnte immer wieder mit kleineren Scharmützeln gepflegt wurde, ohne sich jemals auf dem Schlachtfeld persönlich gegenübergestanden zu haben. Nun war dieser Schicksalsfaden gerissen. Dieser Kagetora war aus dem Nichts aufgetaucht, behaupteten die Spione. Hatte Fürst Nagao ihn an Sohnes statt angenommen und zu seinem Nachfolger ernannt? Vielleicht war er ein Bastard einer der Kurtisanen Nagaos. Und da war doch noch Kagetoras Neffe Harukage, angeblich ein junger Hitzkopf, der wäre Daimyo Takayama nur recht gewesen. Junge Leute ließen sich viel einfacher beeinflussen. Harukage gab sich seltsamerweise damit zufrieden, nur in zweiter Reihe zu stehen. Ein schwaches Geschlecht, diese Nagao.

Fürst Takayama verzog angewidert sein Gesicht und röchelte in seine Trinkschale. Ein Tropfen Blut löste sich von seiner Nasenspitze und zog wirbelnde Fäden in der Tasse. Der Zeremonienmeister eilte herbei und reichte ihm mit einer tiefen Verbeugung eine neue Schale, ohne sich etwas anmerken zu lassen. Fürst Takayama zog ein seidenes Tuch hervor und tupfte seine wunde Nase ab. Seine Zeit lief ab.

Ein weiterer Kundschafter war zum Rapport erschienen. Der Mann im schmucklosen, schwarzen Gewand saß seit seiner Ankunft geduldig am anderen Ende des Empfangsraumes hinter einem mit aufwändiger Bemalung aus goldfarbenen Fasanen verzierten Wandschirm.

Der Zeremonienmeister klatschte in die gepflegten, schmalen Hände und winkte ungeduldig. Der Kundschafter huschte heran. Fürst Takayama bemerkte sehr wohl den katzenhaften, lautlosen Schritt des Mannes.

Der verharrte in seiner Verbeugung und wartete auf ein Zeichen, mit dem Rapport zu beginnen. Der Fürst zog das kleine gepolsterte Omaku für seinen Ellbogen heran und stützte sich auf.

Mit gesenkter Stimme, nahezu flüsternd, rasselte der Kundschafter seinen Rapport herunter. Der neue Herr auf Burg Hikone am nordöstlichen Ufer des Biwa-Sees hatte vor zehn Tagen mehrere Dörfer mit Hunderten Bauern zwangsverpflichtet, aber noch nicht zusammengezogen. In den Schmieden rund um die Burg war man damit beschäftigt, massenweise Lanzen herzustellen, kaum Bögen, nur wenige Katana.

Takayama winkte ab. Das alles war ihm schon bekannt. Ihn interessierte vielmehr die Kunde von schweren Waffen. Selbst die erfahrensten Krieger stürzten durch sie in den Tod, wie von den Göttern mit Blitz und Donner zu Boden gerissen. Feuer und Verderben spuckende Kanonen nach chinesischer Bauart wurden inzwischen immer wichtiger. Diese bedrohliche Macht wurde bereits in den Annalen der Vorfahren in düsteren Farben geschildert, vor allem in der Farbe Rot, der Farbe der Freude – und des Blutes.

Der Kundschafter wusste von Kanonen nichts zu berichten. Daimyo Takayama grübelte. Keine neuen schweren Waffen, keine marschbereiten Fußtruppen. Das waren eigentlich keine schlechten Nachrichten. Vielleicht reichte schon eine kleine, schlagkräftige Truppe von ein- oder zweitausend Mann aus, um Burg Hikone einzunehmen und den neuen Daimyo zu vertreiben. Damit wäre der Weg frei nach Kyoto. Niemand konnte Takayamas Heer dann mehr in den Rücken fallen. Falls auch noch das Wetter mitspielte, konnte er in zwei Monaten vor den Toren Kyotos stehen. Erstaunlicherweise hatte der Shogun bisher nicht reagiert. Mit den eroberten Legaten standen Fürst Takayama genug Reserven zur Verfügung, um ein wirklich beeindruckendes Heer auszuheben.

Der Daimyo nahm heimlich seine Finger zu Hilfe. Er träumte von einer Streitmacht aus mindestens dreißigtausend Mann, mit einem kleineren Aufgebot brauchte er es gar nicht wagen, Shogun Ashikaga in Kyoto aufzuscheuchen. Der Kaiser saß zurzeit weit weg in Edo in seinem goldenen Käfig und würde vermutlich dieses Jahr nicht mehr nach Kyoto zurückkehren, erst recht, wenn die Hauptstadt belagert wurde. Das Kaiserhaus war sich der Treue des Shoguns und seiner Generäle nicht immer sicher gewesen. In seinen Tagträumen sah sich Daimyo Takayama schon über dem leblosen Körper des Shoguns stehen und lachend dessen Platz einnehmen.

Es klopfte erneut. Der Zeremonienmeister schlüpfte herein. Er näherte sich dem Daimyo mit den vorgeschriebenen drei Verbeugungen.

»Herr, der weit gereiste Besucher ist nun da und bittet um Gehör.«

»Welcher Besucher? Etwa dieser Fremde?«

Ein Kurier mit einer Geheimdepesche war vor einigen Wochen eingetroffen. Der Brief enthielt eine beunruhigende Neuigkeit: Fremde aus einem weit entfernten Land waren tief im Süden bei Tanegashima mit einem chinesischen Schiff in einem Sturm gestrandet und hatten dort ihr Lager aufgeschlagen. Obendrein hatten sie eine Art primitiven Tempel errichtet, was geduldet wurde. Diese Fremden waren nicht nur simple Kaufleute, sondern auch Gesandte ihres Herrschers und Botschafter ihres Glaubens. Ihr Mon, so wurde berichtet, sollte ein schlichtes Kreuz sein. Das Zeichen des Hauses Takayama waren sechs in einem Kreis angeordnete, schwarze Sonnen mit einer siebten in der Mitte. Die Fremden, die angeblich kein Japanisch beherrschten, wurden von mehreren Einheimischen begleitet, die deren Sprache erlernt hatten und für sie sprachen.

»So – die Fremden sind also da.« Fürst Takayama nickte gnädig.

Die Wachen öffneten auf ein Zeichen des Zeremonienmeisters hin die breite Saaltür und ließen vier Personen herein. Die drei Männer, die vorausgingen, trugen schlichte, blaue Reisekimonos und waren unverkennbar Japaner. Die Gestalt dahinter überragte sie um mehr als einen Kopf und war in eine schwarze Kutte gehüllt wie ein Kulissenschieber beim Kabuki-Theater, einem Vergnügen, dem sich der Daimyo in letzter Zeit immer häufiger hingab. Auf seiner privaten, extra dafür im Garten errichteten Bühne ließ er sich vor allem Komödien vorführen. Kundschafter reisten durchs Land und engagierten Theatergruppen in fernen Städten. Wenn der Fürst ihrer Spielkunst überdrüssig geworden war, entlohnte er sie und sie wurden hinausgeworfen.

Die drei Japaner verharrten kniend auf dem Boden, der Fremde beließ es bei einem eher nachlässigen Nicken. Ein Samurai der Leibgarde sprang auf, bereit den Fremden in die Knie zu zwingen. Doch der Daimyo überging diese Frechheit ausnahmsweise großzügig.

Eine seltsame Gestalt – hager und bis zu den Füßen von einer Kutte bedeckt, die schmale Brust steckte in einer blechernen Hülle. Takayama bemerkte wohl die Ähnlichkeit mit den ledernen Rüstungen seiner Krieger, nur war die des Fremden offensichtlich vollständig aus Metall gefertigt. Unter der Kapuze quoll langes, strähniges Haar heraus. Die eng stehenden, dunklen Augen unter dünnen, steil aufragenden Brauen funkelten in Richtung des erhöhten Sitzes, auf dem der Fürst thronte. Unter einer gewaltigen, hervorstehenden Nase spross ein erstaunlich schmaler Schnurrbart, das spitze Kinn war hinter einem ebenso spitzen Bärtchen verborgen. Er glich einem Oni, einem bösen Geist. Fürst Takayama verlagerte langsam sein Gewicht.

Mitsukoshi Shinji am anderen Ende der Halle im Schatten einer breiten, blutroten Säule tat es ihm nach und spannte kurz seine Gesäßmuskeln an. Seit dem frühesten Tageslicht hatte er in der Kühle des Morgens auf Einlass gewartet. Als die Wächter ihre Runde machten und die Diener den Saal für die Audienz vorbereiteten, hatte er sich zusammen mit den Leibwächtern unauffällig hineingeschmuggelt und war hinter der ersten Säule in Deckung gegangen. In seiner Aufmachung unterschied er sich nicht von den anderen Männern der Garde. Niemand beachtete ihn. Das war ihm ganz recht. Gebannt verfolgte er den Auftritt dieses Fremden.

Dessen Besuch war auch Fürst Takayama nicht ganz geheuer. Persönlich war er vorher nur selten Fremden von außerhalb der Gestade Nippons begegnet. Diese düstere Figur war nicht das, was er erwartet hatte. Die fahle, ungesund wirkende Haut, der kümmerliche Spitzbart und dann diese Nase – als gehörte dieser riesige, krumme Zinken gar nicht zum Rest des Gesichtes. Absurd hässlich. Takayama ließ seinen rechten Zeigefinger kreisen. Der Zeremonienmeister trat exakt auf drei Schritte Abstand an den Stuhl heran. Die vier Leibwächter, die den Daimyo rund um die Uhr bewachten und zu beiden Seiten der langen Halle ihre angestammte Position hielten, legten ihre Hände auf die Griffe ihrer Klingen, deutlich sichtbar für den Fremden.

Der Fremde verzog keine Miene, lediglich seine Augenlider senkten sich halb herab, als ob er jeden Moment einschliefe. Außer dem Daimyo konnte dies niemand sehen, also war es wohl Absicht. So etwas hatte unter diesem Dach und an diesem Ort noch niemand gewagt, der mit seinem Kopf auf den Schultern den Saal wieder verlassen wollte – wofür es keinerlei Garantie gab. Niemand würde es wagen, den Zorn des Daimyo leichtfertig zu wecken. Aber statt Verachtung verspürte der Fürst amüsiert eine winzige Spur Respekt aufkeimen. Im gleichen Moment tat er es wieder ab; der Fremde wusste es einfach nicht besser.

Nach einer ausreichenden Weile gab der Zeremonienmeister das Zeichen des Daimyo weiter. Die drei Japaner in den dunkelblauen Reisekimonos erhoben ihre Häupter, hielten aber ihre Blicke gesenkt.

»Herr, wir bringen frohe Kunde. Ein fernes Königreich sendet einen Abgesandten, einen Mann des Handels und des Glaubens. Seine Heimat liegt viele Wochen beschwerlicher Reise entfernt am Ende der Welt, sein Herrscher sendet in seiner Weisheit Grüße und Präsente.«

Daimyo Takayama beachtete die Kisten und Schachteln nicht weiter, die hastig von Dienern in der Mitte des Saales vor dem Besucher aufgestapelt wurden. Er warf einen fragenden Blick auf seinen Zeremonienmeister. Der eilte nach einer kurzen Verbeugung zu den Kisten, hob bei einer den Deckel an und wühlte kurz darin herum.

»Und?«, knurrte Takayama.

»Tand. Kleine Spiegel, Hornkämme, Broschen, Perlenketten – und dies.« Der Zeremonienmeister hob ein kleines Holzkreuz aus der Kiste.

Takayama hatte so etwas schon einmal gesehen. In der geheimen Depesche war dieses Kreuz abgebildet gewesen. Das Mon des Gottes der Fremden. Nicht besonders eindrucksvoll, dieses Zeichen. Takayama nickte dem Zeremonienmeister kaum sichtbar zu. Der eilte mit dem Kreuz in der Hand zu seinem Herrn und übergab das Objekt mit einer tiefen Verbeugung. Takayama wog das Kreuz in der Hand. Es war ungewöhnlich schwer für ein Stück geschnitztes Holz. Er drehte es zwischen den gepflegten Fingern. Es war sogar lackiert. Nicht so kunstvoll wie japanische Holzarbeiten, aber doch eine schöne Arbeit. Es duftete leicht nach bitterem Baumharz. Am oberen, kurzen Ende war eine kleine Metallöse eingelassen. Sehr schlicht, eher plump denn elegant. Ein Lächeln umspielte die Miene des Daimyo.

»Das muss ja ein armer Herrscher sein, wenn er solche Geschenke schickt.«

Das Gesicht des Gesandten blieb versteinert, während einer der Japaner leise flüsternd übersetzte. Der Fremde erhob seine Stimme – unerhört. Niemand durfte sich an den Daimyo wenden, ohne dazu aufgefordert worden zu sein. Leises Zischen drang aus der Reihe der Leibwächter durch den Saal. Der Zeremonienmeister blickte erschrocken den Fürsten an und schlug den Blick nieder.

In diesem Moment öffnete sich an der Seite des Thronraumes eine Schiebetür zum Nachbarraum. Tomonaga, der jüngste Sohn des Daimyo, platzte herein mit einer Papierlaterne an einer Stange in den winzigen Fäusten. Hinter ihm eilte seine Kinderfrau heran und erstarrte in einer tiefen Verbeugung. Der Junge stolperte über seinen Hakama und plumpste der Länge nach hin. Während er tapfer einen Aufschrei unterdrückte, rappelte er sich wieder hoch. Die Kinderfrau zauderte, ihrem Zögling zu helfen, dann entschied sie sich weise, auf ihrem Platz zu verharren. Der Junge, er mochte wohl drei Jahre alt sein, tapste zu seinem Vater hinüber, der den Vorgang seines Sprösslings ohne jegliche Regung beobachtete. Stolz präsentierte ihm der Kleine die Papierlaterne mit dem Zeichen des Hauses Takayama und erhielt im Austausch dafür das kleine Holzkreuz, das er interessiert zwischen den kleinen Fingern drehte. Lachend hieb er mit dem neuen Spielzeug mehrmals auf den Fußboden ein. Das hölzerne Pochen hallte durch den Saal.

Daimyo Takayama blickte von seinem Sohn wieder zu dem Gesandten, dessen Augen das Geschehen sorgfältig verfolgten.

Der kleine Fürst trappelte strahlend zu seiner Kinderfrau zurück, die rasch hinter ihm wieder die Wand verschloss.

Der Fremde setzte seine Ansprache ungerührt fort, bis ihm der Zeremonienmeister energisch Einhalt gebieten wollte.

»Nein, nein, er kennt unsere Etikette nicht, lasst ihn sprechen«, murmelte der Daimyo gnädig.

Doch der Fremde war offenbar bereits zum Ende seiner Ansprache gekommen. Er rang sich eine kleine Verbeugung ab. Auf einen Wink des Zeremonienmeisters hin übersetzte einer der Japaner das Gesprochene.

»Xaverius ist ein Diener seines Gottes, genannt Kristos. Er ist ein frommer Gottesdiener, der Euch mit den Worten seiner heiligen Schrift erfreuen möchte. Sein Herrscher sendet diese Geschenke, nicht sein Gott. Xaverius bringt wichtigere Geschenke, das Wissen seiner Welt.«

Daimyo Takayama gähnte demonstrativ. »Wissen haben wir genug, also ist sein Geschenk ein wertloses Geschenk.«

Der Fremde sprach erneut, noch bevor der japanische Begleiter seine Übersetzung beendet hatte.

»Ehrenwerter Fürst Takayama. Der Gesandte hat viele Dinge bemerkt auf der Reise hierher, vor allem fand er die Waffen der Krieger bemerkenswert schwach. Die Kriegerkaste in seinem Land verfügt über wesentlich mächtigere Waffen.«

»Was?«

Der Tonfall des Daimyo bewirkte, dass die Leibwächter mit gezogenem Schwert aufsprangen. Die drei Japaner zuckten zusammen und stolperten fast übereinander. Der Fremde zog langsam die Kapuze seiner Kutte herunter. Seine Haare waren dunkelbraun, fast schwarz, und oben auf dem Schädel kreisrund abrasiert. Wirklich hässlich.

Der Daimyo hätte jetzt den lästigen Besucher ein für alle Mal zum Schweigen bringen lassen können, aber er tat es nicht. Wer es wagte, den Fürsten so offen zu beleidigen, war ein Narr. Oder schlimmer noch: Er sprach die Wahrheit.

»Wartet, lasst ihn.«

Die Leibwachen zogen sich ungläubig wieder auf ihre Plätze zurück. Die drei ängstlichen Übersetzer sammelten ihren Mut und verbeugten sich tief.

»Schwerter sind Waffen der Vergangenheit. In seinem Land werden immer seltener die Klingen gekreuzt, mächtigere Waffen haben sie abgelöst.«

Der Daimyo stutzte. »Erklärt Euch oder meine Männer überzeugen Euch von der Macht unserer Schwerter!«

»Xaverius wird dieser Bitte mit Freuden nachkommen.«

Auf ein Zeichen des Fremden öffnete einer der Japaner eine der länglichen Holzschachteln, die zwischen den anderen Kisten gestapelt waren. Der Zeremonienmeister eilte heran und nahm dem Mann die Schachtel ab. Vorsichtig setzte er sie vor dem Fürsten ab. Takayama konnte nicht erkennen, was sich, in roten Stoff gehüllt, darin befand. Er machte eine ungeduldige Handbewegung mit seinem Fächer. Der Zeremonienmeister brachte die Kiste zurück zu dem Fremden. Der griff hinein und entfaltete den Stoff. Dann entnahm er der Kiste einen länglichen, unförmigen Knüppel, den er in seine Armbeuge bettete.

»Diese Waffe zerstört auf fünfzig Schritte alles. Sie ist leicht und kann von einem Mann bedient werden. Selbst von einem Bauerntölpel. Und davon habt Ihr ja reichlich in den Reihen Eurer Armeen.«

Alle in dem Raum hielten den Atem an. Der Daimyo fixierte die unheimliche Gestalt in der dunklen Kutte. Erst hörte es sich an, als ob er sich verschluckt hätte, aber er lachte leise.

»Dann lasst Euren großen Worten doch mal Taten folgen. Beeindruckt mich! Nur zu!«

Der Fremde lächelte zum ersten Mal – ein unheimlicher Anblick. Er hantierte eine Weile mit dem Gerät herum, dann zog er einen Feuerstein aus der Kutte und schlug ein paar Mal gegen die Metallröhre, die aus dem Knüppel herausragte. Ein Funken sprang über und zischend entbrannte der Geist der Waffe am unteren Ende der Röhre. Der Fremde warf sich herum und zielte damit auf die Eingangspforte. Ein ohrenbetäubender Krach fegte alle Anwesenden von ihren Sitzen, gefolgt von einem feurigen Blitz wie in einer Sturmnacht. Die Leibwächter hielten sich geblendet die Hände vor die Augen, der Zeremonienmeister stolperte seitwärts und stieß sich den Kopf an einer Säule, viele krabbelten bäuchlings in alle Richtungen und vor Schreck wimmernd davon. Daimyo Takayama war am weitesten entfernt von der Explosion und somit als Erster wieder bei Sinnen. Hastig tastete er nach seinem Schwert und fuchtelte damit abwehrend vor sich in der Luft herum.

Mitsukoshis Puls raste. Vor seinen Augen tanzten bunte Sterne und sein Gehör hatte ausgesetzt. Er rollte bis zur hinteren Seitenwand. Instinktiv wollte er die Papierwand durchschlagen und von diesem schrecklichen Ort fliehen, aber seine Ausbildung hielt ihn davon ab. Behände sprang er auf die Beine und stürmte mit gezogener Waffe gemeinsam mit den anderen Samurai der Garde in Richtung des Fremden.

»Halt!« Die durchdringende Stimme des Daimyo hielt sie von weiteren Taten ab.

Dichter Pulverdampf wallte in der Luft und biss in den Lungen. Der Fremde war schemenhaft nach wie vor in der Mitte des Raumes zu erkennen, er hatte sich nicht einen Schritt bewegt. Mitsukoshi erschrak. Das war ein mächtiger Zauber, schoss es ihm durch den Kopf. Dieser Kristos schien eine mächtige Gottheit zu sein, wenn seine Anhänger solche Magie beherrschten. Der Dampf lichtete sich langsam. Wo sich vorher die breite Eingangspforte befunden hatte, ragte nur noch der Stumpf einer Säule aus dem lädierten Boden. In der zerfetzten Türbespannung gähnte ein gewaltiges Loch. Vor der Pforte lagen hingestreckt die Körper der beiden Wachen, die dort gestanden hatten. Ihre leichten Lederpanzer waren am Rücken aufgerissen.

Mitsukoshi biss sich auf die Zunge und drehte sich langsam in Richtung des Fürsten um. Der stand mit gezogenem Katana vor seinem umgekippten Omaku und lachte schallend. Hinter ihm waren mehrere Krieger durch die Seitentüren hereingestürmt, um ihn abzuschirmen. Der Zeremonienmeister scheuchte einen Diener herbei, damit er die Armstütze des Fürsten wieder aufrichtete. Der ließ sich langsam wieder nieder und schickte seine Wachen mit einer Kopfbewegung fort. Der Fremde senkte die immer noch rauchende Waffe zu Boden und sprach ganz ruhig weiter. Der Zeremonienmeister trat einem der Übersetzer in den Allerwertesten.

»Ich hoffe, diese Waffe gefällt Euch, Fürst. Ich mache sie Euch zum Geschenk.«

Der Daimyo fächelte sich Luft zu und überlegte. »Was habt Ihr noch zu bieten?«

Mitsukoshi war wieder hinter der Säule in Deckung gegangen und traute seinen Ohren nicht. Sein Herr ging wirklich auf den Fremden ein? Das war sehr ungewöhnlich. Zwei Diener zogen draußen hastig die Leichen aus dem Blickfeld. Zurück blieben zwei dunkle, feucht glänzende Blutschlieren zwischen den herumliegenden Holzsplittern und Papierfetzen.

»Ich denke, Ihr werdet dieses Geschenk sehr nützlich finden, wenn Eure Männer erst einmal damit umgehen können.«

»Es wäre unhöflich, solch ein außergewöhnliches Geschenk ohne eine Gabe an den Überbringer anzunehmen. Habt Ihr einen Wunsch?«

Mitsukoshi schluckte. Das war jetzt langsam unerhört, wenn nicht unheimlich. Er verharrte stocksteif außer Sichtweite hinter der Säule. Die Sprache der Politik war ungewohnt für Mitsukoshi, genauso wie ihre Spielregeln, also sperrte er seine pfeifenden Ohren so weit auf, wie er vermochte. *Nutze jede Gelegenheit etwas zu lernen*, war einer der drögen, oft wiederholten Leitsprüche seines Meisters gewesen. Auf einmal ergab dieser Spruch einen Sinn.

»Empfangen zu werden ist bereits zu viel der Ehre. Xaverius wäre damit zufrieden, Euch mit dieser Demonstration erfreut und Euer Interesse geweckt zu haben. Die Kriegskunst ist auch in seiner Heimat hoch angesehen und hat viele Meister und nützliche Erkenntnisse hervorgebracht. Er wäre hocherfreut, Euch mit seinem Wissen dienen zu können.«

Mitsukoshis Ohren pulsten langsam, so strengte er sich an, die Worte durch den dumpfen Schleier, der sich auf sein Gehör gelegt hatte, zu verstehen. *Wissen ist eine zweischneidige Sache*. Schon wieder so eine stets wiedergekäute Litanei Sensei Vanderveers. Es kam auf die Verwendung an, nicht auf das Wissen an sich. Das leuchtete sogar Mitsukoshi ein. Während er noch darüber nachgrübelte, bemerkte er nicht, dass auf einmal der Zeremonienmeister vor ihm stand.

»Auf die Füße, Bursche!«, herrschte dieser ihn an. »Was machst du hier?«

Mitsukoshis Nasenspitze schlug fast auf dem Fußboden auf, so schnell verbeugte er sich. »Ich habe die ganze letzte Woche auf eine Audienz gewartet. Heute hatte ich das unvorstellbare Glück, vorgelassen zu werden.« Mitsukoshi wagte nicht, den Kopf zu heben.

Der Zeremonienmeister blickte kurz auf die Wachstafel in seiner Hand. »Ah, Mitsukoshi – nicht? Du bist erst seit Kurzem im Dienst des Fürsten. Sprich!«

»Das trifft zu. Seit nunmehr einem Mond bin ich ein treuer Diener des Hauses Takayama.«

»Und was hat dich dazu gebracht, kaum dass du hier Unterschlupf gefunden hast, um eine Audienz zu bitten?«

Mitsukoshi hob seine Nasenspitze vom Boden. Sein Gehör war immer noch nicht vollständig zurückgekehrt.

Also konnte es dem Zeremonienmeister nicht besser gehen. Vermutlich brüllte er deshalb so. »Mein Sensei ist verstorben und ich habe eine Nachricht erhalten, dass er mir sein Erbe hinterlassen hat. Nun bitte ich um die Gunst, dieses Erbe antreten zu dürfen. Ich weiß, dies ist ein verwegener Wunsch, zumal ich erst so kurz im Dienste des Fürsten stehe.«

»Schweig! Du schwatzt viele unnütze Worte.« Der Zeremonienmeister huschte affektiert zurück zum Daimyo.

Mitsukoshi blieb auf seinem Platz.

Nach einigen Augenblicken kehrte der Zeremonienmeister zurück. »War dein Meister nicht ein Gaijin?«

Mitsukoshi hob seinen Kopf.

Der Fremde war an die Seite zurückgetreten, einer seiner japanischen Begleiter flüsterte ihm etwas zu.

»Mein Meister war Sensei Vanderveer Cornelis aus den fernen Niederen Landen von Brabant, Baumeister und Meister der Sternkunde, der Mathematik und der alchemistischen Künste.« Mitsukoshi spürte förmlich den durchdringenden Blick des Fremden auf sich ruhen.

»Und was ist das für ein Erbe?«

»Das weiß ich leider nicht. Ich vermute, er hat mir einen Teil seines großen Wissens hinterlassen. Den Teil, den ich nicht mehr verdauen konnte, als ich vor drei Jahren in das ehrwürdige Kashima Shinto Ryu als Samurai-Adept eintrat, um danach in die Dienste meines gnädigen Fürsten Takayama treten zu können.«

»Verdauen ist gut«, spottete der Zeremonienmeister und eilte zurück zum Fürsten.

Mitsukoshi linste quer durch den Saal. Daimyo Takayama ließ sich frische Luft zufächeln und brummte etwas Unverständliches. Darin mischte sich das Zischeln des Fremden.

»Was hat unser explosiver Gast zu bemerken?«, erkundigte sich der Fürst, nachdem das Zischeln nicht aufhörte.

»Xaverius sagt, dass Holländer gottlose Menschen, niederträchtige Ungläubige sind. Meister der Lüge und der Zwietracht, Schlangen gleich, die zertreten werden müssen und unwürdig unter Euren Augen wandeln zu dürfen, mein Fürst.«

»Soll wohl heißen, er mag sie nicht besonders«, murmelte Takayama leicht belustigt. »Warum nur?«

Mitsukoshi tat etwas Unerhörtes, was ihn seinen Kopf oder zumindest seine Stellung kosten konnte: Er erhob seine Stimme. »Das ist eine Lüge!«

Alle Augen richteten sich auf ihn, auch die des Fremden, der ziemlich erstaunt über die plötzliche, lautstarke Unterbrechung seiner Hasstirade schien. Der Zeremonienmeister rollte mit den Augen. Mitsukoshi war aufgesprungen, ebenso die Leibwächter, ihre Katana griffbereit.

»Sensei Vanderveer war der ehrlichste, gütigste, wenn nicht sogar der weiseste aller Lehrmeister, den man sich vorstellen kann. Nicht eine verachtenswerte Lüge ist ihm je über die Lippen gekommen, nie ein falsches Wort!« Das stimmte zwar nicht, aber das war im Moment egal. Meister Vanderveer war ein Meister zweideutiger Sprüche und absurder Flüche gewesen.

»Hatte dein hochgelobter Meister auch Kenntnis von solchen Waffen?«, erkundigte sich der Daimyo zur Verblüffung aller Anwesenden.

»Bestimmt!« Im gleichen Moment erschrak Mitsukoshi über seine vorschnelle Antwort, aber er ließ sich nichts anmerken. »Nun – so genau weiß ich es nicht, darüber habe ich nie mit ihm gesprochen.« Mitsukoshi klappte zusammen, seine Nase fest auf die polierten Dielen gepresst. Sein Herz pochte lautstark in den Ohren.

Fürst Takayama überlegte nur kurz. Die Reaktion des Fremden war irritierend. Er winkte einen seiner Generäle heran, der die Truppen am Hofe kommandierte.

»Was wissen wir über diesen …?«

»Vanderveer. Ein Mönch, soweit ich weiß. Er hat diesen Burschen vor Jahren aufgelesen und ihn unterrichtet. Dann ist dieser undankbare Jüngling ausgerissen und hat sich im Dojo nördlich von Edo eingeschlichen. Er ist noch nicht lange in Euren Diensten.«

»Eingeschlichen? Was heißt das?«

Der General zuckte mit den Schultern. »Er trug alle erforderlichen Schriftstücke bei sich. Die Siegel schienen nicht gefälscht.«

Die Augenbrauen des Daimyo wanderten nach oben. »Das wird ja immer interessanter.«

Der General nickte. »Aus diesem Grund haben wir uns entschieden, ihn in Eure Dienste aufzunehmen. Das Dojo hat einen guten Ruf. Dieser Frischling wurde sogar in der Kunst der Shinobi ausgebildet, wenn auch nur kurz. Selbst schreiben, lesen und rechnen kann er. Nicht besonders gut, aber immerhin.«

»Erstaunlich.«

»Fragt sich, was er noch alles bei seinem Meister gelernt hat«, brummte der General. »Ein ungewöhnlicher junger Mann, aber ein Hitzkopf. Seine Schwertkünste sind ausgezeichnet. Ich werde ein Auge auf ihn haben, mein Fürst.« Auf einen Wink hin zog er sich zurück.

»He, Bursche. Ich höre, du hast Talent. Um was genau bittest du mich?«, fragte der Fürst.

Mitsukoshi traute seinen Ohren nicht. Er hob langsam seinen Kopf. »Ich erbitte Freigang, um zum Kloster meines Sensei in den Bergen Yamatos zu reisen. Dort kann ich sein Erbe antreten.«

»Wie lange wird dies dauern?«

»Nicht mehr als zwei Monde. Dann kehre ich zurück.«

»Gestattet.«

Mitsukoshi war überrascht.

Fürst Takayama wedelte mit seinem Fächer. »Hinfort! Und halte auf der Reise Augen und Ohren offen. So wie du es gelernt hast. Verstanden?«

Mitsukoshi hatte verstanden. Jetzt war er obendrein auch noch geheimer Kundschafter. Das kam unerwartet und schmeichelte ihm ein wenig. Er verbeugte sich tief und verließ rückwärts den Audienzsaal.

Der General beugte sich zu seinem Herrn hinüber. »Was kann das Erbe dieses Gaijin schon Großartiges sein, mein Fürst?«

Fürst Takayamas Blick wanderte zu dem finsteren Ausländer hinüber, der das Gespräch mit zusammengekniffenen Augen aufmerksam verfolgt hatte. »Es muss etwas Außergewöhnliches sein, sonst wäre dieser dort nicht so außer sich. Um ganz sicherzugehen, entsendet einen Shinobi, der den Burschen im Auge behält. Wählt einen guten Mann, einen erfahrenen, der dafür sorgt, dass das Geheimnis dieses toten Sensei auf jeden Fall in unsere Hände gerät, was immer es auch sei.«

Beim Verlassen des Audienzsaals stieg Mitsukoshi vorsichtig und breitbeinig über die Blutlachen. Er trug nur Zoris, die sich vollgesaugt hätten. Gutgelaunt stieg er hinab zu den Samurai-Quartieren auf der anderen Seite des Hofes. Dort teilte er sich mit drei anderen eine Kammer. »Das war ja einfach«, murmelte er, als er sein leeres Quartier betrat. Seine Kameraden waren vermutlich gerade mit Waffenübungen auf dem Burghof beschäftigt. Ein kurzer Blick aus dem Fenster bestätigte diese Vermutung.

Seine Kameraden auf dem weiten Platz waren gerade mit Tameshigiri beschäftigt. Zahlreiche zerhackte Tatamirollen lagen verstreut über dem Sandplatz. Dutzende junge Samurai der Wache standen schwer atmend um ihren Kommandanten, der die Ergebnisse der Hiebversuche kopfschüttelnd auf einer Wachstafel festhielt. Nach jedem Hieb kamen Helfer angerannt, zogen die zerhackten Tatamirollen von den mittlerweile arg zerschlissenen Pfählen und stülpten neue Rollen über. Der Vorratsstapel war schon auf wenige Exemplare geschrumpft.

Meister Hayashi, der einäugige Hofschmied, hielt sich im Hintergrund. Wie immer hockte er bei den Schwertübungen auf einem Baumstumpf vor seiner Schmiede, das weißbärtige Kinn auf beide Hände gestützt. Mitsukoshi wunderte sich, wie der alte Mann mitansehen konnte, wie seine Schwerter bei dieser Übung so misshandelt wurden. Ganz abgesehen davon, dass er danach die Hakobore aus den Schneiden auswetzen musste. Oft waren die Scharten so tief, dass ihm nichts anderes übrig blieb, als die Schwerter wegzuwerfen und neue zu schmieden. Seine rußbedeckten Helfer wachten argwöhnisch über den schwindenden Vorrat an Rohklingen. Ihre Augen leuchteten wie Sterne am Nachthimmel aus ihren schwarzen Gesichtern. Bei jedem Hieb auf die Tatamirollen zuckten sie deutlich sichtbar zusammen. Oft wurden heimlich Wetten darüber abgeschlossen, wem es wohl als Erstem gelang, ein Schwert gleich mit dem ersten Hieb zu zerbrechen. Das mündete jedoch unweigerlich in einem todlangweiligen Vortrag des Kommandanten, warum ein sorgfältig gepflegtes Katana der wertvollste Besitz eines jeden Samurai war.

Mitsukoshi wunderte sich zunächst darüber, warum keiner der rund hundert Samurai der Wache, alarmiert von der Explosion, mit ihrem wertvollsten Besitz in der Hand zum Audienzsaal hinaufgestürmt war. Doch dann ließ ein dumpfer Knall den Boden vibrieren. Auf der gegenüberliegenden Seite des Tales stieg hinter den Bäumen eine kleine Rauchwolke auf. Die Kanoniere des Daimyo waren mit Zielübungen beschäftigt. Seit Wochen hatten die Aktivitäten rund um Burg Fukashi immer weiter zugenommen. Was dies bedeutete, lag auf der Hand. Fürst Takayama bereitete mal wieder einen Feldzug vor. Dafür zog er alle möglichen Truppen zusammen – Samurai und andere Reiter, Fußvolk, Bauern mit Knüppeln und Lanzen. Nach Berichten älterer Samurai versuchte Fürst Takayama seit nunmehr zehn Jahren, sich möglichst viele der benachbarten Fürstentümer einzuverleiben. Mal gelang es ihm, und er hinterließ Besatzungstruppen, die ihm beim nächsten Feldzug wieder fehlten. Mal scheiterte er und musste sich wieder hinter die Mauern einer Burg zurückziehen. Dann wurden ihm große Teile seiner Truppen abspenstig, weil er sie mit hohlen Versprechen allein nicht an sich binden konnte. Eigentlich konnte er sich nur der Loyalität seiner Samurai sicher sein. Aber die waren dafür teuer im Unterhalt. Ein Grund, warum man den Schatzmeister des Fürsten stets nur mit finsterer Miene antraf.

Mitsukoshi schob den Shoji gleich neben dem Eingang beiseite, in dem sich sein Tansu befand. Er nahm den Deckel des Kastens ab und wühlte in seiner Kiste nach dem Lederbeutel, der sein gesamtes Barvermögen enthielt. Nachdenklich ließ er die wenigen Münzen in seine Hand gleiten. Auch nach erneutem Nachzählen wurden es nicht mehr. Er versuchte zu kalkulieren, ob es für die lange Reise zum Kloster und zurück reichen würde.

Er überlegte, was noch zu bedenken war. Er musste sich tarnen, denn er würde Fürstentümer durchqueren, von denen er gar nicht wusste, ob sie mit dem Haus Takayama befreundet waren. Vermutlich nicht – mehrere davon hatte der Fürst vergeblich versucht einzunehmen. Dann gab es da noch marodierende Banditengruppen und zahllose herrenlose Samurai, die durch das Land streiften und vor denen man sich lieber in Acht nehmen sollte. Also war es wohl weiser, nicht in den Farben des Hauses Takayama aufzufallen.

Leichter gesagt als getan. So gut wie alle Kleidungsstücke Mitsukoshis trugen das aufgestickte Mon seines Herrn. Er konnte die Reise ja schlecht nur in Unterkleidung antreten. Kurz entschlossen löste Mitsukoshi die aufgenähten Zeichen von Hitatore und Haori. Das hinterließ zwar kreisrunde dunkle Flecken, aber das war Mitsukoshi im Moment nicht so wichtig. Das Stichblatt seines Schwertes mit dem Zeichen des Hauses Takayama konnte ihn noch verraten.

Mitsukoshi legte seinen schlichten, dunkelgrauen Alltagskimono an, band ihn mit dem gleichfarbigen Obi zusammen und schlüpfte in den ebenfalls grauen Haori. Er strich noch einmal mit der Hand über seine bisher unbenutzte Rüstung und schloss sorgfältig die Kiste. Dann band er sich eine zusammengerollte Decke auf den Rücken und griff sich seine ledernen Stiefel, eigentlich seinen einzigen wertvollen Besitz. *Fußbekleidung, die wie angegossen passt, ist wertvoller als ein eigenes Schwert.* Eine weitere Weisheit des Sensei Vanderveer.

Mitsukoshi trat in die pralle Mittagssonne und überquerte den Hof, hinüber zur Schmiede. Er verbeugte sich vor Meister Hayashi. »Meister, ich benötige ein anderes Tsuba, eines ohne Zeichen des Fürsten.«

Der alte Mann schaffte es auch mit nur einem Auge skeptisch dreinzublicken. Mitsukoshi übergab ihm sein Schwert. Der Meister zog es aus der mattschwarzen Scheide und ließ seinen Blick prüfend die Schneide entlanggleiten. Dann nickte er, brummelte etwas in seinen zauseligen Bart und ging nach hinten in die Schmiede. Mitsukoshi blieb respektvoll am Eingang stehen.

Der Schmied riss eines der wenigen Fenster auf, um besser sehen zu können. Er spannte die Klinge in einen Klemmbock ein, griff zu einem Holzhammer und einem Kugelstift, dann fühlte er entlang des lederumsponnenen Tsuka, um die Mekugi zu finden. Er setzte den stählernen Kugelstift auf die Haltestifte, die die Nakago im Tsuka verankerten. Zwei gezielte Hiebe und die Mekugi fielen auf der anderen Seite heraus. Mit einem flachen Metallhammer klopfte er daraufhin leicht entlang des Griffes, um die Schwertangel darin zu lösen. Mit einer offensichtlich jahrelangen und viele tausend Mal geübten Handbewegung zog er den gesamten Griff von der Schwertangel, ohne den Gashira zu lösen. Der Endknopf blieb, wo er war. Der Meister steckte den Griff auf ein anderes, noch nicht fertiggestelltes Schwert und zog nach dem Lösen der Griffzwinge das Tsuba von der Angel. Mit einem seiner knochigen Finger fuhr er über die eingepunzten Symbole auf der Angel. Sein eigenes Werk kommentierte er mit einem zufriedenen Grunzen. Er blickte prüfend auf das bronzene Stichblatt mit dem Mon des Hauses Takayama und dann zu Mitsukoshi hinüber. Der nickte aufmunternd. Wieder brummelte der Alte etwas in seinen schlohweißen Bart, ging hinüber zu einem Regal und wühlte in einem Korb. Er suchte klimpernd nach einem anderen Tsuba. Rund ein Dutzend Stichblätter nahm er aus dem Korb und hielt sie unter sein einziges, offenbar kurzsichtiges Auge. Dann hatte er anscheinend gefunden, was er suchte. Brummelnd kehrte er zu seiner Werkbank zurück und schob das gerade ausgewählte Tsuba auf die Schwertangel. Es folgten das Fuchi und nach der Griffzwinge gleich der alte Griff, in das er wieder die Haltestifte mit dem Hammer versenkte. Schließlich kontrollierte er sein Werk noch einmal gründlich und fuhr mit einem ölgetränkten Stück Papier und seinem zerschrundeten Daumennagel entlang des Hamon.

Die Helfer des Meisters hatten von ihrer Arbeit nicht einmal aufgesehen. Sie pumpten eifrig Luft in den Schmiedeofen, der gleißend hell aufglühte und fauchend Funken versprühte. Nur einer der Helfer hämmerte gleichförmig auf ebenfalls rotglühende Schwert- und Lanzenspitzenrohlinge ein, die sich neben ihm zu einem Berg türmten. Auf der anderen Seite hingen hunderte fertiger Katana in hölzernen Gestellen, die von den Polierern stoisch geschliffen und poliert wurden. Also wäre die Zeit der Übungen bald vorbei und es würde ernst mit dem Feldzug.

Mitsukoshi hatte genug von der Hitze und dem bitter ätzenden Gestank und wartete lieber draußen vor der Tür. Meister Hayashi kam herangeschlurft und hielt Mitsukoshi die Scheide mit dem umgebauten Schwert hin. Das Tsuba zeigte nun zwei ineinander verschlungene Drachen. Mitsukoshi steckte das Schwert in seinen Obi und ein Wakizashi gleich daneben.

Hayashis Auge blinzelte mit einem Anflug von Neugier. »Warum?«, nuschelte er in seinen struppigen Bart.

»Ich habe einen langen Weg vor mir und will Schwierigkeiten vermeiden.«

Der alte Mann nickte. »Verstehe.« Dann zeigte er in Richtung der Übungspfähle. »Na, dann zeig mal, was du kannst.«

Das hatte Mitsukoshi eigentlich gar nicht vorgehabt, aber seltsamerweise legte er Wert auf die Meinung dieses halbblinden, fast zahnlosen alten Mannes, der aus allen Poren nach Sake stank. Inzwischen war Mitsukoshi offenbar wegen seines ungewöhnlichen Aufzugs auch ins Blickfeld des Kommandanten geraten. Na klasse!, dachte Mitsukoshi, als die Helfer gerade die letzte Tatamirolle auf den Pfahl aufzogen und nun ungeduldig darauf warteten, endlich alle Überreste der Tatamischlacht einsammeln zu können.

»Mi-tsu-ko-shi«, notierte der Kommandant auf seiner Wachstafel. »Erscheint bei der Übung ohne vorschriftsmäßige Kleidung. Gibt es dafür einen Grund?«

Mitsukoshi kannte diesen Tonfall nur zu gut. Er richtete sich auf und ließ sein Genick knacken. »Das könnt Ihr ja den Fürsten mal fragen, wenn er Euch lässt.« Damit ließ er den Veteranen einfach stehen, machte blitzschnell zwei Ausfallschritte nach vorne links und drehte sich ebenso rasch einmal um sich selbst. Noch in der Drehung zog er sein Schwert und traf dadurch unglücklicherweise die Tatamirolle etwas zu weit unterhalb der Mitte. Prompt blieb die Klinge im Pfahl darunter stecken. Bereits während er den Wakige-Hieb durchführte, ahnte er den Ausgang des Manövers. Er ließ den Schwertgriff fahren, machte einen Ausfallschritt zur anderen Seite, zog im gleichen Moment das Wakizashi und hackte die Rolle auf gleicher Höhe nun mit einem Kurumasike von der Seite ab. Abschließend rupfte er sein Schwert wieder aus dem Hartholzpfahl heraus. »Olé!«

Der Befehlshaber starrte ihn an. »O-was? Was soll das denn heißen?«

Mitsukoshi zuckte mit den Schultern. »Das hat mein Meister immer von sich gegeben, wenn ihm etwas gut gefallen hat.«

Der Kommandant schielte Mitsukoshi argwöhnisch von der Seite an. »Verliert Waffe während der Übung«, notierte er.

Mitsukoshi seufzte still. Diesem Schinder würde er es nie recht machen können, da war er sich sicher.

Meister Hayashi hockte wieder auf seinem Baumstumpf und hielt sich kopfschüttelnd das Auge zu. Unter dem verhaltenen Kichern und leise geflüsterten Olés seiner Waffenbrüder reckte Mitsukoshi die Brust heraus und stiefelte auf das Haupttor zu.

Er kam am Stall vorbei und schaute ein wenig wehmütig hinein. Ein Pferd würde die Reise schon erheblich erleichtern, aber das Risiko war zu groß, dass es bei einem Kampf in die Hände des Gegners fiel. Schließlich reiste Mitsukoshi allein und Daimyo Takayama hielt Pferde immer noch für wertvoller als Samurai. Wenn Mitsukoshi sich richtig an den Taktikunterricht seines Meisters erinnerte, hatte der Fürst damit gar nicht so unrecht.

Die Torwachen schauten erst argwöhnisch, aber die Bewaffnung und die Haltung des jungen Mannes ließ keine Zweifel aufkommen, dass sie es mit einem Samurai zu tun hatten, wenn auch einem äußerst schlecht gekleideten. Die Flügel des riesigen Haupttores ächzten und knackten, als sie aufschwangen, um Mitsukoshi hindurch zu lassen. Der reckte erst mal seinen Hals, als er vor die hohe Mauer trat. Zu seiner Verblüffung verspürte Mitsukoshi ein Gefühl von Freiheit, das er lange Zeit vermisst hatte. Für einen Moment schloss er die Augen, bevor er losging. Seine Augenlider glühten rot.

Nach hundert Schritten band er sorgfältig die Schnüre seiner Schuhe nach. Einen Stein im Stiefel konnte er jetzt wirklich nicht brauchen. Dem Stand der Sonne nach war die Mittagszeit schon vorbei. Als er die Stadtgrenze erreichte, schaute er kurz hinter sich. Burg Fukashi erhob sich in einiger Entfernung düster und dunkelgrau über die flachen, einstöckigen Gebäude, die sich im Schutz der Burg duckten und entlang der Hauptstraße aufgereiht waren wie Perlen auf einer Kette. Mitsukoshi rückte noch einmal seine Waffen zurecht und schritt mit weit ausholenden Schritten voran. Den Schatten hinter dem vierten Haus auf der linken Seite hatte er wohl bemerkt.

Der ausgetretene Pfad, dem Mitsukoshi für eine Weile folgte, war übersät mit den Hufabdrücken zahlreicher Pferde, Ochsen und tief eingegrabenen Karrenspuren. Nach einer Weile war er es leid, über die von der Sonne steinhart gebackenen Furchen zu balancieren. Mitsukoshi schätzte vierzig bis fünfzig Pferde. Die Hufe hatten nicht so tiefe Eindrücke hinterlassen wie die Karren, was darauf schließen ließ, dass die Reiter nicht in voller Rüstung unterwegs waren. Wenn es sich dabei überhaupt um Samurai handelte. Da die Spuren nicht verwischt waren, hatten die Reiter sich anscheinend dem gemächlichen Tempo der Fußtruppen angepasst. Also waren sie gemeinsam unterwegs.

Mitsukoshi kannte die Berichte über Scharen mordgieriger Marodeure, die im Auftrag des Fürsten hinter den Grenzen kräftig für Unruhe sorgen sollten. Ein zusammengewürfelter Haufen finsterer Gestalten war das angeblich. Darunter Ronin, Abenteurer, Krüppel, Totschläger und entlassene Strafgefangene, die gerade mal einen eisengespickten Knüppel schwingen konnten und die es der Gnade des Fürsten verdankten, ihr kümmerliches Leben nicht unter der Klinge eines Scharfrichters ausgehaucht zu haben. Alles verlorene Seelen, wie Sensei Vanderveer sie immer bezeichnet hatte. Mit der ganzen Verachtung der versammelten Samurai im Nacken und Geläster in den ungewaschenen Ohren waren Aberhunderte dieser verlorenen Seelen durch das Haupttor gezogen. Lediglich ausgestattet mit ein paar erbärmlich lausigen Waffen aus Meister Hayashis Abfalltonnen und einigen alten Mähren, die der Stallmeister hatte loswerden wollen, waren sie rasch in der Ferne verschwunden.

Mitsukoshi wechselte auf den dicht mit ausgebleichtem Gras bedeckten Seitenstreifen. Hier fiel das Marschieren wesentlich leichter. Im Verlauf des Tages wurde aus dem Marschieren ein kultiviertes, immer weniger strammes Gehen. Die frühsommerliche Hitze setzte Mitsukoshi schwerer zu, als er gedacht hatte. Darum war er erleichtert, als er an einen schmalen Bach kam. Gut gelaunt tauchte er sein Halstuch in das plätschernde Nass und kühlte seinen Nacken. Das gluckernde Wasser schmeckte frisch und stillte seinen Durst. Der Bach übertönte sogar das Zirpen der zahllosen Zikaden, das ihn bislang begleitet hatte.

Mitsukoshi fiel ein, dass er außer ein paar Katayaki, die er in seiner Kiste gefunden hatte, nichts Essbares bei sich trug. Er konnte wohl kaum mit den paar drögen Keksen als Wegzehrung die lange Reise hinter sich bringen. Aber er hatte auch keine Lust, den langen Weg zurückzugehen, nur um sich in der Burgküche mit Vorräten einzudecken. So würde er einen ganzen Tag verlieren.

Ein unbekanntes, rhythmisches Geräusch zupfte beharrlich an Mitsukoshis Bewusstsein und riss ihn aus seinen Gedanken. Es vermischte sich mit dem Sägen der Zikaden, nur klang es tiefer. Erst kämpfte er ein wenig mit sich, dann folgte er dem Geräusch. Ab und zu setzte der Klang aus, dann waren nur noch die Zikaden zu hören. Je näher er dem Waldrand kam, umso mehr nahm der Lärm zu. Der Wald hier bestand aus mächtigen Eichen und nicht minder stämmigen Ahornbäumen. Mitsukoshi erklomm einen kleinen Hügel. Als Erstes sah er den großen Karren mit den beiden gelangweilt schnaubenden Ochsen davor, die sich ständig schüttelten, um die beharrlichen Fliegen loszuwerden. Der harzige Duft von frisch geschnittenem Holz stieg ihm in die Nase. Bei dem Gedanken an Sägemehl widerstand Mitsukoshi nur schwer der Versuchung zu niesen. Als er dem Ochsengespann näher kam, sah er auch die offene Sägemühle, die zwischen den Baumriesen fast schmächtig aussah. Bis zum Waldrand war das Feld übersät mit kurz über dem Boden abgesägten Baumstümpfen, auf denen bereits wieder die ersten grünen Sprossen und Blätter blühten. Mit der linken Hand gelassen auf dem Schwertgriff, schlenderte Mitsukoshi auf die Mühle zu.

Vier schwitzende Männer, von Kopf bis Fuß in Sägemehl gehüllt und deren Blöße nur von Lumpenfetzen notdürftig bedeckt wurden, standen paarweise auf zwei riesigen Wippen. Ein massives Sägeblatt an den mit einem Hebel verbundenen Balkenenden schlitzte bei jedem abwechselnden, gemeinsamen Herunter- und wieder Hinaufschwingen einen ebenso mächtigen, entgrateten Baumstamm der Länge nach auf. Ein fünfter Mann, wohl der Vorarbeiter oder der Meister, stand vor der Mühle und gab mit müder, heiserer Stimme seinen Männern den Takt vor. Als er bemerkte, dass sich jemand näherte, bellte er einen Befehl, worauf die vier Gesellen von den Balken sprangen und zu Knüppeln und Lanzen langten, die griffbereit an der Wand lehnten. Verteidigungsbereit stellten sie sich um ihren Meister herum auf. Mitsukoshi stoppte seinen Schritt, eher verwundert als beeindruckt.

»Wer seid Ihr und was führt Euch hierher?«, knarzte der Alte.

Mitsukoshi bemerkte die beeindruckend ausgeprägten Muskeln der fünf Waldarbeiter. Der Meister trug kunstvolle Zeichnungen auf den Unterarmen und hielt sich an einem fingerdicken Stab fest. Solche Körperzeichnungen kannte Mitsukoshi eigentlich nur von Seefahrern, aber die waren selten rund um Burg Fukashi. Der Fürst hatte mitten auf dem Land keinen Bedarf an Seeleuten. Schließlich waren es zwei Tagesritte bis zum Meer und man musste nicht gerade freundlich gesonnene Fürstentümer durchqueren. Noch.

»Ich bin im Auftrag des Fürsten unterwegs, wie man mir ansieht, inkognito.«

»Wen nennst du deinen Fürsten?«

»Daimyo Takayama. Und Ihr?«

Der Vorarbeiter brummte nur kurz.

Die Waldarbeiter stellten ihre Knüppel und Speere wieder ab und schwangen sich erneut auf die Tretbalken. Es dauerte ein paar Schwünge, bis die Säge erneut griff und den Baum weiter verschlang.

Mitsukoshi gesellte sich zu dem Meister. Beide beobachteten für eine Weile das Treiben der Männer und richteten hin und wieder den abrutschenden Baumstamm aus. Die Säge machte sich mit einem gierigen, ohrenbetäubenden Raspeln und Knirschen über das Holz her.

Der alte Waldarbeiter nickte in Richtung Mitsukoshis Waffen und murmelte: »Was macht ein Samurai so tief im Wald? Seid Ihr hier, um uns zu kontrollieren? Braucht der Fürst etwa noch mehr Bauholz? Ich habe schon zehn Jahre meines Lebens und den halben Wald für die Burg geopfert.« Er spuckte verächtlich aus.

Mitsukoshi zollte dem Alten insgeheim Respekt. Solche Rede vor einem Samurai des Fürsten zu schwingen, war nicht ohne Risiko. Der Mann schaute kurz auf, um sich zu vergewissern, dass dieser junge Samurai seine giftige Bemerkung nicht auf die Goldwaage legte.

»Darf ich fragen, wie lange Ihr für einen Balken oder ein Brett braucht?«

Der Alte schaute verblüfft zu Mitsukoshi auf. »Zu lange. Warum? Braucht Ihr ein Brett oder gar einen Balken? Wollt Ihr Euch vielleicht ein Schiff bauen?«

Die Gesellen lachten im Hintergrund. Mitsukoshi fragte sich, wie sie das überhaupt gehört hatten, bei dem Krach.

»Nein, nein, mir würde ein trockenes Lager unter Eurem Dach schon reichen.«

Der Mann nickte. »Warum nicht? Aber wir haben heute noch ein gutes Stück Arbeit vor uns.«

»Kann ich Euch vielleicht helfen?«

Der Arbeiter reagierte überrascht. Die Samurai waren sich für harte, körperliche Arbeit normalerweise zu schade.

Mitsukoshi legte seine Decke ab, stellte seine Waffen neben die Knüppel der Männer und ging zu ihnen hinüber. Er nickte dem offensichtlich jüngsten und schmächtigsten der Männer zu – wenn man bei den glänzenden

Muskeln überhaupt von schmächtig reden konnte. Der sprang verblüfft vom Balken herunter, was seine Kollegen fast aus dem Gleichgewicht brachte. Dann griff er zu einer kleinen Keramikflasche und goss etwas Öl auf die Sägeblätter. Mitsukoshi nahm Anlauf, wie er es zuvor bei den Männern beobachtet hatte, hechtete nach dem Halteseil über seinem Kopf und legte sein ganzes Gewicht auf den Balken. Nach wenigen Momenten senkte und hob sich die Säge wieder mit Schwung, ganz ohne Kommandos des Alten, wenn auch vielleicht eine Spur langsamer als vorher.

Nach kürzester Zeit spürte Mitsukoshi seine Waden nicht mehr und er war völlig aus der Puste. Seine Erschöpfung fachte den Eifer seiner Mitstreiter an. Irgendwann ließ sich Mitsukoshi nur noch vom Schwungbalken auf- und niederheben. Offensichtlich schaffte auch ein einzelner Mann allein eine Seite. Mitsukoshi gönnte ihnen die Freude, einem Samurai zu demonstrieren, was richtige Arbeit bedeutete.

Als die Sonne sich deutlich dem Horizont zuneigte, beendete der Alte die Qual. Die Männer schwangen sich von den Balken, die Säge stoppte mit einem qualvollen Seufzer. Mitsukoshi wankte mit zitternden Knien zu seinen Waffen hinüber. Dann hatte er eine andere Idee. Er ging zurück zum Bach und sprang ohne zu zögern hinein. Der Kälteschock raubte ihm den Atem. Mit den Zähnen knirschend tauchte er wieder auf. Keuchend kroch er das niedrige Ufer hinauf und rollte sich auf den Rücken. Als er sich soweit erholt hatte, kehrte er zur Sägemühle zurück.

Die Männer hockten etwas abseits rund um einen Steinring, in dem ein kleines Feuer züngelte. Um es am Leben zu erhalten, brauchten die Männer nur eine Handvoll Sägemehl hineinzuwerfen, das mit einem leisen

Knall und einem prasselnd aufsteigenden Schauer aus glühenden Funken verpuffte. Mitsukoshi zuckte zusammen. Das hatte er noch nie gesehen. Er schaute zu, wie die Männer ihr mühsam verdientes Abendessen in Form von Klößchen und Reisfladen vertilgten. Der Meister bemerkte die hungrigen Blicke des jungen Mannes und schob ihm seine eigene Schale mit Reis hin.

»Wer arbeitet, muss auch essen.« Die anderen Männer schauten kauend, aber teilnahmslos hinüber.

Mitsukoshi verbeugte sich. »Ich fühle mich geehrt.«

Sein Gegenüber winkte ab. Im flackernden Schein des Feuers war sein Lächeln kaum zu sehen.

Eine Flasche mit Sake wurde herumgereicht. Mitsukoshi lehnte dankend ab. Das Feuer erlosch langsam und wurde nicht wieder angefacht. Die vier Gesellen verbeugten sich vor ihrem Meister und zogen davon. Der reckte seine knackenden Gliedmaßen und erhob sich.

»Ich nehme an, unsere Mühle ist heute Nacht gut bewacht.«

Mitsukoshi verneigte sich erneut.

»Dann kann ich ja mal wieder zuhause schlafen«, murmelte der Alte und stapfte hinüber zu dem Ochsenkarren, schwang sich hinauf und griff nach dem Lederriemen. Mit einem Schnalzen und unter lautstarkem, wenn auch sinnlosem Protest der Ochsen setzte sich der Karren schließlich ächzend in Bewegung und rumpelte den anderen Arbeitern hinterher.

Mitsukoshi baute sich ein bequemes Lager in einem Berg aus Holzschnitzeln, auf dem er den Einbruch der Dunkelheit abwartete. Er lauschte auf die Geräusche der Dämmerung. Nur zehn Schritte entfernt knackte leise das immer noch rot glimmende Feuer. Ein Rabe krächzte tief im Wald. Mitsukoshi fragte sich, welche rastlose

Seele dort wohl keine Ruhe fand. Das mit dem Sprung in den Bach war keine so gloriose Idee gewesen, in dieser Nacht wurde es kühl. Mitsukoshi unterdrückte ein Zittern, sprang auf und vollführte ein paar Bewegungs- und Dehnübungen, bis ihm warm genug war. Erneut kroch er unter die Decke, seine linke Hand umschloss dabei seinen Schwertgriff. Die klagenden Rufe des Geistervogels nahmen kein Ende. Mitsukoshi hörte Mäuse im Sägemehl umherhuschen. Nach und nach verstummten die Zikaden. Sie würden früh genug wieder ihren Gesang anstimmen, vermutlich kaum dass man seine Hand vor Augen sehen konnte. Also hieß es nun schnell zu schlafen, um die vorbeifliegende Nacht zu nutzen. Ich werde einen kolossalen Muskelkater haben, stellte Mitsukoshi lautlos fest.

Die Vermutung stellte sich als korrekt heraus. Kaum war der neue Tag geboren, wachte Mitsukoshi auf. Seine Unterschenkel schienen ihr Gewicht über Nacht verdreifacht zu haben, seine Knie fühlten sich an, als wären sie aus morschem Holz und er konnte auf einmal seine Arme nicht höher als seine Schultern heben. Er klopfte sich die Sägespäne vom Leib und murmelte ein paar hastige Dankworte an die Götter des Waldes und der Bäume für sein bequemes und sicheres Nachtlager. Sanft zwang er seine Gelenke und Muskeln, wieder ihre normale Funktion aufzunehmen und überlegte, ob er noch einmal in den Bach springen sollte. Aber davon nahm er lieber Abstand. Das Risiko, sich zu verkühlen, war zu groß. Er nutzte die Zeit, in der er noch allein war, für eine Meditation, bei der er seinen ganzen Körper nach weiteren Schwächen erforschte.

Ein knackender Zweig und raschelndes Unterholz riss ihn aus seiner Versenkung. Trotz seines malträtierten Körpers wartete er keinen weiteren Herzschlag ab, um sein Schwert zu ziehen. Zwei der Gesellen kamen schwatzend über das abgeholzte Feld gelatscht. Schnell verschwand das Katana wieder in seiner Scheide. Die Männer nickten Mitsukoshi nur kurz zu, dann verschwanden sie im Wald hinter der Mühle. Mitsukoshi wartete ab, bis sie wieder auftauchten, diesmal schweigend. Auch Mitsukoshi ging in den Wald, um sich zu erleichtern. Als er zurückkehrte, trafen gerade auch die anderen Arbeiter ein. Der alte Meister kam auf seinem Karren hockend im Zickzack zwischen den Baumstümpfen herangerumpelt. Kaum war er vor der Mühle angekommen, warfen sich seine Arbeiter wieder ins Zeug und die Säge lärmte los.

»Ich muss weiterziehen und danke Euch für die Gastfreundschaft.«

Der Vorarbeiter nickte nur kurz und knurrte seine Arbeiter an, die dem Tempo der Säge nach zu urteilen doch noch nicht ganz wach waren.

Mitsukoshi rollte die Decke zusammen und band sie auf seinen Rücken. Nach einer letzten, unbeachteten Verbeugung hinter dem gebeugten Rücken des alten Mannes stieg er die Anhöhe hinab und setzte seinen Weg auf dem ausgetretenen Pfad fort, der nach rund dreihundert Schritten direkt in den Wald hinführte. Mitsukoshi bewunderte die turmhohen Bäume um ihn herum und fragte sich, wie lange die Männer wohl brauchen würden, um diesen Wald abzutragen. Wenn sie es irgendwann einmal schafften – und das schien Mitsukoshi gar nicht so unwahrscheinlich – wären die Bäume auf der anderen Seite bestimmt schon wieder hochgewachsen. Aber das würde der Alte vermutlich nicht mehr miterleben.

Mitsukoshi kam gut voran. Tief im Wald waren die Zikaden und die singenden Grillen kaum noch wahrzunehmen. Stille hüllte ihn ein wie seine Decke bei Nacht. Der Pfad versandete zunehmend und Wurzeln lauerten knapp unter der Oberfläche auf achtlose Wanderer, um sie zu Fall zu bringen.

Mitsukoshi hatte Landkarten in der Burg einsehen können und wusste, dass er bald die östliche Grenze des Fürstentums erreichte. In die Außenposten wurden meist Untergebene verbannt, die übermütig zu tief in ein Sakefass eingetaucht waren und den Appell nicht gerade stehend überstanden. Mitsukoshi schätzte, dass die Wachstation vermutlich mit einem Dutzend abgehalfterter Samurai und einer Handvoll Botenläufer besetzt war.

Wie aufs Stichwort endete der Waldpfad vor ihm in einer wilden Wiese. Gegenüber auf der anderen Talseite erhob sich ein Hügel, dessen Kuppe weiträumig abgeholzt war. Ein flaches Gebäude ragte auf dem Hügel hinter einem hohen Palisadenzaun hervor – die östliche Wachstation. Mitsukoshi ließ sich für die Durchquerung des Tales Zeit. Ihm war klar, dass er schon von weitem sichtbar war und er gab sich auch keine Mühe, das zu vermeiden. Der Lärm, den die Grillen auf dem Wiesenhang veranstalteten, war ohrenbetäubend. Darin mischten sich das Summen von Millionen Fliegen und das gewohnte Sägen der Zikaden. Die Wachstation war einstöckig mit einem stabilen Sockel aus grob gemauerten Feldsteinen und einem ebenfalls sehr stabil wirkenden Palisadenwall aus Eichenstämmen. Über den Palisaden flatterten die Banner des Daimyo Takayama knatternd im Wind. Trotz ihrer beeindruckenden Größe bot die Wachstation ein eher freundliches denn Ehrfurcht gebietendes Bild. Mitsukoshi stapfte schnurstracks auf das massive Tor zu, bis ein lauter Ruf ihn stoppte.

»Halt! Gebt Euch zu erkennen!«

Mitsukoshi blinzelte hoch zu dem Wachgang, über den mehrere Lanzenspitzen hervorragten. Das diente aber nur zur Ablenkung, das wusste er genau. Also hatten ihn gleich mehrere Bogenschützen hinter den Schießscharten von der anderen Seite im Visier. »Ich gehöre zur Wache der Burg Fukashi und bin auf einer Mission! Ich brauche Proviant!«

Keine Reaktion. Nur die Zikaden sägten unablässig im hohen Gras weiter. Endlich öffnete sich knackend und ächzend das schwere Portal. Mitsukoshi wartete, bis es weit genug aufstand, dann schritt er hindurch. Ein bizarrer Anblick bot sich hinter dem Tor. Ein Dutzend Männer standen und saßen gelangweilt herum, einige auf Lanzen gelehnt, die meisten hockten im Schatten des Palisadendachs. Drei davon traten Mitsukoshi entgegen. Der voran schritt, hatte trotz seiner gedrungenen Gestalt in seinem ordentlichen Waffenrock etwas Herrisches in seinem leicht federnden Gang; die beiden Gestalten, die hinter ihm herschlurften waren eher nachlässig gekleidet, fast so wie Mitsukoshi selbst. Mit einem Blick erfasste er die Bewaffnung der Männer.

»Du behauptest, du kommst von der Burg? Warum sollten wir dir das glauben? Du trägst nicht die Farben unseres Herrn.«

»Ihr auch nicht, wenn ich das richtig sehe.«

»Hüte deine Zunge, Fremder.«

Einer der Männer, die im Schatten vor sich hin dösten, trat dazu. »Den kenne ich, der ist erst seit ein paar Monaten dabei. Na – hast du dich abgesetzt oder was?«

»Nein, wie ich schon sagte, ich bin auf einer Mission.«

»Was ist das für eine Mission?«, bellte der Anführer.

»Eine, die Euch nichts angeht. Wenn Euch das nicht zusagt, könnt Ihr ja einen Boten oder eine Taube schicken und nachfragen. Ich bin sicher, der Fürst freut sich bestimmt über nervige, quengelige Nachfragen von abgeschobenen Außenpostenkommandanten.« Ein paar Spatzen zeterten lautstark jenseits der Palisaden. Es dauerte kurz, bis der Postenkommandant aus seiner Starre erwachte. So eine Frechheit war ihm bestimmt schon lange nicht mehr untergekommen. Seine Begleiter zogen sich in den Schatten zurück, von wo sie das Schauspiel im Auge behielten.

Mitsukoshis linker Handballen ruhte auf der Endkappe seines Schwertgriffs und vollführte langsame Kreisbewegungen, was den Anschein großer Gelassenheit bot. Gleichzeitig drehte er unauffällig seine rechte Schulter nach vorn. Diesen Trick hatte ihm Meister Vanderveer einst gezeigt. *Den Gegner zu verwirren, ihn in falscher Sicherheit zu wiegen, ihn zu einer Nachlässigkeit zu verführen, ist eine Kunst. Je einfacher der Geist des Opponenten, umso einfacher ist es, seine Wachsamkeit auf eine belanglose Banalität zu lenken, ohne die eigene Überlegenheit offen zu zeigen, denn derer kann man sich nie sicher sein.* Ein Wunder, dass sich Mitsukoshi diese geschraubte Taktik-Empfehlung überhaupt hatte merken können. *Die Aufmerksamkeit auf eine unwichtige Nebensache zu lenken, verschafft Vorteile bei einem drohenden Waffengang.* Das hatte Mitsukoshi einmal in einer zerfledderten Taktikschrift gelesen, die er in der Schmiede von Meister Hayashi entdeckt hatte und das war eher noch verständlich für seinen jungen, unruhigen Geist.

Mitsukoshi begann, mit dem Zeigefinger seiner linken Hand gegen das Tsuba zu schnippen, was der Bronzeplatte ein leises, helles »Ping« entlockte. Bei der Gelegenheit bemerkte er, dass seine alte Schwertscheibe einen viel tieferen Ton erzeugt hatte. Vermutlich weil die dicker gewesen war. Dieses Geräusch irritierte den Postenkommandanten sofort. Sein Blick irrte hin und her, weil er nicht sehen konnte, woher das Geräusch kam.

»Was ...«, begann er, aber die Frage versandete im gleichen Moment, wie das nächste »Ping« ertönte.

»Also – ich brauche Proviant für die nächste Woche, was könnt Ihr mir bieten?«, unterbrach Mitsukoshi die Starre seines Gegenübers.

»Äh, nichts.«

»Wie – nichts?«

»Du kommst zu spät, unsere Vorräte sind bereits unterwegs durchs Land. Uns ist nur ein kümmerlicher Rest verblieben, den wir unmöglich noch weiter aufteilen können.«

»Wie das?«

»Ein Kommando des Fürsten ist hier vor ein paar Tagen durchgekommen. Das hat unsere Vorräte arg dezimiert. Wir warten auf Nachschub.«

Mitsukoshi lächelte ob der Wortwahl des Kommandanten, der ihn immer noch stirnrunzelnd anstarrte. Garantiert hatte der genug für seine eigenen Männer zurückbehalten. »Das habe ich befürchtet. Ich sah die Spuren auf dem Weg hierher. Etwa fünfzig Reiter und entsprechend viele Fußtruppen, nicht wahr?«

Der Kommandant schreckte hoch. »Woher weißt du das? Sprich!«

»Wie ich schon sagte: Ich habe die Spuren gesehen, gestern.«

Der Kommandant schaute immer noch skeptisch.

»Übrigens«, fuhr Mitsukoshi ungerührt fort, »Ihr werdet demnächst noch viel mehr Truppen zu Gesicht bekommen.«

Die Nachricht erreichte die Männer nur langsam, dann jedoch fiel einer nach dem anderen aus der Lethargie, stand auf und trat hinter den Kommandanten.

»Wie meinst du das?«

»Was heißt das genau?«

»Was weißt du darüber?«

Immer mehr Fragen hagelten auf Mitsukoshi nieder, bis der Kommandant seine Männer knurrend zum Schweigen brachte: »Ruhe, verdammt! Los, antworte!«

Mitsukoshi blickte in die Runde. »Es ist kein Geheimnis. Unser Fürst bereitet einen neuen Feldzug vor. Es dauert nicht mehr lange. Die Steuereintreiber sind schon eine Weile unterwegs, die Kriegskasse aufzufüllen. Vor den Toren der Burg werden die Lagerfeuer Nacht für Nacht immer zahlreicher. Hier draußen bekommt ihr davon vermutlich nicht allzu viel davon mit. Ich vermute, das Heer wird auch hier durchkommen, je nachdem auf welches Fürstentum unser Herr zuerst sein Auge geworfen hat.«

Einige der älteren Wachen stöhnten laut auf und schüttelten ihre Köpfe. Sie wussten, was das bedeutete. Diese Männer schoben vermutlich bereits ihr halbes Leben hier Wache oder hatten Familie, vermutlich sogar Nachwuchs im Dorf nicht allzu weit entfernt. Hier draußen auf dem Land konnte man mit dem kärglichen Sold und einem eigenen Stück Ackerland noch eine Familie durchbringen, rund um die Burg oder in großen Städten wie Nara, Osaka oder Kyoto nicht. Meister Vanderveer wusste von vielen solcher Kriegerschicksalen zu berichten, denen er auf seinen langjährigen Wanderungen durch die Fürstentümer begegnet war.

»Und Ihr habt wirklich gar nichts mehr in Eurem Vorratskeller, was Ihr mir abtreten könnt?«

Der Kommandant stand etwas unschlüssig herum, immer noch an der Nachricht kauend und gedankenverloren auf den Boden starrend. Einer der älteren Samurai winkte Mitsukoshi zu sich.

»Folge mir«, murmelte er knapp.

Mitsukoshi folgte dem Mann über den knirschenden Kies zu den flachen Gebäuden, die sich an den Felsen schmiegten. Sie stapften über eine schmale Rampe hinunter in den Keller. Es roch süßlich wie von verfaulenden Reben.

»Sieh selbst. Alles leer, bis auf diesen.« Der Mann hob den Deckel von dem letzten Bottich in der Reihe. In dem Halbdunkel konnte Mitsukoshi erkennen, dass der Bottich, der ihm bis zur Hüfte ging, nur noch bis zur Hälfte mit Reis gefüllt war.

»Nimm dir, was du brauchst.« Mitsukoshi verbeugte sich kurz und nahm einen Lederbeutel aus seiner Tasche, den er rasch mit ein paar Handvoll Reis füllte. Als er genug hatte, nickte er dem Samurai knapp zu. Der legte den Deckel wieder auf den Bottich auf.

»Ich danke Euch, Waffenbruder.«

Sie kehrten ans Licht zurück. Die anderen Männer standen immer noch um ihren Kommandanten herum und diskutierten lautstark. Mitsukoshi ahnte, worum sich die hin- und herfliegenden Worte drehten. Die Versuchung, in so einer Situation die Familie auf einen Karren zu setzen und rasch das Weite zu suchen, war groß. Die Frage war nur, wohin.

»Wenn ich noch die Gunst eines Lagers für die Nacht erbitten kann …«, begann Mitsukoshi.

Aber die Männer hörten ihm gar nicht mehr zu, völlig

vertieft in einer hektischen Diskussion. Der alte Samurai war zum Haupthaus vorausgegangen und winkte ihm erneut zu. Zu Mitsukoshis Verblüffung war die Mannschaftsunterkunft sauber und ordentlich. Die Tatami sahen sogar wie neu aus. Die Männer hatten hier draußen wohl sehr viel Zeit. Der Alte nickte zu einer Ecke hinüber.

»Hier drin ist noch Platz.«

Mitsukoshi bedankte sich erneut und lud seine Decke und seine Umhängetasche ab. Er blickte aus dem Fenster hinüber zu den diskutierenden Männern, zu denen sich nun auch die beiden Bogenschützen gesellt hatten, die Mitsukoshi hinter den Schießscharten vermutet hatte. Die Tür wurde aufgeschoben und ein jüngerer Wachmann kam nach einer respektvollen, wenn auch hastigen Verbeugung herein.

»Glaubt Ihr, dass es sich lohnen würde, sich dem Feldzug anzuschließen?«, platzte er mit seiner Frage heraus.

Mitsukoshi antwortete nicht sofort. Er selbst war nur wenige Jahre älter als dieser Jüngling und in diesem Alter genauso eifrig und voller Energie gewesen. »Darf ich fragen, was dich hierher verschlagen hat?«

Der junge Mann wich Mitsukoshis Blick aus. »Das ... ist eine lange Geschichte.«

»Darf ich raten – zwangsverpflichtet?«

Der junge Mann zögerte und schluckte. »Mein Vater konnte die vielen neuen Abgaben nicht mehr begleichen. Unser Hof warf nicht so viel ab. Es reichte nur für meine älteren Brüder.«

Das kam Mitsukoshi bekannt vor. Auch ihm hatte einst die Fron im Dienste der Burg gedroht. Unter ungünstigeren Umständen hätte ihn das Schicksal vielleicht zu einem Los als Küchenjungen oder Stallburschen verdammt. Doch dann war dieser seltsame, quasi in Lumpen gewandete Fremde mit der riesigen, krummen Nase aufgetaucht.

In stockendem und seltsam gehecheltem Japanisch erklärte der Fremde, wer er war. Das Schicksal hätte ihn an die westlichen Gestade geworfen und nun sei er seit vielen, vielen Monden auf Wanderschaft durchs ganze Land, um sein Wissen zu vermehren. Mitsukoshis Vater gewährte dem Fremden mit großen Augen Unterkunft, was nicht gerade auf bedingungslose Zustimmung seiner Gattin traf. Der Fremde dankte für die Gastfreundschaft mit einer fantastischen Erzählung über seine ferne Heimat, weit jenseits des sagenhaften Chinesischen Reiches: einem offenbar völlig flachen Land, bar jedes noch so geringen Hügels, eines Reiches durchzogen von zahllosen, mäandernden Kanälen. Und er berichtete von dem unablässigen Kampf gegen die Geistermächte der See, gegen die die mutigen Bewohner des fantastischen Landes seit Ewigkeiten in Fehde ihre Köpfe erhoben. Das weckte den Respekt in Mitsukoshis Vater. Ein Volk, das sich furchtlos gegen den Unbill und die Launen seiner eigenen, mächtigen Götter stellte, so etwas war unerhört.

Zur Verblüffung von Mitsukoshis Eltern war der Fremde, der sich als ewig Suchender bezeichnete, sehr versiert in vielen Künsten. Nachdem er am nächsten Tag mit aufs Feld ging, um zu beobachten, wie man am besten Reis anbaute, lieh sich der Alte einen Tag später am Morgen eine Axt und verschwand im Wald. Als er mit dem wertvollen Werkzeug wieder zurückkehrte, zog er sich in den Schuppen zurück. Nachmittags schließlich präsentierte er seinen Gastgebern eine Art Wasserrad, mit dem man sogar den Lauf des

Wassers lenken konnte, ohne dass man Hand anlegen musste. Die Kraft des Windes allein sorgte dafür. Staunend setzte er das wunderlich wirbelnde Gerät vor der versammelten Nachbarschaft in den plätschernden Bach ein, der die Reisfelder vor dem Dorf speiste. Mitsukoshi hockte am Bachufer zu Füßen des Fremden und versuchte, allein durch Anstarren die Funktionsweise dieses leise klappernden Kunstwerkes zu ergründen. Dies blieb dem Fremden nicht verborgen.

Tage später beobachtete Mitsukoshi den Fremden dabei, wie der seltsamerweise am Waldrand Schmetterlinge mit einem selbstgeflochtenen Kescher fing und nach ausführlicher Begutachtung wieder fliegen ließ. Am gleichen Tage tauchten zwei verschlagen wirkende Gestalten im Dorf auf, die angeblich eine Sondersteuer eintreiben sollten. Dazu wedelten sie mit einem Schreiben, das das Siegel des Fürstenhauses trug, vor den erschrockenen Gesichtern der Dorfbewohner herum, von denen keiner des Lesens mächtig war. Niemand hatte damit gerechnet, dass aber der Fremde lesen konnte. Der griff sich kurzerhand den schon arg zerfledderten Schrieb und las laut vor. Das Schriftstück war eine mehrere Jahre alte Vorratsliste aus der Speisekammer der benachbarten Burg, übersät mit langen Zahlenreihen. Die beiden ›Steuereintreiber‹ waren nicht begeistert von der prompten Entlarvung ihres Schwindels und zogen ihre Waffen, um diese hochgewachsene, geisterhafte Gestalt zum Schweigen zu bringen. Die meisten Dorfbewohner liefen verängstigt davon. Was nun folgte, ließ nicht nur Mitsukoshi mit offenem Mund dastehen.

Gestützt auf seinen Stock, lächelte der hagere Fremde still vor sich hin, als der größere der beiden

Tunichtgute mit dem Schwert voran auf ihn losstürmte. Der Alte bewegte sich nur eine Handbreit, erinnerte sich Mitsukoshi deutlich. Dann ohrfeigte er den Angreifer mit einer so ungeheuren Kraft, dass der Mann sich überschlug und in hohem Bogen äußerst unsanft auf dem verlängerten Rücken landete. Die verrostete Klinge des Angreifers hielt nun der Fremde in den Händen. Er musterte das reichlich verbogene Schwert abschätzig.

Auch der zweite Betrüger stürmte nun auf den Fremden los. Der ließ sich zu einer eleganten, fließenden Bewegung herab. Seine Klinge blitzte in der Sonne kurz auf, dann flog das Schwert des Angreifers aufs Dach der Scheune, wo es stecken blieb. Der Betrüger hingegen fand sich ebenfalls auf dem Boden sitzend wieder, neben seinem stöhnenden Kumpan. Mit einem Ausfallschritt und einem nahezu zarten Schwung zog der Fremde die rostige Klinge quer über die Stirn beider Männer. Blut quoll pulsend aus den Schnitten und überströmte die schmerzverzerrten Gesichter.

»Flieht. Solange ihr noch könnt.«

Das ließen sich die beiden Gestalten nicht zweimal sagen, rappelten sich hoch und stolperten davon.

»Sucht euch große Ahornblätter und Kamille, um die Verletzungen zu verbinden. Und reinigt eure Hände, bevor ihr die Wunden berührt! Das führt sonst zu Krankheiten und Tod!«, rief er hinter den beiden Fliehenden hinterher.

Das war genau so rätselhaft, wie das gesamte Geschehen. Mitsukoshis Mutter, die sich an ihren Gatten geklammert hatte, verließen die Kräfte. Ihr Mann konnte sie gerade noch auffangen. Mehrere Frauen, die das Geschehen starr vor Angst beobachtet hatten, kamen von den benachbarten Reisfeldern zurückgeeilt, in die sie geflüchtet waren und trugen sie ins Haus. Mitsukoshis Vater und andere Dorfbewohner hörten gar nicht mehr auf, sich bei dem Fremden zu bedanken. Für eine Weile lauschte der dem wortreichen Dank, schließlich lehnte er jedoch jede weitere Dankesbezeigung ebenso höflich ab.

»Das waren keine wirklichen Gegner für mich.«

Dann folgte eine weitere seiner seltsamen Geschichten, die von einer unglaublich langen Schiffsreise bis zu den Gestaden des Chinesischen Reiches und der abenteuerlich wiedererlangten Ehre einer unglücklichen Prinzessin erzählte. Er berichtete von wunderlichen Aberglauben und Ränkeschmieden der Sternkundigen am Kaiserlichen Chinesischen Hofe und einer halsbrecherischen Flucht aus den finsteren Kerkern des Kaiserpalastes in der Verbotenen Stadt. Noch fremdartiger klang der langatmige Bericht von prächtigen Hoffesten fremder Königreiche, ihren sagenhaften, monströsen und furchteinflößenden Kampfungetümen und deren markerschütterndem Kampfgebrüll, das der Alte mit krächzender Stimme nachzumachen versuchte. Die Truppenaufmärsche gigantischer Heere erstreckten sich angeblich tagelang von Horizont zu Horizont und ihre Zahl und Grausamkeit übertrafen sämtliche Truppen aller zweihundertsechzig Fürstentümer Nippons. Was natürlich ziemlich lächerlich, geradezu absurd klang. Wo auch immer dieses ›Ind-ja‹ lag, auf jeden Fall weit hinter den Grenzen des riesigen Chinesischen Reiches, so wie die Heimat des Fremden, das Niedere Land.

Mitsukoshis Mutter mochte diese Märchen, wie sie es nannte, nicht mehr hören. Die Aufregung des Tages *reichte ihr voll und ganz. Noch in dieser Nacht schlich sich Mitsukoshi hinaus, hangelte sich hoch auf das Dach der Scheune und brachte das Schwert des Schwindlers an sich. Es war eine alte Klinge, nicht die edle Waffe eines Samurai. Ein verrostetes, fleckiges Tachi, ziemlich verbogen und zerschrundet von offensichtlich vielfältigem Missbrauch. Im Dämmerlicht einer kleinen Öllampe versuchte Mitsukoshi die Klinge zu reinigen und zu polieren, was ihm trotz aller Mühe nicht gelang. Auch am nächsten Morgen sah sie immer noch erbärmlich aus.*

Es war ausgerechnet der Fremde, der ihn frühmorgens schlafend vor der Feuerstelle fand, mit beiden Armen die verrostete Klinge umarmend. Dieser Anblick führte vermutlich zu dem langen Gespräch, dass der Fremde mit den Eltern führte und sie dazu brachte, ihm ihren ältesten Sohn zur Lehre zu überlassen.

In diesen Zeiten waren nicht nur Betrüger unterwegs, um Steuern einzutreiben, auch wirkliche Rekrutierer des Fürsten tauchten ohne Vorankündigung überall im Fürstentum auf und entrissen den Höfen junge Burschen im passenden Alter zum Dienst in der Burg oder im Heer des Fürsten. Nur die wenigsten bekamen jemals ein Schwert in die Hand, die meisten endeten als Küchenjungen oder Laufburschen, die älteren vielleicht als Boten oder Lanzenträger. Mitsukoshi und sein jüngerer Bruder Jiro verbrachten immer wieder einmal viele Wochen auf dem Hof ihrer Großeltern, wo sie vor den Häschern des Fürsten verborgen wurden. Erst wenn die Kriegsgefahr abebbte, kehrten sie an den Hof der Eltern zurück. All dies schien Mitsukoshis Eltern von der Idee zu überzeugen, ihn bei dem Fremden in Sicherheit zu wissen.

Am Abend, als sie ihm ihren Entschluss eröffneten, wollte Mitsukoshi zwar im ersten Moment aufbegehren, aber instinktiv fügte er sich dem Wunsch seines Vaters. Den Fremden auf seinen Wanderungen zu begleiten, versprach abenteuerlich zu werden. Auf jeden Fall spannender, als Jahr für Jahr hinter den blökenden Ochsen herzustapfen und Reissetzlinge in den gefluteten Boden zu stopfen, nur um ein paar Monate später und mit viel Glück und dem Wohlwollen der Götter mit der Sichel in der Hand und schmerzlich gebeugtem Rücken die Ernte einzufahren.

Der Abschied am frühen Morgen fiel kurz aus. Jiros Geist schwebte noch durchs Traumland, die Sonne war noch nicht über den Horizont geklettert. Selbst der Hahn hatte noch nicht geschrien. Die Tränen von Mitsukoshis Mutter wollten gar nicht mehr versiegen. Sie hatte einen prall gefüllten Beutel mit Proviant vorbereitet. Sein Vater wollte ihm ein schlichtes Tanto überreichen, seinen einzigen wertvollen Besitz, von den beiden Ochsen mal abgesehen. Doch der Fremde lehnte ab.

»Die Waffen des Geistes sind mächtiger als aller Stahl der Welt.«

Mitsukoshi biss sich auf die Lippen. Na, das fing ja gut an. Während sein Vater noch verblüfft dastand, brachen sie auf.

»Das Kurzschwert wäre bestimmt nützlich gewesen«, grummelte Mitsukoshi leise vor sich hin.

Kurz darauf kamen sie am Bach mit dem von dem Fremden konstruierten Wasserrad vorbei. Sensei Vanderveer – wie der Fremde genannt werden wollte – hielt den locker dahinmarschierenden Mitsukoshi an.

»Halt an, Kleiner. Wir müssen Vorsichtsmaßnahmen treffen.«

Mitsukoshi mochte es überhaupt nicht, Kleiner genannt zu werden, aber er ließ es dem seltsamen Alten durchgehen. Als dieser ihn jedoch unvermittelt und ziemlich grob in den Bach stieß, hatte der Junge eigentlich schon genug. Dann entnahm der Alte seinem Umhängebeutel ein Stück duftender Seife und zückte ein schlichtes Kozuka. Bevor Mitsukoshi noch richtig reagieren konnte, begann sein neuer Meister, den ohnehin kurzgeschorenen Kopf des Jungen einzuseifen. Geschickt entfernte er mit dem schmalen Messer auch den letzten Haarflaum von Mitsukoshis Kopf, der starr im hüfthohen, eiskalten Wasser stand. Der wagte es nicht, den Kopf zu bewegen, konnte er sich doch gut vorstellen, was der Fremde mit einer Klinge auszurichten vermochte. Er konzentrierte sich deshalb auf die Geräusche des Wasserrads, das ihn von Anfang an fasziniert hatte. Nach einem halben Dutzend schneller, flüssiger Bewegungen betrachtete der Alte zufrieden sein Werk.

»Keine Angst, die Ohren sind noch dran«, lachte er heiser. »Komm da raus, Bursche, du erkältest dich noch.«

Mitsukoshi fühlte über seinen Schädel. Seine Stoppelhaare waren sämtlich verschwunden, selbst über seinen abstehenden Ohren und im Nacken. Zu seiner Verblüffung zog der Alte ein leuchtend orangenes Stück Tuch aus seiner Tasche.

»Hier, damit wird dich jeder für einen Jungmönch halten. Mönche sind für die Kinderdiebe ein Tabu. Jedenfalls noch.« Der Sensei spuckte verächtlich aus.

Mitsukoshi verstand. Das war ja eine verblüffende Idee. Er kletterte aus dem Bach und schlüpfte aus seinem Hakama. Dann warf er sich das lange orangene

Tuch über, das im Schein der aufgehenden Sonne glühte. Der Alte half ihm, die Verkleidung einigermaßen korrekt anzulegen. Dann trat er zwei Schritte zurück.

»Perfekt. Wie die Natur selbst.«

Mitsukoshi fühlte sich alles andere als wohl in seiner Haut. Vorzutäuschen, ein geweihter Schüler Buddhas zu sein, war ihm gar nicht recht. Buddha würde das bestimmt nicht gutheißen. Meister Vanderveer wischte das kleine Messer an seiner schmuddeligen Kutte ab und steckte es wieder ein.

»Wie heißt du eigentlich? Ich nehme an, du trägst noch deinen Kindernamen. Und – wie soll ich dich rufen?«

Mitsukoshis Zähne klapperten so heftig, dass er kaum ein verständliches Wort von sich geben konnte.

»Was? Was war das? Rede deutlicher!«

»Ichiro.«

»Erster Sohn? Hätte ich mir denken können. Los, steck deine Kleidung in deine Tasche, wir müssen weiter.«

Noch nicht mal tausend Schritte waren sie gegangen und schon hatte dieser Fremde es geschafft, Mitsukoshis Welt vollständig auf den Kopf zu stellen. Dies würde ein heißer Sommertag werden, vermutete er und rieb über seinen juckenden, aber ungewohnt wohlriechenden Schädel. Die rosa Wolken, die vor Kurzem noch über ihren Köpfen gehangen hatten, hatten sich aufgelöst. Mitsukoshi schlug das Wasser aus seinen Strohsandalen und stolperte hinter seinem neuen Meister her. Das Klacken der kleinen Wassermühle verfolgte ihn noch viele Tage lang in seinen Träumen.

All dies ging Mitsukoshi durch den Kopf, während der neugierige Jüngling vor ihm stand und auf eine Antwort wartete.

»Vielleicht ist es weise, noch eine Weile mit dem Schwert zu üben. Hast du ein eigenes Pferd und eine Rüstung?«

Der junge Mann schlug die Augen nieder. »Nein, noch nicht«, antwortete er leise.

»Dann solltest du dich mit deinem Elan etwas zurückhalten, wenn du nicht zwischen all den Ashigaru zugrunde gehen willst, denen du unweigerlich zugeteilt würdest. An deiner Stelle solltest du den Kopf einziehen, wenn der Appell erfolgt. Versteck dich besser im Keller oder im Wald. Ich schätze, dies wird nicht der letzte Feldzug des Fürsten in den nächsten Jahren sein.« Mitsukoshi zögerte einen Moment. »Nun – wenn ich es richtig betrachte, vielleicht doch.«

Der junge Mann wirkte verwirrt.

Mitsukoshi nickte. »Ja, du hast richtig gehört. Auch ich habe dem Fürsten Treue geschworen. Aber ich habe vor, den Zeitpunkt des Wiedersehens mit meinen Ahnen selbst zu bestimmen.«

Die Augen des jungen Wachmannes wurden immer größer.

»Meiner Meinung nach sollten das alle tun. Aber das muss jeder für sich selbst herausfinden.« Jetzt hatte er den jungen Mann wohl vollends verwirrt.

Der verbeugte sich hastig und lief grübelnd davon.

»Hoffentlich verplappert der sich nicht ...« Mitsukoshi war es gewohnt, dass die Lehren seines Meisters selten auf Zustimmung trafen.

Tatsächlich dauerte es nicht lange, dann stand der Kommandant in der Tür und brüllte quer durch den Raum: »Das ist Verrat, Bursche!«

»Was ist Verrat?«

»Ist das dein Auftrag? Verwirrung zu stiften?«

»Verwirrung? Nein, das habe ich bestimmt nicht beabsichtigt. Oder wollt Ihr es wirklich wagen, einem Samurai des Fürsten so etwas ins Gesicht zu sagen?«

»Ich meine sehr wohl, was ich sage!«, brüllte der Kommandant ungehindert weiter.

»Nun, vielleicht bin ich auch hier, um herauszufinden, ob Ihr geeignet seid für einen ehrenvolleren Dienst in der Burg, als hier draußen zu versauern. Wer weiß?« Mitsukoshi blickte den Kommandanten völlig ausdruckslos an, was den schlagartig verunsicherte.

»Ich ... ich ...«

»Ich lege mich jetzt schlafen«, kürzte Mitsukoshi den sinnlosen Disput ab.

Der Kommandant machte kehrt und verschwand.

Der Geist mancher ist schwächer als man denken mag, überlegte Mitsukoshi beim Einschlafen.

Beim ersten Hahnenschrei quälte sich Mitsukoshi hoch. Der Raum war leer. Waren etwa alle geflohen? Ein Blick aus dem Fenster löste das Rätsel. Die komplette Wachmannschaft stand an der gleichen Stelle wie am Abend zuvor, in einen offenbar andauernden Disput vertieft, wenn auch nicht mehr so lebhaft. Bis die fertig sind, alles durchzudiskutieren, ist der Feldzug garantiert schon vorbei, dachte sich Mitsukoshi kopfschüttelnd. Er rollte den Futon zusammen und stopfte ihn in den Schrank, stieg in seine Stiefel, ging hinüber in den Küchenanbau und genehmigte sich eine große Kelle Wasser aus dem Vorratsfass. Es schmeckte abgestanden und muffig. Er rückte seine Umhängetasche sowie sein Daisho zurecht und marschierte einfach an den streitenden Männern vorbei zum Haupttor. Mit etwas

Anstrengung gelang es ihm, einen der Portalflügel aufzustemmen.

Kaum hatte er einen Schritt vor die Palisade getan, tauchte er in ein unüberhörbares Vogelkonzert ein, das ihn für den Rest des Tages umhüllte. Der Weg bergab fiel wesentlich leichter. Bevor er vom Halbdunkel des Waldes verschluckt wurde, schaute er noch einmal zurück. Vom Waldrand auf der anderen Talseite stieg ein dünner Rauchfaden auf.

Mitsukoshis Aufmerksamkeit wurde bald von anderen Dingen eingenommen. Er hatte die Grenze des Fürstentums bereits hinter sich gelassen und sperrte Augen und Ohren auf. Unten im Tal schmiegte sich, eingerahmt von wasserglänzenden, tiefgrünen Reisfeldern, ein Dorf an den Berghang; ein Dutzend Häuser, Scheunen, Ställe. Die strohgedeckten Dächer leuchteten in der Sonne. Mitsukoshi stieg den Berg hinunter, umrundete die Reisfelder und stand schließlich vor einem Ochsen, der ihn gelangweilt anstierte und stoisch wiederkäute. Das Rindvieh steckte bis zu den Knöcheln in einem gefluteten Feld und machte nicht den Eindruck, als ob es an diesem Nachmittag noch etwas anderes vorhätte.

Mitsukoshi lief auf der verlassenen sandigen Dorfstraße weiter. Er spürte, wie sich seine kurzen Nackenhaare langsam aufrichteten. Hier stimmte etwas ganz und gar nicht. Ein schlichtes, wenn auch nicht ärmlich wirkendes Dorf dieser Größe müsste rund hundert oder mehr Bewohner haben. Er hielt an und lauschte. Nichts – noch nicht einmal das Gackern von Hühnern. Selbst die Grillen schienen hier lieber zu schweigen. Über keinem der Häuser stand eine Rauchfahne. Mitsukoshi nahm nichts wahr, was auf menschliche Anwesenheit schließen ließ. Auf dem kleinen Dorfplatz drehte er sich langsam einmal um sich selbst. Mit dem Ärmel seines Haori wischte er sich die Stirn. Er hatte so eine Ahnung, was der Grund für dieses Schauspiel war. Mitsukoshi ging in die Hocke. Der lehmige Boden war übersät mit Spuren; den gleichen, die er schon zuvor entdeckt hatte.

»Also waren sie schon hier«, seufzte er. Takayamas Truppe war hier durchgezogen. Er blickte den Hang hinauf zum nahen Wald und nahm eine winzige Bewegung wahr. Hinter den Bäumen sah er helle Flecken, lichtes Gelb und zartes Violett. Die Dorfbewohner waren in den Wald geflüchtet. Jetzt hockten sie vermutlich hinter den Bäumen in der Deckung und starrten verängstigt den einsamen Wanderer an, der da durch ihr Dorf schlenderte.

Mitsukoshi rückte seine Schwerter zurecht und entdeckte einen Dorfbrunnen, an dem er seinen Wasservorrat auffüllte. Er schüttelte seine Beine aus und marschierte schnurstracks wieder aus dem Dorf hinaus. Hinter dem Dorf verließ er den ausgetretenen Pfad und erklomm den nächsten Hügel. Er genoss die schattige Kühle des Waldes. Ein Käuzchen durchbrach mit seinem charakteristischen Lockruf das ewige Sägen der Zikaden. Mitsukoshi blieb abrupt stehen. Erneut richteten sich seine Nackenhaare auf. Ein Käuzchen, am helllichten Tag. Soso. Er schlug sich quer durchs Dickicht, bis er wieder im Freien stand. Irgendwie fühlte er sich hier sicherer. Auf- und abschwellendes Grillenzirpen waberte über die wogenden Reis- und Getreidefelder. Mit Kennerblick ließ Mitsukoshi die grünen Ähren durch die Hand gleiten. Das Korn war noch nicht reif, bis zur Ernte dauerte es noch ein paar Wochen.

Lärm kam von jenseits des Waldes. Mitsukoshi stapfte unverdrossen am Waldrand entlang, bis er ein metallisches Klingeln und Gegröle vernahm. Mitsukoshi blieb im Schatten der Bäume. Er hatte die Takayama-Truppe gefunden. Unten im Tal breitete sich entlang eines Baches ein Feldlager aus. Es waren keine Feldzeichen zu sehen. Ein weiterer Hinweis dafür, dass diese Truppe unerkannt bleiben wollte. Mitsukoshi überlegte kurz, ob er sich dazugesellen sollte, schließlich dienten sie dem gleichen Herrn. Doch er zögerte. Er hatte so gut wie nichts gemein mit den Männern dort unten im Tal. Das da war eine Ansammlung von Säufern, tumben Schlägern und Tölpeln, die sich für ein paar Kupfermünzen oder das plumpe Versprechen von lohnender Beute auf dieses Abenteuer eingelassen hatten. Sie alle waren früher oder später einem unehrenhaften Tod geweiht.

Das Käuzchen von vorhin machte erneut mit einem langgezogenen Ruf auf sich aufmerksam. Blieb also die Frage, wer da wem etwas mitteilen wollte. Mitsukoshi blickte unauffällig um sich, als ob er etwas suchte. Er nahm einen Ast und stocherte im hohen Gras herum, das am Waldrand wucherte. Das Käuzchen wanderte mit, jetzt kam es von schräg vorne. Um nicht vom Lager aus entdeckt zu werden, betrat Mitsukoshi erneut den Wald und kämpfte sich zu einer Lichtung durch. Wilde Brombeersträucher verlangsamten sein Vorankommen. Das Käuzchen kam erneut von hinten. Der Wald dünnte aus. Schließlich stand er wieder auf der anderen Seite und blieb wie angewurzelt stehen.

Ein mittelgroßer, bärtiger Mann, der auf einem Getreidehalm kaute, vielleicht ein paar Jahre älter als er selbst, trat ihm auf der Wiese entgegen. Drei Schwerter – na so was, dachte Mitsukoshi. Zwei davon trug der Mann über Kreuz auf dem Rücken. Wie albern, die kann er doch unmöglich rechtzeitig ziehen, überlegte Mitsukoshi im gleichen Moment, als der Fremde sich vor ihm aufbaute, die Fäuste in die Seiten gestemmt.

»Na, wen haben wir denn da? Was schleichst du denn hier so durchs Gebüsch? Hast du keine Lust, dich deinen Spießgesellen anzuschließen?«

»Das sind nicht meine Spießgesellen.«

»Wie ist dein Name, Bursche, und was machst du hier so ganz allein im Wald?«

»Die Frage wollte ich auch gerade stellen.«

»Hoho – mutig! Nur bin ich nicht allein.«

Aus dem hohen Gras erhoben sich zwei Dutzend Gestalten, lässig ihre Waffen haltend.

Mitsukoshi stutzte. Diese schlicht gekleideten Figuren unterschieden sich eigentlich nicht von der Takayama-Truppe, die er gerade noch im Tal beobachtet hatte. Doch diese Männer hier hatten sich mit Zweigen und Blätterranken getarnt. Das hatten die Takayama-Raufbolde nicht nötig. Außerdem waren viele geschoren und ihre blanken Schädel waren mit kunstvollen Tätowierungen verziert. Das Käuzchen schrie erneut. Zwei weitere Gestalten lösten sich aus dem Halbdunkel des Waldes, Lanzen im Anschlag.

»Also?«, raunzte der Bärtige und kratzte sich am Bauch.

»Ich vermute, ich bin unter die Räuber gefallen.«

Die Männer lachten lauthals drauflos.

Mit einer herrischen Geste brachte der Mann die Meute zum Schweigen. »Ruhe! Sonst hört uns noch einer!« Er rang sich eine winzige Verbeugung ab. »Wir sind keine Räuber, auch keine Diebe oder sonstiges Gesindel. Wir sind Sohei, wir sorgen hier in der Gegend im Namen Buddhas für Frieden. Jedem, der den Frieden stört, verhelfen wir zu ewigem Frieden. Also?«

»Also was? Ihr seid also keine Räuber. Das ist gut. Das bin ich auch nicht.«

Der Bärtige umkreiste Mitsukoshi langsam. Als er direkt hinter ihm stand, trat er plötzlich dicht an Mitsukoshi heran. Der rührte sich nicht einen Fingerbreit. »Was bist du dann, Bursche? Ein Ronin? Bist du etwa deinem Herrn weggelaufen?«, zischte er.

»Nein.«

Nun stand der Sohei neben Mitsukoshi und tippte auf den dunklen, runden Stofffleck auf dessen linker Brust. »Du trägst keine Zeichen.«

»Das stimmt. Ich bin lediglich ein Wanderer, der durchs Land streift.«

Der Mann kraulte ausgiebig seinen Bart und vollendete den Kreis. Er stand nun wieder direkt vor Mitsukoshi und so nahe, dass keiner der beiden Männer sein Schwert ohne Schwierigkeiten hätte ziehen können. Was dieser Kampfmönch nicht wusste, war, dass Mitsukoshi ihn auch mit bloßen Händen aus dem Diesseits hätte befördern können. Aber angesichts der Übermacht war das keine gute Idee.

»Und – wer ist nun dein Herr?«

Mitsukoshi zögerte. »Daimyo Takayama.«

Die Männer murmelten und nickten.

»Das haben wir uns fast gedacht. Also – was fangen wir nun mit dir an?«

Einer der Männer trat zu dem Anführer und flüsterte ihm etwas zu.

Der Bärtige nickte bedächtig. »Das ist ein weiter Weg und wir müssen die ganze Zeit auf ihn aufpassen. Wir können uns auch nicht aufteilen, dafür sind wir zu wenige. Wer weiß, was diese räudigen Bastarde noch alles anstellen. Bis jetzt sind sie ja nicht über die Stränge geschlagen.«

Mitsukoshi mischte sich ein. »Ihr wollt diese Schlägertruppe da unten im Tal verjagen? Respekt. Na ja. Es sind ja nur zehn gegen einen. Und sie haben auch noch Pferde. Und Bogenschützen. Habt Ihr auch Bögen und Pferde?«

Ein kollektives Knurren schlug Mitsukoshi entgegen.

»Mein Name ist Mitsukoshi und Eurer?«

»Nakamura Hiyoshi«, brummelte der Bärtige.

»Und – was nun?«, fragte Mitsukoshi drauflos.

Nakamura nickte in Richtung Mitsukoshi. »Nehmt ihm die Waffen ab. Wir brechen sofort auf.«

Mitsukoshi wehrte sich nicht. Zu viele Naginata waren auf ihn gerichtet. Selbst sein Sensei hätte sich bei so vielen Lanzen nicht gewehrt. Ohne Schwert und Wakizashi fühlte sich Mitsukoshi nackt. Zumindest verzichteten die Männer darauf, ihn zu fesseln. Das ließ entweder auf großes Selbstvertrauen oder schlichte Dummheit schließen. Und dumm waren diese Kampfmönche garantiert nicht. Mitsukoshi kannte diese Gestalten nur aus Berichten seines Meisters. Diese Männer hatten sich entschlossen, den Pfad des Studiums der Schriften Buddhas zu verlassen und zu den Waffen zu greifen, um sich jedem Unbill entgegenzustemmen, jedem Feind die Stirn zu bieten, wenn auch die wahren Beweggründe für viele dieser Sohei manchmal etwas im Dunklen lagen. Diese Kampfmönche waren aber dafür bekannt, nur ehrenhafte Männer des Glaubens unter sich zu dulden. Viele der Männer trugen Malas um den Hals und waren gut bewaffnet. Mitsukoshi behielt den Mann im Auge, der seine Schwerter trug.

»Ich bin mir sicher, er weiß etwas«, tönte einer der Sohei auf einmal.

»Wir könnten ja mal ein wenig nachbohren«, meinte ein anderer und zog sein Schwert. »Dann wird er singen wie eine Nachtigall.«

»Wetten, er weiß mehr über diese Takayama-Truppen?«

Nakamura verschränkte seine Arme und wartete Mitsukoshis Reaktion ab. Aber die blieb aus.

»Männer – was hätten wir davon? Als toter Takayama-Mann nutzt er uns nichts, denkt doch mal nach! Los – weiter!«, raunzte er.

Einige der Männer luden sich Tragegestelle auf und die Gruppe stieg den Hügel wieder hinab.

Mitsukoshi blieb hinter Nakamura. »Wohin bringt ihr mich?«

Nakamura drehte sich nicht um, während er sprach. »Als Mann im Dienste Takayamas bist du wertvoll. Wir ziehen nach Norden. In zwei Tagen werden wir Burg Hikone erreichen. Fürst Nagao wird sich über unseren Fund freuen.«

»Ach, wird er das? Warum?«

»Das Haus Nagao gehört nicht gerade zu Takayamas engsten Freunden, aber das weißt du ja.«

»Ich weiß von gar nichts. Ich bin auf dem Weg zum Kloster Kongobu-ji.«

»Ach – was willst du denn da? Das ist doch nur eine Ruine.«

»Mein Meister hat geholfen, es wieder aufzubauen und nun ist er gestorben.«

Nakamura hielt an und drehte sich zu Mitsukoshi um. Er musterte den jungen Bushi von oben bis unten. »Dein Meister war ein Mönch?«

»So etwas in der Art. Er stammte aus einem weit entfernten Land.«

»Ein Mann aus China?«

»Nein, auch nicht aus Korea, er stammte von der anderen Seite der Welt.«

»Andere Seite? Also aus dem Süden?«

Mitsukoshi lächelte. Diese Sohei mochten Männer des Glaubens sein, aber nicht unbedingt Männer des Wissens. Davor hatte ihn Meister Vanderveer gewarnt. Für die meisten Menschen in diesem Land endete die Welt hinter dem Kaiserreich China und ihr Glauben bestärkte sie darin. »Es gibt noch viele Königreiche und Fürstentümer, von denen Ihr noch nie etwas gehört habt. Dutzende, Hunderte. Ich kenne Landkarten …«

»Vielleicht stammte dein Meister ja vom Mond.«

Die Männer, die hinter ihnen durch das hohe Gras stapften, lachten.

Mitsukoshi verstummte. Es war sinnlos, mit diesen Sohei über die Welt zu diskutieren. Meister Vanderveer hatte seinem Schüler einmal erzählt, es brauche keine dreihundert Tage, um das ganze Land der Länge nach zu durchqueren. Im Norden war ein Schiff nötig, um weiterzukommen. Aber das sollte man lieber nur im Sommer versuchen, im Winter läge dort Schnee so hoch, dass er bis zu den Dächern der Tempel reiche. Mitsukoshi versuchte, sich so viel Schnee vorzustellen und es schüttelte ihn, was der Sohei neben ihm bemerkte.

»Also, warum willst du denn zum Kloster Kongobu-ji, wenn dein Meister tot ist?«

»Es war sein letzter Wunsch, Genaues soll ich dort erfahren.«

»Und der Fürst ließ dich einfach so ziehen? Takayama braucht doch jeden Mann.«

»Ja, ich habe mich auch ein wenig gewundert. Ach, ihr wisst von dem bevorstehenden Feldzug?«

Nakamura hielt abrupt an und trat näher zu Mitsukoshi. »Feldzug? Was weißt du darüber?«

»Nicht viel. Ich weiß nur, Takayama zieht nach und nach ein großes Heer zusammen.«

Nakamura spuckte den zerkauten Halm aus. »Wir haben uns schon gefragt, was dieser Halunke vorhat. Diese Banden gehören doch nicht zu einem ordentlichen Heer, das sieht man schon von weitem. Wir sind ihnen gefolgt, kurz nachdem sie die Grenze überquerten hatten.«

»Marodeure, nichts weiter. Wenn sie aufgerieben werden, kräht kein Hahn danach. Aber vorher sorgen sie noch für ordentlich Unruhe.« Mitsukoshi spuckte aus. »Fürst Nagao wird auf diese Provokation nicht reagieren, schätze ich.«

»Das wäre auch nicht besonders ehrenhaft.« Nakamura lächelte bitter. »Nein, das am allerwenigsten.«

Am Abend waren wieder die Rufe von Käuzchen zu vernehmen. Vier weitere Sohei stießen zu ihren Kameraden. Sie waren auf der Jagd gewesen. Gleich ein Dutzend Vögel und Kaninchen drehten sich auf mehreren kleinen Feuern. Mitsukoshi wunderte sich. Sohei, die Tiere fingen und aßen? Er sprach Nakamura darauf an, aber der grinste nur und zuckte mit den Schultern.

»Die Kaninchen hätten sich ja wehren können. Oder weglaufen. Aber offenbar wollten sie nicht, sie zogen es wohl vor, uns als Nahrung zu dienen.«

Mitsukoshis Augenbrauen wanderten skeptisch nach oben.

In der Nacht wurde er unauffällig bewacht. Die Männer verzichteten immer noch darauf, ihn zu fesseln. Das weiche Lager aus Tannennadeln duftete stark und kitzelte ziemlich. Die Nacht hätte nach Mitsukoshis Geschmack länger sein können, aber Nakamura trieb die Truppe früh aus dem Nachtlager.

»Los, los, wir haben keine Zeit zu verlieren. Der Weg ist noch weit.«

Der Pfad wurde anstrengender. Mit jedem Schritt entfernte sich Mitsukoshi weiter vom Ziel seiner Reise. Er überlegte, wie er sich am einfachsten von seinen Bewachern absetzen konnte. Lieber waffenlos und ohne Vorräte durch die Wälder irren, als weiter diesen Sohei nach Burg Hikone zu folgen. Was ihn dort erwartete, war ohnehin ungewiss.

Gerade als sie einem steilem Bergpfad folgten, brüllte von hinten einer der Männer: »In Deckung!«

Sofort ließen sich alle Sohei an Ort und Stelle auf den Boden fallen und rollten hinter Buschwerk außer Sichtweite, so auch Mitsukoshi. Jetzt wäre eine Möglichkeit gewesen, wie ein Hase einfach im Zickzack den Berg hinunterzulaufen, aber etwas ließ Mitsukoshi instinktiv zögern. Vorsichtig linste er über seinen Rücken. Im Tal unter ihnen ertönten Hufe vieler Pferde. Rund zwei Dutzend Reiter polterten im Galopp etwa dreihundert Schritte entfernt die Talsohle entlang.

»Die haben's aber eilig«, stellte Nakamura fest, der nur eine Armlänge entfernt von Mitsukoshi hinter einem Nussstrauch lag.

»Den Bannern nach eine Kundschaftertruppe Takayamas«, erläuterte Mitsukoshi gelassen.

»Reichlich viele Kundschafter«, kommentierte Nakamura.

»Geht es dort lang nicht nach Westen, nach Nara?«, fragte Mitsukoshi unverblümt.

Der Sohei musterte Mitsukoshi für einen Moment. »Ich überlege gerade, ob wir dir nicht lieber die Augen verbinden sollten.«

»Das würde uns nur verlangsamen«, lächelte der.

Als Antwort scheuchte Nakamura seine Männer hoch. »Los, weiter!«

Die Gruppe lief im Gänsemarsch durch ein schmales, zugewachsenes Tal. Den Weg frei zu hacken war anstrengend. Die Männer wechselten sich dabei ab. Das Rauschen eines nahen Wasserfalls legte sich betäubend auf die Ohren. Mitsukoshi schaute hoch zu den kahlen Berggipfeln, auf denen hier und da auch im Sommer noch Schnee lag. Die Annahme Nakamuras von zwei Tagen Wanderung war leicht untertrieben. Auch am Ende des zweiten Tages hatten sie die Schlucht noch nicht hinter sich gebracht. Mitsukoshi war den Dauereilmarsch nicht gewohnt. Seine stabilen Stiefel, die die anderen Männer verstohlen musterten, waren für schnelle Märsche durch unwegsames Gelände nicht geeignet.

»Diese Strohschlappen sind doch Mist!«, schimpfte Sensei Vanderveer jedes Mal, wenn seine Waraji sich mal wieder in ihre Bestandteile zerlegten. Bei den riesigen Füßen des Meisters war das auch kein Wunder. Für etwas stabilere Zori wollte er nie Geld ausgeben, auch wenn ihn Mitsukoshi immer wieder dazu ermunterte. »Pah, die halten auch nicht besser«, spottete der Holländer stets. »Schwerter, ja Schwerter könnt ihr perfekt herstellen, aber vernünftige Fußbekleidung, das scheint hier wohl ein großes Mysterium zu sein. Ich glaube, mit stabilen Schuhen könnte man hier ein Vermögen machen.«

Was das heißen sollte, war für Mitsukoshi stets ein Rätsel geblieben. In seinem Alter wuchs er spätestens alle drei Monate aus seinen Sandalen heraus. Ein paar Waraji konnte man sich schnell selbst knüpfen, Stroh wuchs überall genug an den Bachläufen. Das hatte der Junge von seinem Vater gelernt und er war ein klein wenig stolz darauf, so eine Kunst zu beherrschen, was

Meister Vanderveer auch weidlich ausnutzte. Nach einer Weile hatte Mitsukoshi aufgehört nachzuzählen, wie viele Paar Strohsandalen er schon für den Holländer geknüpft hatte. Als sie eines Tages durch eine größere Ortschaft kamen, fragte sich der Meister nach einem Zimmermann durch und verblüffte den Mann mit dem Plan, ein paar Schuhe nach eigenen Vorgaben herzustellen. Fast ärgerlich schob der Alte alle Geta beiseite, die der Zimmermann ihm anbot und griff zu einem Stück Leder, dass auf der Werkbank lag.

»Hier, damit macht Ihr mir Schuhe, Meister, und ich zeige Euch, wie.«

Mitsukoshi fand die klobigen Dinger an seinen Füßen ziemlich ungewohnt und unbequem, während Vanderveer dem Schuhmacher eine Menge Münzen in die gierig aufgehaltenen Hände zählte. Doch nach einer Weile hatte er sich an seine neue Fußbekleidung gewöhnt. Dummerweise wuchs er auch aus dieser luxuriöseren Variante bald heraus und das Schauspiel wiederholte sich in der nächsten größeren Siedlung entlang des Weges.

In dieser Nacht wurde das Lager zwischen wilden Brombeersträuchern aufgeschlagen. Die Vorhut kehrte wieder mit einem Bündel wilder Kaninchen zurück, die genauso schnell aufgespießt und gegrillt wie vertilgt waren. Das nahe Plätschern eines Wildbaches lullte Mitsukoshi in einen schnellen Schlaf. Nur widerwillig fügte er sich am nächsten Morgen dem Weckruf. In der Nacht war es kühl gewesen; hier oben in den Bergen merkte man nicht viel vom milden Sommer. Mitsukoshis Haori war feucht vom Tau.

Als die Gruppe sich endlich aus der Schlucht heraus

gekämpft hatte, bot sich ihnen ein prächtiges Bild. Tief unter ihnen erstreckte sich ein ausgedehntes Wasser mit glitzernden, winzigen Wellen. Das gegenüberliegende Ufer war nur undeutlich im Morgendunst zu erkennen. Mitsukoshi war schon einmal an den Ufern des Biwa-Sees gewesen. Mehrere Wochen hatte er mit seinem Meister in einem kleinen Fischerdorf südlich von hier verbracht, weil sein Sensei den Fischfang hatte studieren wollen. Nebenbei lernte Mitsukoshi, wie man Netze und Krebsreusen knüpfte, beides ausbrachte und vollbeladen wieder einholte.

»Hier war ich schon mal. Ist lange her.«

»Für einen Bushi bist du ganz schön herumgekommen«, bemerkte Nakamura.

»Wieso nehmt Ihr an, ich sei ein Bushi?«

»Weil ich das auch einmal war, bis ich etwas Wichtigeres in meinem Leben entdeckt habe.«

»Verstehe.«

Nakamura blickte Mitsukoshi skeptisch an. »Du bist ein seltsamer Zeitgenosse.«

»Ich weiß.«

Der Abstieg zum Ufer fiel schwerer als erwartet. Die Berghänge waren hier auf der Nordseite auf weite Sicht alle gerodet und bepflanzt. Nakamura wies seine Truppe an, nicht quer über die Felder zu latschen, sondern auf den Feldwegen zu bleiben. Sie durchquerten mehrere kleine Dörfer, in denen die Bewohner ängstlich zusammenliefen und erstaunt und argwöhnisch hinter ihnen herblickten, als sie nur anhielten, um ihre Wasservorräte zu ergänzen und die Siedlung gleich wieder verließen.

An diesem Tag kamen sie gut voran.

In einem kleinen Tempel legte die Truppe einen Stopp ein, um Gebete zu verrichten, aber die Pause währte nur kurz. Nakamura trieb seine Männer zur Eile an. Die Sonne wanderte entlang des Südendes des Sees und ließ ihn golden erglühen.

Am Spätnachmittag des dritten Tages leuchtete etwas in der Entfernung auf, was Mitsukoshi blinzelnd auszumachen versuchte.

»Das ist Burg Hikone«, erklärte Takeru ungefragt, einer der Sohei, der allein durch seinen Körperumfang auffiel. »Sie ist weißer als der Schnee auf den Bergen. Du wirst sehen.«

Von der Schönheit der Burg Hikone hatte Mitsukoshi schon gehört. Auch davon, dass sie diese Schönheit nur der Tatsache verdankte, dass sie über die Jahre aus Teilen anderer Burgen zusammengesetzt worden war. Stellte sich nur die Frage, ob in diesen zusammengesammelten Teilen nicht auch deren Dämonen verbaut worden waren. Mitsukoshi hätte nie geahnt, dass er dies eines Tages selbst herausfinden würde.

Je näher sie der Burg kamen, umso mehr leuchtete die Burg wie eine Fackel am Horizont. Sie ragte hoch über den Wald hinaus, der wie bei jeder Burg in weitem Umkreis abgeholzt war. Entlang des Sees führte ein breiter, ausgetretener Pfad gerade auf die Burg zu. Nakamura ließ Mitsukoshi fesseln.

»Das macht einen besseren Eindruck«, raunte Takeru dem Gefangenen unauffällig zu.

»Verstehe.«

Die Männer waren nach dem strammen Marsch froh über die Pause.

Mitsukoshi verdrehte vorsichtig seine Handgelenke, um unauffällig die straffe Fessel ein wenig zu lockern. Seine Aufpasser hatten keinen Fehler begangen und die geflochtenen Hanfseile vorm Anlegen gut durchfeuchtet. Inzwischen waren sie getrocknet und hatten sich schmerzhaft verengt. Das Verdrehen half ein wenig. Mitsukoshi vermochte das fingerdicke Seil hin- und herzuschieben. Er schätzte, wie stark er daran ziehen musste, sodass es zerriss. Doch das Seil war wohl von einem Meister gedreht worden und von ausnehmend guter Qualität. Nur mit übermenschlichen Kräften hätte er sich ihm entwinden können. Mitsukoshi ließ sich davon nicht entmutigen. *Geduld ist eine Tugend, nur schwerlich erringbar. Die stärksten Männer scheitern bereits am geringsten Versuch*. Wieder einmal hallten die Worte Meister Vanderveers durch Mitsukoshis Erinnerungen. Takeru, der bis dahin nasebohrend unter einem Baum im Schatten gehockt hatte, erhob sich auf ein Zeichen Nakamuras, trat zu dem Gefangenen und überprüfte nachlässig die Fessel. Dann trat er Mitsukoshi ohne Vorwarnung in den Rücken.

»Los, beweg dich!«

Mitsukoshi rappelte sich aus dem Staub hoch und spuckte Blut, er war auf seinen Mund gefallen und seine Oberlippe war geplatzt. Verärgert lutschte er das salzige Blut von den Lippen. Geduld!

»Wenn wir uns beeilen, schaffen wir es noch, bevor sie die Tore schließen«, verkündete Nakamura seiner Horde. Die Aussicht auf ein richtiges Nachtlager und eventuell auch etwas Ordentliches zu beißen beschleunigte den Schritt der Männer. Nakamura hatte sich verschätzt. Als die Gruppe endlich auf den Vorplatz zum Schlossportal stolperte, hatte die Dämmerung das Land bereits in flaues Grau getaucht und die Tore waren schon geschlossen. Nakamura hämmerte gegen das massive Portal.

»Öffnet das Tor! Wir bringen einen Gefangenen!«

Eine winzige, vergitterte Luke in der nicht minder massiven Seitenpforte klappte quietschend auf. »Was soll dieser Lärm? Verschwindet und schlaft euren Rausch woanders aus oder wir spicken eure versoffenen Hinterteile mit Pfeilen!«

Nakamura trat an die Pforte und reckte sich zu der kleinen Klappe hoch. »Wir bringen einen Gefangenen! Einen Takayama-Mann! Ziemlich gefährlich, wir konnten ihn tagelang nicht aus den Augen lassen!«

Mitsukoshi schmunzelte aufgrund dieser dreisten Übertreibung.

»Wartet!«, tönte es aus der Klappe.

Es dauerte. Geduld. Befehle bellten über die Mauer hinweg. Dann schwang das Portal knarrend auf. Im Hof standen zwanzig Wachen hinter Fackeln nebeneinander aufgereiht, Lanzen im Anschlag. Der Hauptmann der Wache stand hinter der Reihe und rief ihnen entgegen: »Halt! Wer seid ihr und wer ist dieser Mann, den ihr gefangen haltet?«

»Unsere Namen sind nicht von Belang«, winkte Nakamura ab. Der dicke Takeru schubste Mitsukoshi über die Schwelle des Portals. Mitsukoshi spürte knirschenden Kies unter seinen Stiefeln und ließ sich einfach auf die Knie fallen.

»Ich bin Mitsukoshi Shinji und gehöre zur Palastwache der Burg Fukashi. Es stimmt, mein Herr ist Fürst Takayama. Ich war auf der Reise zum Kloster Kongobuji, als ich von diesen Männern überwältigt wurde.«

Der unterschwellige Appell an den Kommandanten der Wache fruchtete nicht. Takeru trat ihm erneut in den Rücken, um ihn zum Schweigen zu bringen.

»Also stimmt es, du bist ein Mann Takayamas«,

brummte der Hauptmann. »Normalerweise gibt sich mein Herr, Fürst Nagao, nicht mit solchen Lappalien ab, aber weil in letzter Zeit eine Menge Takayama-Rüpel bei uns ihr Unwesen treiben und für reichlich Unruhe sorgen, kommt mir dieser Fang gelegen. Vielleicht können wir etwas aus ihm herausholen.«

»Moment – nicht so schnell!«, widersprach Nakamura. »Noch gehört er uns. Aber wir überlassen ihn Euch gern. Gegen eine entsprechende Belohnung natürlich.« Nakamura grinste breit, der Hauptmann ebenfalls.

»Ich kann meinen Männern auch den Befehl geben, euch wie Wildschweine aufzuspießen, um ein wenig Sake und Blut abzulassen.«

»Das würde Eurem Herrn aber bestimmt nicht gefallen, wenn er davon erfährt. Wegen einer – Wie sagtet Ihr? – Lappalie gleich zwanzig Mann zu verlieren.«

Die unverhohlene Drohung war reichlich dreist. Mitsukoshi zog vorsichtshalber schon mal den Kopf ein und schaute sich unauffällig nach einem Fluchtweg um. Doch außerhalb des Fackelscheins versank der Vorhof in Dunkelheit, was darauf hinwies, dass das Gelände unter Garantie mit zahllosen Fallen gespickt war. Mitsukoshi hatte verständlicherweise keine Lust darauf, einen Fuß oder gleich ein Bein in einer hinterlistigen Schnappfalle zu verlieren.

Nur das Sägen der Zikaden war zu hören.

Dann lachte der Hauptmann, laut und lang. »Keck, das muss ich schon sagen. Vielleicht gefällt es dem Herrn.«

Das Portal schloss sich mit einem ohrenbetäubenden Rummsen. Die Sohei mussten alle Waffen ablegen. Mitsukoshi hörte sie murren, aber dann schepperten die Schwerter auf den Kies. Flankiert von den Burgwachen ging es die steile Treppe im Zickzack hinauf zum Tunnelportal zum inneren Hof der Burg.

Burg Hikone ähnelte Burg Fukashi in Größe und Ausdehnung, stellte Mitsukoshi fest. Fünf Etagen unter geschwungenen Dächern auf einem rund dreißig Meter hohen Granitsockel, nur weiß wie der Schnee des fernen Fuji-san.

Mitsukoshi nahm den intensiven Duft wilden Jasmins wahr. Die Wachen führten sie in die Ställe, die sich an der hohen Mauer entlangzogen. Hier roch es weniger nach Jasmin. Mitsukoshi plumpste ins weiche Heu und lauschte noch ein wenig dem gedämpften Geplapper seiner Häscher, die sich darüber berieten, was sie mit der Belohnung anfangen würden. Vor dem Stall zogen Wachen auf. Mitsukoshi erwachte mit einem steifen Nacken beim ersten Hahnenschrei. Kurz darauf wurde er an seiner Handfessel hochgerissen, in den Hof geschleift und mit Wasser übergossen. Die Wachmänner um ihn herum lachten, ließen ihn aber nicht aus den Augen. Geduld.

»Wir wollen doch dem Fürsten sauber unter die Augen treten, nicht wahr?«

Mitsukoshi hörte kaum zu. Er versuchte, sich den Weg zum Audienzraum im zweiten Stock zu merken, dem sie daraufhin über mehrere Treppen und dunkle Gänge entgegenstolperten. Begleitet wurde er neben Nakamura und dem dicken Takeru von drei weiteren Sohei. Die anderen mussten im Stall warten.

Der Audienzraum war ganz in Blau und Gold getaucht, das im Schein der aufgehenden Sonne glänzte, die durch halb geschlossene Fensterläden drang. Nicht ein Staubkorn tanzte im Sonnenlicht. Der Boden, auf den Mitsukoshi tropfte, war blitzblank, wie frisch gewischt. Am Ende des Raumes, der gut zwanzig Schritt maß, erhob sich ein abgesetztes Podest, umgeben von Dutzenden Öllämpchen und Kerzen.

Die Wachen zwangen die Sohei und Mitsukoshi mit ihren Lanzen in die Knie, als sich eine Seitentür öffnete und der Daimyo mit festem Schritt eintrat und das Podest erklomm. Mitsukoshi linste kurz hoch. Zu seiner Verblüffung trug der Fürst einen goldgewirkten Omeshi und eine beeindruckende, schwarz lackierte Maske mit grimmigen, geradezu wild entschlossenen Gesichtszügen, aus denen nur ein Paar tiefdunkler Augen herausschaute. Im Windschatten des Fürsten folgte der übliche Hofstaat: mehrere Heeresführer, Berater, Haushofmeister, Astrologen. Er unterschied sich von dem der Burg Fukashi nur in den Farben und Mustern der Kimonos und der Hakama.

Mitsukoshi wunderte sich darüber, dass alle bereits so früh anwesend waren – sehr ungewöhnlich. Dies steigerte die Wichtigkeit des kommenden Geschehens und damit auch den Wert, den man dem Gefangenen zumaß, beträchtlich. Geduld.

Als endlich alle, verhohlen gähnend, ihren angestammten Platz eingenommen hatten, öffnete sich die Tür noch einmal und ein junger Mann von vielleicht Anfang zwanzig betrat mit schnellen Schritten den Saal. Sein geckenhafter, hellblauer Kimono trug in Gold gewirkt das Mon des Hauses Nagao.

»Hauptmann? Wer sind diese Männer? Und warum ist dieser da gefesselt?«

Der Hauptmann richtete sich aus seiner Verbeugung auf. »Diese Sohei haben einen Mann Takayamas entdeckt und gefangen genommen, vermutlich ist er ein Kundschafter. Sie haben ihn gestern Abend hierher gebracht, damit wir ihn verhören können. Vielleicht kann er uns etwas über die Pläne Takayamas verraten.«

Eine Wache riss Mitsukoshi hoch.

»Also – erklär dich. Wer bist du und was ist dein Auftrag?«, schnarrte der Hauptmann.

»Ich …«

»Lauter, Mann! Oder soll ich nachhelfen?« Der Hauptmann legte seine Hand auf den klackenden Schwertgriff.

Der geckenhafte junge Mann flüsterte dem Daimyo etwas zu und nahm neben dem Fürsten Platz. Der hatte sich abgewandt und blickte scheinbar desinteressiert zur Seite. Das kannte Mitsukoshi schon von seinem Herrn. Jetzt musste er gut aufpassen.

»Mein Name ist Mitsukoshi Shinji und es trifft zu, ich stehe seit Kurzem als Samurai in Diensten des Fürsten Takayama. Ich war auf dem Weg zum Kloster Kongobuji, als mich diese Sohei stellten. Ich sah keine Ehre darin, mich mit einer Horde dahergelaufener Strolche zu messen.«

Empörte Ausrufe der Sohei wurden schnell mit einem Zischen des Hauptmanns zum Schweigen gebracht.

»Gib zu, du bist ein Kundschafter und sollst für deinen Herrn hier spionieren!«

»Wenn ich ein Kundschafter wäre, wäre ich wohl kaum einen Tagesmarsch von hier in die entgegengesetzte Richtung gelaufen. Ich hatte gar nicht vor hierherzukommen.«

»Wo habt ihr den Mann aufgegriffen?«, fragte der Geck im blauen Kimono und wiederholte die unhörbare Frage des Fürsten laut.

Trotz seiner derzeit misslichen Lage fragte sich Mitsukoshi, was wohl der Grund dafür war, dass Fürst Nagao einen anderen für sich sprechen ließ.

»Nun«, Nakamura kratzte sich den rasierten Schädel, »es trifft schon zu, was er sagt. Er ist uns kurz hinter der Grenze in die Arme gelaufen. Aber das will gar nichts heißen, da trieb sich eine Truppe Takayamas in der Nähe herum.«

Der junge Mann im blauen Kimono winkte ab. »Das wissen wir schon. Also gehörst du zu der Truppe? Sprich!«

»Ich weiß nicht, was diese Männer für einen Auftrag haben. Ich habe sie selbst zum ersten Mal vor zwei Tagen gesehen, kurz bevor ich mich diesen Sohei ergeben habe. Sie hätten mich auch den Männern meines Herrn übergeben können, aber sie hatten wohl etwas anderes mit mir vor.«

Der Geck flüsterte erneut mit dem Fürsten.

»Wir sind davon ausgegangen, dass der Mann wertvoll für Euch wäre«, schwindelte Nakamura ungefragt drauflos und grinste feist.

»Darf ich raten: Jetzt erwartet ihr eine Belohnung dafür.«

Nakamura verbeugte sich tief. »Wie es dem Fürsten beliebt.«

»Vielleicht beliebt es dem Fürsten, euch alle an der Burgmauer als Warnung und zur Freude der Vögel aufzuhängen, also schweigt lieber still.«

Der Geck erhob sich, ging drei Schritte auf die Männer zu und wandte sich erneut direkt an Mitsukoshi. »Ich gebe dir noch eine einzige Gelegenheit, uns zu sagen, was dein Auftrag ist!«

»Ich habe keinen Auftrag. Mein Herr ließ mich ziehen, damit ich im Kloster Kongobu-ji das Erbe meines Sensei Vanderveer antreten kann.«

Lautes Gemurmel unterbrach Mitsukoshi. Mehrere ältere Männer tuschelten aufgeregt miteinander. Wieder einmal wunderte sich Mitsukoshi darüber, wie die bloße Erwähnung des Namens seines Sensei Aufregung auslöste.

»Du bist Schüler des Gaijin?«

»Ich hatte die Ehre, sein Schüler zu sein.«

Erneutes lautes Tuscheln des ganzen Hofstaates. Fürst Nagao winkte den jungen Gecken zu sich und flüsterte ihm etwas zu. Diesmal so aufgeregt und laut, dass Mitsukoshi deutlich das Zischeln vernahm, trotzdem er gut zehn große Schritte von der Plattform entfernt hockte.

»Nun – Meister Vanderveer ist hier auf Burg Hikone kein Unbekannter. Vor vielen Jahren hat er uns für einige Zeit sein bemerkenswertes Wissen zuteilwerden lassen und ein wirklich beeindruckendes Beispiel seiner Baukunst hinterlassen.«

»Ihr meint die Sternwarte? Davon hat er mir erzählt. Er hat oft von seiner Zeit hier auf Burg Hikone gesprochen und stets nur Gutes berichtet. Es muss ihm hier wirklich gut gefallen haben.«

Stille hing im Raum. Mitsukoshi sah im Augenwinkel, wie es Nakamura dämmerte, dass ihm die Felle drohten davonzutreiben. Der Mönch war jedoch nicht auf den Kopf gefallen und schwieg. Geduld, Nakamura, dachte Mitsukoshi und beobachtete das immer noch aufgeregte allgemeine Getuschel. Die älteren Samurai schienen jedoch nicht besonders beeindruckt zu sein. Jedenfalls ließen sie es sich nicht anmerken. Sie blickten immer wieder hoch zum Fürsten, der sich mit dem jungen Mann in Blau beriet. Mitsukoshi winkte dem Hauptmann zu, der sich zu ihm herunterbeugte.

»Wer ist dieser junge Mann – wenn ich fragen darf?«

»Das ist der Neffe des Daimyo, Harukage.«

Dieser winkte den Hauptmann zu sich und reichte ihm einen kleinen Beutel. Der Hauptmann blickte Harukage fragend an, dann verbeugte er sich hastig und kehrte zu den Sohei zurück. Er ließ das Beutelchen in Nakamuras gierig zitternde Hände fallen. Dabei sah der Hauptmann aus, als hätte er Bauchschmerzen, fand Mitsukoshi. Nakamura warf das Säckchen kurz in die Luft, ein gedämpftes Klingeln ertönte, als er es wieder auffing. Die Mönche verharrten in der Verbeugung.

Die Wachen scheuchten die Sohei hoch und aus dem Saal heraus. Mitsukoshi hoffte, die tätowierten Glatzen so schnell nicht wiederzusehen. Als sich die Tür hinter ihnen schloss, beendete Harukage sein Geflüster mit dem Daimyo.

»Nun, trotzdem Ihr ein Mann Takayamas seid, wünscht der Fürst, Eure Laune durch die Erinnerung an dieses Gespräch nicht zu trüben.« Er wandte sich an den Hauptmann: »Dieser Mann ist unser Gast. Zeigt ihm die Gastgemächer.«

Der Hauptmann drohte zu platzen.

Mitsukoshi verharrte in der Verbeugung, bis der Fürst, sein Neffe und die Leibwächter den Audienzraum verlassen hatten.

»Folgt mir.« Der Hauptmann unterdrückte nur schwerlich seinen gewohnten Befehlston.

Vor der Tür kamen ihnen zwei kichernde Mägde entgegen, die den Hauptmann von der lästigen Pflicht befreiten, den neuen Gast durch die Burg zu den Gastgemächern führen zu müssen. Auf dem Weg dorthin wartete der Haushofmeister. Jedenfalls nahm Mitsukoshi an, dass es sich bei der grellbunt gewandeten und obendrein geschminkten Gestalt wohl um den Hüter von Hof und Küche handelte.

»Lasst mich Euch willkommen heißen. Fürst Nagao hat mich angewiesen, Euch nach Euren Wünschen zu befragen.«

»Der Fürst oder sein Neffe?«

Ein unverständlicher Blick und genuscheltes Gemurmel war die Antwort.

»Nun, ist auch nicht so wichtig«, versicherte Mitsukoshi. Sie erreichten einen schlicht ausgestatteten Raum im obersten Stockwerk.

»Ich hoffe, dieses Gemach sagt Euch zu.«

»Sicher. Ich danke Euch für Eure Mühe.«

»Das ist keine Mühe.« Der Mann lächelte gequält.

Mitsukoshi schaute an sich herab. »Wie Ihr seht, bin ich arg mitgenommen, ein Bad täte mir bestimmt gut – und ein anderes Gewand.« Mitsukoshi zog an seinem teilweise zerrissenen Haori.

Die beiden Mägde waren ihnen schweigend gefolgt. Ein kurzes Kopfnicken des bunten Mannes genügte und eine von ihnen verschwand. Der Haus- und Hofmeister trat näher und flüsterte: »Fürst Nagao lässt Euch außerdem fragen, ob Ihr eine Begleitung für die Nacht wünscht.«

Die verbliebene Magd kicherte erneut. Mitsukoshi musterte sie kurz.

»Nun, dies gehört nicht zu meinen Gewohnheiten, muss ich sagen.«

Das grellbunte Gesicht des Mannes hellte sich auf. »Vielleicht steht Euch der Sinn nach anderer, weniger weiblicher Unterhaltung.«

»Nein danke, wirklich nicht.«

Die Begeisterung auf dem Gesicht des Mannes erlosch gleich wieder. Ohne ein weiteres Wort zu erübrigen, verschwand der Haushofmeister. Im gleichen Moment kehrte die Magd zurück, in den Händen trug sie einen dunkelblauen Yukata mit dem Mon des Hauses Nagao und ein Paar fein geknüpfter Zori. Mitsukoshi folgte ihr und dem zweiten Mädchen die Treppe hinunter über den Hof zum Onsen.

Das Onsen stand auf Stelzen und befand sich im Schatten der Burg, auf der gegenüberliegenden Seite der Ställe im inneren Hof. Auch hier bewunderte Mitsukoshi die Ähnlichkeit mit dem Badehaus der heimischen Burg Fukashi. Die beiden Mägde halfen ihm mit spitzen Fingern aus dem zerrissenen Hakama heraus. Sie gaben sich große Mühe, dabei so sanft und gesittet wie möglich zu verfahren.

Mir muss man die letzten Tage wohl deutlich ansehen, dachte Mitsukoshi. Er war froh darüber, dass der bunte Mann so bald verschwunden war. Eine drollige, aber auch irgendwie unangenehme Figur.

Die Hitze des dampfenden Wassers im Ofuro fuhr Mitsukoshi wohlig in die Knochen. Erschöpft streckte er alle Viere von sich, so gut das in dem engen Badezuber ging und entledigte sich der Kosode. Er wrang die Unterwäsche aus und legte sie neben den Zuber. Der Dampf hüllte ihn ein. Mitsukoshi atmete tief den wohltuenden Duft der vielen Kräuterbündel ein, die rund um den Zuber gestapelt lagen und auch auf der Wasseroberfläche dümpelten. Eine der Mägde begann, seinen Rücken mit einem der Kräuterbündel abzureiben.

»Geht, lasst mich allein.« Mitsukoshi wollte den wohltuenden Moment so lange ausdehnen wie möglich. Die ständig kichernden Mädchen störten dabei nur. Mitsukoshi schloss die Augen, tauchte unter und leerte seinen Geist. Diese Zen-Übung hatte er trotz aller Ermahnungen nie ganz zur Vollendung gebracht. Irgendeine Kleinigkeit hatte ihn stets aus der Ruhe gerissen, sehr zum Ärger Vanderveers, der aus einem nie geklärten Grund immer wieder erneut auf diese Übung bestand. Eigentlich beherrschte Mitsukoshi dieses Leeren des Geistes nach kurzer Zeit recht gut, nur saß ihm häufiger ein

Schalk im Nacken, der ihn dazu brachte, die Stille mit einem despektierlichen Pupsgeräusch zu brechen. Den darauf unweigerlich folgenden Hieb mit der dünnen Gerte oder den heftigen Klaps in den Nacken war es nach Meinung Mitsukoshis stets wert gewesen.

Ein reichlich alarmierendes Geräusch brach plötzlich die Stille des Badehauses und riss Mitsukoshi aus seinen Gedanken. Er tauchte wieder auf und öffnete die Augen. In dem Dampf war nach wie vor kaum etwas zu erkennen. Klappernde Schritte mehrerer Personen auf hölzernen Geta hallten entlang des überdachten Vorbaus über den Hof. Mitsukoshi schloss erneut seine Augen, dies verlieh seinen Ohren Flügel. Die Tür zum benachbarten Abteil des Onsen wurde zurückgezogen und wieder geschlossen. Mitsukoshi vernahm ein seltsames Wispern.

Eine eindeutig männliche Stimme sagte: »Ja, ich glaube ihm auch. Obwohl er nur wenig gesagt hat.«

Mitsukoshi erkannte sie sogleich als die von Harukage, dem Neffen des Fürsten. Selbst jetzt klang er affektiert. Was jetzt folgte, ließ Mitsukoshi in seinem Bad trotz des heißen Wassers erstarren.

»Wir sollten vorsichtshalber die Wachen verdoppeln.«

Lautlos wiederholte Mitsukoshi das Gesagte. Das war nicht der Geck. Das war die Stimme einer Frau, einer jungen Frau. Was machte eine Frau im Bad mit dem Neffen des Fürsten? Was für eine alberne Frage, das war wohl seine Musume. Aber warum diskutierte er taktische Überlegungen mit seiner Mätresse und nicht mit seinen Heeresführern? Mitsukoshi erhob sich lautlos aus dem Badezuber und trat näher an die Wand.

Das Gespräch nebenan setzte sich fort: »Wir werden schon noch herausfinden, was Takayama vorhat.«

Dann wieder die Frau: »Na was wohl, Vetter, er will sich so viele Fürstentümer wie möglich einverleiben.«

Mitsukoshi hielt den Atem an. Die Frau war keine Mätresse, sondern offenbar die Tochter des Fürsten! Beinahe hätte er einen Pfiff fahrenlassen, aber dann wurde ihm bewusst, in welcher Situation er steckte.

»Ich werde diesem Samurai schon noch entlocken, was er sonst noch weiß.«

Na, wenn du dich da mal nicht irrst, dachte Mitsukoshi.

Nun sprach wieder die Frau, eine helle, sanfte Stimme: »Ich habe schon lange nichts mehr von unseren Cousinen auf Burg Odawara gehört, ich hoffe nicht, das Takayama die Burg bereits eingenommen hat.«

»Ach Cousine, schick doch einfach einen Boten, dann weißt du es bald genau.«

»Du meinst, der Fürst schickt einen Boten. Ich weiß nicht, wie lange ich dieses Verwirrspiel noch durchhalte, irgendwann wird jemand Verdacht schöpfen.«

Harukage antwortete gelassen: »Niemand hat es bisher gemerkt und niemand darf es weiterhin merken, sonst stehen Takayamas Männer gleich morgen vor dem Tor. Auch bei uns haben die Wände Ohren.«

Wahr gesprochen, dachte Mitsukoshi und löste sich von der Wand. Schnell hatte er sich zusammengereimt, was die Worte im Nachbarbad bedeuteten. Der Fürst war vermutlich gar nicht mehr am Leben. Seine Tochter hatte dessen Platz eingenommen und der eitle Neffe war ihre gemeinsame Stimme. Kein Wunder, dass dies niemand erfahren durfte. Von nebenan drang nur noch Gemurmel durch die Holzwand. Mitsukoshi legte sein Ohr wieder an die Wand. Ein Tropfen löste sich von seiner Nase und fiel zu Boden, gefolgt von einem unwillkürlichen, lautstarken Niesen. Mist!, dachte Mitsukoshi. Seine Augen suchten schnell den fast leeren Raum nach einer Waffe ab. Er griff sich eines der flauschigen Tücher, die auf dem kleinen Schemel bereitlagen und es gelang ihm gerade noch, das Tuch um seine Hüften zu knoten, als die Tür aufgerissen wurde und der Geck hereinstürmte, Schwert voran.

Mit einem Blick sah Mitsukoshi, dass der junge Mann im blauen Yukata nicht viel Erfahrung in der Schwertführung hatte. Langsam rückwärtsgehend, tauchte er einen Fuß in das im Boden versenkte Ofuro. Dann machte er einen schnellen Schritt zur Seite und trat mit Schwung und dem nassen Fuß das gusseiserne Shichirin um. Die glühenden Kohlestückchen darin flogen quer durch den Raum, Harukage sprang einen Schritt zurück. Die Kohlestückchen zerfetzten die Shoji aus Reispapier und setzten sie trotz des feuchten Dampfes sogleich in Brand.

Mitsukoshi nutzte die Ablenkung und schob schnell die Hintertür auf. Die Lage hatte sich für ihn nicht wirklich verbessert. Nun stand er dampfend auf dem rückwärtigen Quergang des Onsen. Rufe und eilige Schritte wurden laut. Jeden Moment konnte der Held mit dem Schwert durchbrechen. Mitsukoshi lief mit patschenden Füßen ein paar Meter weiter, riss die Tür zum benachbarten Raum auf und schloss sie gleich wieder hinter sich.

Er erfasste den gesamten Raum, der sich von seinem Bad nur durch das Schmuckbild an der Wand unterschied, mit einem Blick. Dann sprang er kurzerhand in das heiße Becken vor ihm, umklammerte mit einem Arm die junge Frau, die dort vor ihm bis zur Hüfte im Wasser stand und hielt ihr mit einer Hand den Mund zu.

»Schhh!«, zischte er ihr ins Ohr, als sie mit einem erstickten Aufschrei versuchte, sich ihm hysterisch zappelnd zu entwinden. Hastig flüsterte Mitsukoshi: »Ich bedaure dies außerordentlich. Ich will Euch kein Leid zufügen. Leider war ich unfreiwillig Zeuge Eures Gesprächs. Ich schwöre, bei mir ist Euer Geheimnis sicher.«

Die junge Frau mit den hüftlangen, schwarzen Haaren biss Mitsukoshi in die Hand, während sie versuchte, nach dem Kwaiken zu langen, das griffbereit auf einem Hocker neben dem Ofuro lag. Damit hatte Mitsukoshi nicht gerechnet; mit einem kaum unterdrückten Fluch auf den Lippen ließ er sie los.

»Harukage! Hilf mir!«, gellte ihr leicht atemloser Schrei durch das Badehaus.

Mitsukoshi fiel auf, dass sie nicht nach der Wache rief. Der Gerufene riss die hintere Tür auf und stürmte herein. Sein Yukata war durchlöchert von den glühenden Kohlestückchen, Rauch stieg von ihm auf. Mitsukoshi schlug aufs Wasser und spritzte den jungen Hitzkopf von oben bis unten nass, was das kokelnde Gewand sofort löschte. Währenddessen fuchtelte der Fürstenneffe mit seinem Schwert blind in der Luft herum. Mitsukoshi sprang aus dem Wasser, wobei er nicht verhindern konnte, dass das Tuch herabglitt.

Der Moment fror in der Zeit ein.

Während der Geck sich noch das Wasser aus dem Gesicht wischte, starrte seine Cousine Mitsukoshi an, der langsam zur Wand zurückwich. Er war wie gefangen von der faszinierenden Schönheit der jungen Frau, ihren ebenmäßigen Zügen, der makellosen Haut, den schlanken Händen, die im Reflex versuchten, die Nacktheit ihres schlanken Körpers zu bedecken. Unübersehbar wanderte ihr Blick an Mitsukoshis plötzlicher Blöße herab. Es dauerte ein paar endlose Atemzüge, bis sie sich davon losriss und mit einer Hand einen Ausruf erstickte, als ihr Vetter, mit dem Tachi voran, auf Mitsukoshi zustürmte.

Der bewegte lediglich im passenden Moment seine Hüfte und wich dem Stich aus. Der Geck stieß in seinem Übereifer seine Klinge in die Holzwand, die prompt darin stecken blieb. Mitsukoshi ging leicht in die Knie und rammte seine rechte offene Hand mit der Handwurzel voran gegen das Kinn Harukages, was diesen dazu zwang, das Tachi fahren zu lassen und ihn der Länge nach auf die Dielen krachen ließ. Die junge Frau quiekte auf, als Mitsukoshi mit Leichtigkeit das Schwert aus der Wand zog und wartete, was sein Gegner nun versuchen würde. Das Kurzschwert auf dem Badehocker schien sie vergessen zu haben. Eine der Bademägde kam herein.

»Raus! Draußen bleiben!«, brüllte die junge Frau im Wasser.

Verblüfft drehte sich Mitsukoshi nach der Magd um, als diese wieder erschrocken verschwand. Er schätzte, dass in Kürze Wachen auftauchen würden. Harukage taumelte hoch und versuchte, den Kinnhaken aus seinem Schädel zu schütteln. Mitsukoshi senkte das Schwert. Der Jüngling hatte Mut, musste er zugeben. Harukage wich nicht aus und machte auch keine Anstalten zu fliehen. Im Gegenteil, er versuchte mit kleinen Schritten, sich zwischen Mitsukoshi und die junge Frau im Wasser zu bewegen. Mitsukoshi hinderte ihn nicht daran. Er wartete, bis Harukage am Rande des Ofuro stand, wutschnaubend und mit nervös zuckendem Gesicht. Dann machte er nur einen kurzen Ausfallschritt in Richtung des Gecken. Der erschreckte sich derart, dass er, hilflos mit beiden Armen in der Luft rudernd, rückwärts in das Becken plumpste. Seine Cousine half ihm hastig wieder an die Luft. Wütend stieß Harukage sie von sich. Mitsukoshi ging in die Hocke und stellte das Schwert vor sich auf.

»Na na, wie unhöflich! Geht man so mit einer Dame um, selbst wenn sie deine Cousine ist, Bursche?« Mitsukoshi bemerkte wohl, dass die junge Frau ihn mit großen Augen anstarrte und gar nicht wusste, wohin sie blicken sollte, hockte er doch direkt vor ihr, nur zwei Fuß entfernt. Nun war der ganze Raum überschwemmt und neue Dampfschwaden wallten hoch. Harukage machte Anstalten, aus dem Wasser zu klettern, aber Mitsukoshi hielt ihn in Schach. »Nicht bewegen.« Die junge Frau legte eine Hand auf das Schwert. Nun konnte Mitsukoshi es nicht wieder zurückziehen, das hätte sie ihre Hand gekostet, denn es war ein altes Tsurugi, eine Klinge mit zwei Schneiden.

»Wie heißt Ihr, Fremder?«

Mitsukoshi verbeugte sich, so gut es in seiner Position ging, ohne den sich nur mit Mühe beherrschenden Heißsporn aus dem Auge zu lassen. »Mitsukoshi Shinji, aber das wisst Ihr ja bereits.«

»Gestattet Ihr mir, mich aus dem Ofuro zu erheben?«

»Wie könnte ich es wagen, dem Fürsten einen Wunsch abzuschlagen?«

Mitsukoshi hörte deutlich, wie sie laut Luft einsog.

»Mir würde es schon genügen, wenn Ihr darauf verzichten würdet, meinem Vetter den Kopf abzuschlagen.«

Mitsukoshi zog langsam das Schwert zurück. Harukage hatte wohl endlich dazugelernt, er bewegte sich keinen Fingerbreit.

»Verratet Ihr mir auch Euren Namen?«, fragte Mitsukoshi forsch, um die Stille zu brechen. Er blickte zu der

Frau hinüber und sah, wie sie errötete. Interessant, dachte Mitsukoshi, erst bei der Frage nach ihrem Namen errötet sie.

»Nagao Kazumi.«

Kazumi – wenn das nicht der schönste Name für dieses überirdische Geschöpf war. »Harmonie und Schönheit, wie passend.« Mitsukoshi blickte weg, als sich der schlanke Rücken Kazumis aus dem Wasser erhob.

Eine Männerstimme rief durch die Tür: »Herr, ist alles in Ordnung?«

»Ja, alles ist gut, bleibt draußen, geht fort!«, brüllte Harukage, wenngleich seine Stimme leicht hysterisch klang.

Während Kazumi sich in einen Yukata wickelte, reichte Mitsukoshi dem Fürstenneffen die Hand. Der zögerte erst noch, dann griff er zu und Mitsukoshi zog ihn aus dem Wasser. Harukage sprang zu seiner Cousine und schirmte sie ab, lauernd wie ein Raubtier. Erneut musste Mitsukoshi den Mut des jungen Mann anerkennen. Seine Sinne waren so geschärft, dass er die Schritte mehrerer Wachen draußen hörte, wie Kazumi den seidenen Obi verknotete und ihr Vetter auf die leise quietschenden Dielen tropfte. Kazumi drehte sich um, zischte ihrem Verwandten etwas zu und warf Mitsukoshi einen Haori zu, den sie offenbar über dem Männer-Yukata getragen hatte.

Mitsukoshi vernahm erneut den Duft wilden Jasmins. Hastig bedeckte er seine Blöße mit dem viel zu kurzen Haori und verbarg das Schwert hinter seinem Rücken. Harukage zog vorsichtig die Vordertür zur Seite und trat der Wache entgegen, die in diesem Moment angelaufen kam. Mitsukoshi konnte nicht hören, was gesprochen wurde, er starrte Kazumi an, die seinem Blick nicht auswich. In dem prächtig verzierten Badegewand erschien sie ihm noch begehrenswerter.

»Und nun?«, fragte Mitsukoshi drauflos.

Kazumi zögerte. »Nun, wir kehren in die Burg zurück. Ihr folgt uns. Wenn die Wachen fort sind, reden wir.«

»Warum gebt Ihr nicht gleich den Wachen den Befehl, mich zu töten?«

»Ja, das könnte ich. Aber Ihr habt das Leben meines Vetters geschont, ich stehe in Eurer Schuld.«

Mitsukoshi nickte. »Ich hasse Verschwendung.«

»Oh.«

Der Verschonte kehrte zurück und flüsterte seiner Cousine etwas zu. Die hielt sich erschrocken die Hand vor den Mund. Ihr Vetter reichte ihr die in Lack gegossene Grimasse.

»Wir müssen schnell zurück in die Burg. Takayamas Truppen nähern sich. Ich sagte doch, er ist ein Spitzel!«

Mitsukoshi schüttelte den Kopf. »Und wie, glaubt Ihr, hätte ich der Truppe da draußen Nachrichten zukommen lassen? Das ergibt doch gar keinen Sinn.«

Schnell huschten Harukage und Kazumi nach draußen, wo bereits ein Dutzend Männer warteten. Mitsukoshi schlüpfte in ein Paar Geta, die vor der Tür standen und klapperte den beiden hinterher. Es war inzwischen dunkel geworden und Kazumi war von einem Mann nicht mehr zu unterscheiden. Eilenden Schrittes ging es über den kiesbedeckten Hof hinein in die Burg. Im dritten Stock angekommen, verlangsamte sich endlich der Schritt der drei. Kazumi verschwand in den Fürstengemächern, während ihr Vetter keuchend davor stehenblieb und Mitsukoshi fixierte.

»Ich weiß nicht, wie Ihr es gemacht habt, aber da draußen befinden sich nun Männer Takayamas und ich will wissen, was die im Schilde führen.«

»Wie viele sind es denn?«

»Unsere Beobachter schätzen an die hundert.«

»Und damit glaubt Ihr, nicht fertig zu werden?« Mitsukoshi winkte ab.

»Trotzdem.«

»Ihr hört Euch an wie ein kleines Kind, das um sein Spielzeug bangt«, spottete Mitsukoshi.

Bevor Harukage etwas entgegnen konnte, öffnete sich die Tür und Kazumi erschien in vollem Ornat des Fürsten. Unter der Maske war sie nur undeutlich zu verstehen. Die beiden Männer folgten ihr treppab in den Audienzsaal. Dort wiederholte sich das Schauspiel. Harukage flüsterte mit dem angeblichen Fürsten, während nacheinander die Heerführer und die geheimen Kundschafter vortraten und Meldung machten. Mitsukoshi bemerkte wohl, dass er unauffällig bewacht wurde, während er stumm an der Seite des Saales sitzend dem Geschehen folgte. Er sah, dass Harukage schwitzte. Selbst aus der Entfernung war die Angst in seinen Augen zu erkennen. Kazumi hingegen schien die Ruhe selbst zu sein. Sie stellte nur wenige Fragen und gab eine Reihe von Anordnungen, die ihr Vertrauter weiterreichte. Niemand im Raum schien dieses Verhalten des ›Fürsten‹ ungewöhnlich zu finden. Die Wachen wurden verdreifacht, Alarmroutinen entlang der Palisaden festgelegt, weitere Kundschafter ausgeschickt und mehr Pfeile und Lanzen aus der Waffenkammer angefordert.

Alles vor Mitsukoshis Ohren, der zugeben musste, von diesen Vorgängen fasziniert zu sein. Er war noch nicht lange genug auf Burg Fukashi und hatte bisher nur die alltäglichen Waffenübungen erlebt. Dies war dagegen die ausgeklügelte Vorbereitung auf den Verteidigungsfall. Sein Respekt vor Kazumi wuchs mehr und mehr. Eine

Frau, die so detailliertes Wissen über das Kriegshandwerk besaß, erschreckte ihn ein wenig, wenn er daran dachte, wozu sie dann vermutlich in Friedenszeiten fähig war. Seine Gedanken drifteten davon, vermutlich auch deshalb, weil er schon lange nichts mehr gegessen hatte und seine Kräfte langsam zur Neige gingen. Er versuchte sich die perfekte Schönheit Kazumis ins Gedächtnis zu rufen. Lächelnd döste er vor sich hin, bis die Zusammenkunft beendet war. So bekam er auch kaum mit, dass der Fürst Order gab, den Gast in seinen Raum zu begleiten.

Draußen war es pechschwarz geworden. Mitsukoshi folgte einem Diener wieder in das oberste Stockwerk, wo unter dem Dach ein bequemer Futon auf ihn wartete. Auf eine Bitte hin brachte ihm der Hausdiener noch eine Schale mit Brot sowie einen Topf mit pikant gewürztem Fischbrei und frischem, gehäckseltem Weißkohl. Dazu eine Flasche milden Sake. Kaum war er allein, schlang Mitsukoshi alles gierig herunter. Vor der Tür wachten zwei Mann über seinen Schlaf.

Nächtlicher Wachdienst war für Mitsukoshi nicht unbekannt, auch er hatte bereits hochrangige Gäste auf Burg Fukashi in der Nacht schützen müssen.

Trotz all des Luxus' um ihn herum war sein Schlaf unruhig. Er erwachte mehrfach. Der Lärm der Burgwachen unten im Hof schallte bis zu seinem Raum hinauf. Mitsukoshi blickte aus dem Fenster. Im Schein zahlreicher Fackeln sah er, wie hunderte Soldaten im Vorhof aufliefen, ebenso viele versammelten sich im inneren Hof und Dutzende Bogenschützen gingen im Laufschritt auf den umlaufenden Wachgängen der Burgmauern in Stellung. Bei dem Gewusel war es nahezu unmöglich, die genaue Anzahl nachzuzählen. Mitsukoshi schätzte rund vierhundert Verteidiger. Wenn die Truppe Takayamas lediglich hundert Mann zählte, würde sie bei dem Versuch, die Burg zu stürmen, schnell aufgerieben werden.

Als die Sonne aufging, klopfte es an der Tür. Ohne eine Antwort abzuwarten, betraten gleich mehrere Bedienstete den Raum, beladen mit bis zum Rand gefüllten Wassereimern. Sie stellten ihre Last gleich neben dem Fenster ab und bezogen daneben Stellung. Mitsukoshi ahnte schon den Grund. Sollten die Gegner brennende Pfeile einsetzen, würde jedes Feuer von hier oben gleich gelöscht. Jedes Stockwerk war nun bestimmt von Hausdienern und Wassereimern bewacht. Mitsukoshi kam sich reichlich überflüssig vor.

»Sind die Gegner schon aufmarschiert? Oder wenigstens zu sehen?«

Niemand konnte ihm die Fragen beantworten. Also zog er seinen neuen Obi straffer und stieg hinab zum Audienzraum. Die beiden Nachtwachen folgten ihm mit nur wenig Abstand und ließen ihn nicht aus den Augen. Mitsukoshi bemerkte wohl, dass die beiden unverhohlen gähnten. Die Seitentüren standen offen und Mitsukoshi erkannte den ›Fürsten‹ und dessen ›Neffen‹ draußen auf dem Gang. Er konnte nicht hören, wie sie sich wohl berieten. Als er zur Tür ging, folgten ihm die Wachen die Treppen hinunter zur Küche. Das Küchenpersonal starrte die drei nur kurz an, dann widmete es sich wieder seinen Aufgaben. Mitsukoshi fischte sich ein paar Eier und etwas Fladenbrot aus gut gefüllten Körben, dann setzte er sich, ohne weiter auf seine Bewacher zu achten, draußen an den Brunnen vor den Ställen und vertilgte sein frugales Mahl.

»He, ihr! Wisst ihr, wann die Sohei eigentlich abgezogen sind oder wohin sie gegangen sind?«

Keine Antwort war auch eine Antwort. Einer der älteren Samurai erschien in voller Rüstung auf der Bildfläche und trat zu Mitsukoshi, der keine Notwenigkeit darin sah, sich zu erheben.

»Du da! Fürst Nagao will dich sprechen. Los, folge mir!«

Mitsukoshi leckte sich die Finger ab, zuckte mit den Schultern und folgte dem Mann zurück in den voll besetzten Audienzsaal. Die zumeist älteren Samurai, die sich rund um Kartentische versammelt hatten, musterten ihn mit argwöhnischen Blicken. Es dauerte eine Weile, bis sich Harukage an ihn wandte.

»Der Fürst möchte sich für den anfänglichen Verdacht entschuldigen.«

Der nächste Satz ging im allgemeinen Gemurmel unter. Der Zeremonienmeister schlug zweimal mit seinem Stab auf den Boden. Stille trat ein.

»Ich formuliere es anders. Der Fürst bedankt sich für die ihm erwiesenen und zukünftigen Dienste.«

Erneutes Gemurmel, etwas leiser. Auf einen Wink hin trat ein Diener ein, beladen mit einer Rüstung in den Farben und mit den Abzeichen des Hauses Nagao. Mitsukoshi zögerte, die Rüstung anzunehmen.

»Ich fühle mich geehrt ...«, begann er, wurde aber von Harukage unterbrochen.

»Der Fürst hat damit gerechnet, dass Euch diese Farben nicht zusagen werden.« Er winkte erneut. Ein anderer Diener kam herein und legte vor Mitsukoshi eine weitere Rüstung ab, diesmal in völlig neutralem Schwarz und ohne jedes Zeichen. »Empfangt außerdem diese Schwerter als Ausgleich für den Verlust Eurer Waffen.«

Das Murmeln brandete erneut auf. Mitsukoshi untersuchte mit Kennerblick das Langschwert und das kurze Wakizashi. Beides waren edle Gomai aus zwei Sorten Stahl mit einer feinen Maserung auf der Klinge und keine simplen Maru aus der sonst üblichen Massenfertigung, die sich bei dem kleinsten Duell bereits verbogen und unbrauchbar wurden. Beide trugen das eingravierte Zeichen des Hauses Nagao auf der Klinge über dem Stichblatt, aber das spielte für Mitsukoshi keine Rolle. Er verbeugte sich tief.

»Ich danke Euch vielmals und werde es stets in Ehren halten.« Mitsukoshi bemerkte wohl, wie die beiden Samurai, die ihn bewachten, erstaunte Blicke tauschten. »Ihr gestattet, dass ich nun meine Reise zum Kloster Kongobu-ji fortsetze?«

»Es steht Euch frei, zu gehen.« Harukage fügte noch ein leises »Leider« hinzu, dann laut: »Der Fürst wünscht, dass Ihr ihm nicht so schnell wieder unter die Augen tretet.«

Das Gemurmel im Raum verstummte augenblicklich.

Mitsukoshi schluckte. »Ich werde dem Wunsch des Fürsten mit Freuden nachkommen.« Dabei fixierte er Kazumi in ihrer Maske, aber die starrte nur an die Wand.

Mitsukoshi erhob sich und verließ den Raum, gefolgt von den Dienern mit der Rüstung. Sie führten ihn zu einem kleinen Raum im Erdgeschoss, wo sie ihm halfen, die Rüstung anzulegen. Der schlichte Brustpanzer war mit Hunderten kleiner Metallplättchen verstärkt, zusammengehalten von orangenen und weißen Seidenkordeln. Der Rest bestand aus gehärteten Lederplatten, aber ein schwererer Kampfrock hätte Mitsukoshi nur bei seiner Reise behindert. Zu seiner Verblüffung führten ihn die beiden Wachen in den Stall, wo der Stallmeister ihm leise murrend und äußerst skeptisch dreinblickend einen jungen Hengst vorführte. Am Sattel hingen ein hochwertiger Langbogen und ein Köcher voller erstklassig gefertigter Pfeile mit Metallspitzen. Dies überstieg Mitsukoshis Erwartungen bei weitem. Harukage wollte wohl sicher gehen, sich Mitsukoshis Schweigen zu erkaufen. Hätte er absolut sicher gehen wollen, wäre Mitsukoshi bereits nicht mehr am Leben gewesen. Daraus schloss Mitsukoshi, dass er wohl Kazumi nicht nur diese großzügigen Geschenke, sondern auch sein Leben verdankte. Am äußeren Tor angekommen, händigten die Wachen ihm die neuen Waffen aus. Das Tor öffnete sich und Mitsukoshi lenkte das leicht störrische Reittier hinaus in die Vorstadt hinein.

Mitsukoshi rechnete sich aus, dass das Pferd seine Reise erheblich verkürzen würde. Hinter der Burgvorstadt folgte er einem ausgetretenen Pfad, der entlang der nahen Berge führte. Er überlegte, wie weit er es wohl an einem Tag schaffen würde. Die Gegend war ihm völlig unbekannt und offenbar nur spärlich besiedelt. Die dicht bewaldete Berglandschaft machte das Land weiter oben untauglich für die Landwirtschaft. Der Landstrich schien nicht gerade von den Göttern begünstigt zu sein. Auf der Suche nach einem Pass durch die Bergkette erklomm Mitsukoshi einen wurzel- und laubübersäten Hügel nach dem anderen, nur um festzustellen, dass sich dahinter zwei weitere, noch höhere befanden. Hätte er doch den seenahen Pfad genommen, auf dem sie gekommen waren! Doch Mitsukoshi ließ sich nicht entmutigen. Stoisch setzte der Hengst einen Huf vor den anderen. *Irgendwann endet jeder Weg einmal*. Noch so eine seltsame Weisheit des Senseis, erinnerte sich Mitsukoshi.

Die Sommersonne brannte auf ihn herunter. Im nächsten Tal plätscherte ein kleiner Bach vom Hügel herab. Mitsukoshi befeuchtete sein Halstuch und legte es sich wieder um den Hals. Das Pferd soff begierig das kühle, klare Wasser. Mitsukoshi ließ es gewähren und schwitzte in seiner neuen Rüstung. Kurzerhand entledigte er sich des Brustpanzers und der Arm- und Beinschienen und band alles am Sattel fest. Er rechnete nicht damit, die Rüstung in nächster Zeit nutzen zu müssen. Die Luft flimmerte in der aufsteigenden Luft, die gesättigt war vom monotonen Sägen der Zikaden. Einer der Millionen Steinchen kullerte talwärts. Mitsukoshis Blick wanderte über den zurückliegenden Hügel, ein paar hagere Holunderbüsche und die verdorrten Überreste einer Tanne, die sich einsam an einen hoch aufragenden Steilkamm klammerte. Sein Atem verlangsamte sich.

Er war nicht allein.

Vielleicht war es aber auch nur Zufall. Ohne seinen Blick zu heben, drehte er sich langsam um die eigene Achse. Einen Gegner zu hören war oft wichtiger, als ihn zu sehen. Wenn man ihn sah, war es oft schon zu spät. Einem Pfeil vermochte er auf so eine Entfernung noch auszuweichen, doch Mitsukoshi bevorzugte den Nahkampf. Das schien ihm ehrenvoller. In so einem Moment hatte Sensei Vanderveer normalerweise blitzschnell zugelangt und seinem auf Ehre bedachten Schüler einen Klaps auf den Hinterkopf verpasst. Mitsukoshi zog instinktiv den Hals ein. *Lieber unehrenhaft und noch am Leben als ein ehrenvoller, aber dämlicher Tod.* Er spürte die Präsenz seines Meisters, einem Windhauch gleich, an seinem Hinterkopf. Hinter der letzten Kuppe, hinter einem rundlichen Felsbrocken, verbarg sich der Verfolger, da war sich Mitsukoshi sicher. Er kalkulierte blitzschnell, ob es sich lohnte, die Neugier zu befriedigen und dem Gegner entgegenzutreten, aber er entschied sich dagegen. Die Zeit war noch nicht gekommen.

Trotzdem blickte er nun häufiger hinter sich als zuvor.

Diese Landschaft bot zu viele Möglichkeiten, sich ungesehen vorwärts zu bewegen. Das kann ich auch, dachte sich Mitsukoshi und nutzte jede noch so winzige Deckungsmöglichkeit. Er machte sich einen Spaß daraus, sich immer neue kleine Rätsel auszudenken, die er auf dem Weg hinterließ. Er stapelte flache Steinchen, knickte im Vorbeireiten massenweise Tannenzweige rechtwinklig nach oben, malte mit weichen Steinen holländische Sinnsprüche auf Felswände, verziert mit dicken Pfeilen, die ins Nirgendwo wiesen. Alle paar Kilometer legte er einen geflochtenen Kreis aus Zweigen und kratzte ein unübersehbares *Hier!* daneben in den weichen Boden. Er stellte sich vor, wie der oder die Verfolger überall tiefe Gruben aushoben, vorsichtig mit Ästen zugestellte Höhlen freilegten, auf hohe, dürre Bäume kletterten, um die Blumengebinde aus weithin sichtbaren, knallgelben Butterblumen herunterzuholen, die Mitsukoshi mit Schwung in die Wipfel befördert hatte. Er gab sich Mühe, immer neue Variationen sinnloser Hinweise und Rätsel zu ersinnen. Sensei Vanderveer hatte ihm einmal diesen Kniff beigebracht. Aus Neugier verschwendete ein Gegner somit unsinnig viel Zeit und verbrauchte Unmengen an Energie. Energie, die später für den Kampf fehlte. Der Sinn der Rätsel bestand jedoch vorwiegend darin, im günstigsten Fall jedes noch so winzige Quäntchen Verstand aus dem Kopf der Gegner zu quetschen. Ein verwirrter Gegner hatte schon verloren, bevor der Kampf begann.

Zum ersten Mal kam Mitsukoshi der Verdacht, dass auch andere dieses Wissen besaßen und vielleicht genau das ihr Plan war: ihn zu verwirren. Doch das war zu unwahrscheinlich – oder doch nicht? Kurzerhand schrieb er dem Verfolger eine Nachricht.

Wir sehen uns im Kloster.

Ein paar Kilometer später bereute er es wieder. Mitsukoshi bedauerte es nun, seinen Meister nie wieder fragen zu können, ob er sich richtig verhalten hatte und seine Verärgerung darüber wuchs. In der folgenden Nacht machte er deshalb kaum ein Auge zu.

Am Morgen danach fiel ihm ein dünner Rauchfaden auf, der in einiger Entfernung senkrecht in den Himmel stieg.

Hinter dem nächsten Hügel verwandelte sich die Landschaft. Ein weites Sumpfgebiet mit hüfthohem Schilfgras breitete sich vor Mitsukoshi aus. Er vermutete, dass er nicht mehr weit vom Kloster entfernt war. An dieses Tal konnte er sich erinnern. Ein paar Bauern hatten sich vor einigen Generationen hier angesiedelt. Die krummen Hörner ihrer Büffel ragten überall aus dem Schilf, die gebeugten Rücken der Farmer dahinter waren erst später zu sehen. Mitsukoshi hörte das Knallen von Peitschen beim Näherkommen. Bunte Kimonos der Bäuerinnen waren als farbige Tupfer über das ganze Tal verteilt.

Mitsukoshi beschloss, sich unsichtbar zu machen und verschwand im Schilf. Sein Hengst legte sich zufrieden hin, Mitsukoshi auf die Lauer. Nun wollte er doch wissen, wer da in seinen Spuren lief, doch niemand kam über die Kuppe. Die Sonne stieg hoch. Der intensive Geruch des Schilfs betäubte Mitsukoshis Nase. Schließlich wurde er vom Schlaf übermannt. Als er wieder erwachte, sprang er erschrocken auf.

Jemand hatte einen Reif aus Schilfgras geflochten und ihm auf den Kopf gesetzt.

Mitsukoshis Herz raste, während er die Umgebung absuchte. Doch er konnte nicht den kleinsten Fußabdruck entdecken, noch nicht mal im feuchten Sand des Ufers. Leicht genervt kämpfte sich Mitsukoshi zur nächsten Ansammlung niedriger Hütten durch, wo er auf einen breiten Pfad stieß.

Die Hütten in dieser winzigen Ansiedlung waren alle verrammelt, an einer fand Mitsukoshi eine Schriftrolle mit einer handgeschriebenen Verordnung des Daimyo angenagelt. »Beschlagnahmt zum Wohle des Fürstentums«, knurrte er zwischen zusammengebissenen Zähnen. Das kannte er schon. Willkür, der man lieber auswich, wenn man an seinem Leben hing. Meister Vanderveer hatte sich einmal mit dem Bakufu, den Behörden angelegt. Ein übereifriger Beamter war am Kloster aufgetaucht, um eine ›Ausländersteuer‹ einzutreiben. Wobei der Sensei wohl der einzige Ausländer im Umkreis von fünfzig Tagesreisen war. Ein lächerlicher Versuch, den der Beamte beinahe mit seinem Leben bezahlt hätte. Die Mönche hatten den Sensei gerade noch davon abbringen können, die kümmerliche Gestalt an Ort und Stelle in zwei Teile zu zerhacken.

Nun wusste Mitsukoshi, dass er bereits die Grenze überschritten hatte. Die Verordnung trug das Zeichen des Daimyo der Provinz Iga, der Provinz mit den berühmtesten Shinobi-Dojos, aus denen fast alle Ninjas stammten. Meister Vanderveer hielt nie viel von den Shinobi und der Lehre des Ninjutsu. Der Aspekt des Heimlichen und die Unsichtbarkeit der Schattenkrieger, dem Gegner nie offen gegenüberzutreten und dazu der Ruf, angeblich die Treue zum Lehnsherrn von der Bezahlung abhängig zu machen, widersprachen seinem Wesen. Die meisten Shinobi dienten ihren Fürsten als Kundschafter und schienen über übermenschliche, geradezu magische Fähigkeiten zu verfügen. Der wissbegierige

Holländer stellte dies jedoch nach einer Weile des Studiums des Ninjutsu als leere, aber zugegeben clevere Gerüchte bloß, die von den Ninja-Schulen nur allzu gern verbreitet wurden. Dies blieb diesen natürlich nicht verborgen und einige der Schulen schickten ihre besten Schüler, um das Problem aus der Welt zu schaffen. Nach einem Jahr, an das sich Mitsukoshi nur ungern erinnerte, da Sensei Vanderveer jede neue Leiche für ihn als Anatomie-Anschauungsobjekt benutzte, wagte keine der Ninja-Schulen noch weitere Schüler zu verlieren. Da der offenbar unbesiegbare Fremde aber ein weiser Mann war, verzichtete er nach dem Jahr darauf, die Geheimnisse der Ninja-Schulen weiter preiszugeben.

Mitsukoshi nickte. »Also ein Shinobi. Sei's drum.« Die Spielerei war vorbei. Der Ninja hatte einen Fehler begangen, er war auf die Rätsel eingegangen. Mitsukoshi konnte sich ein breites Grinsen nicht verkneifen. Dieses Spiel gewann der, der sich das Heft nicht aus der Hand nehmen ließ. Mitsukoshi durchwühlte seine Tragetasche, aber er fand nichts, womit er dem Ninja eine Falle hätte stellen können. Dieser Shinobi war eindeutig hinter Informationen her und trachtete nicht unbedingt nach Mitsukoshis Leben, sonst wäre er wesentlich aktiver. Er beschränkte sich zurzeit darauf, Mitsukoshi lediglich zu folgen. Es gab eigentlich nur eine wirklich wirksame Methode, einen Shinobi zu stellen.

Mitsukoshi suchte sich eine weite, nicht allzu sandige Wiese, pflockte das Pferd am nahen Weiher an und setzte sich mitten auf die Grünfläche. Seinen Beutel legte er neben sich. Er nahm die Lederkappe ab, denn darunter begann sein Schädel in der Sonne langsam zu glühen. Ein leichter Wind kühlte Mitsukoshis Kopf wieder ab. Jetzt kam die jahrelange, knochenharte Ausbildung zum

Tragen. Mitsukoshi vermochte endlos in hockender Position zu verharren, bewegungslos und mit halb geschlossenen Augen. Sensei Vanderveer hatte ihn oft ganze Nachmittage lang diese Position einnehmen lassen, bis sich die Oberschenkel erst in glühendes Feuer, dann in eiskalten Stein verwandelten. Der Tortur folgte meistens ein hinterhältiger Überraschungsangriff, dem Mitsukoshi rechtzeitig ausweichen musste, wollte er nicht einen kräftigen Hieb mit dem Rohrstock einstecken. Erst als Mitsukoshis Körper nach mehreren Monaten an fünf Prüfungsnachmittagen hintereinander keine blauen Flecke mehr aufwies, war die Lektion beendet.

Vom Zustand seiner Waffen brauchte er sich nicht zu überzeugen. Viele Bushi hatten die Angewohnheit, bei großer Nervosität unruhig mit ihren Klingen herumzufummeln, sie immer wieder mit Daumen und Zeigefinger aus der Scheide zu pressen und wieder hineinzudrücken. Dies erzeugte ein leises Klicken, wenn das Habaki, die Klingenzwinge, im Koiguchi, dem Maul der Schwertscheide, einrastete, um das unbeabsichtigte Herausrutschen des Schwertes aus der Scheide zu verhindern.

Mitsukoshi setzte darauf, dass der Shinobi irgendwann die Geduld verlieren würde. Um nicht gesehen zu werden, war der Ninja tagsüber gezwungen, möglichst stets im Schatten zu bleiben. Die Sonne wanderte entlang des Firmaments und irgendwann musste er aus dem immer weiter wandernden Schatten heraustreten. Die Stelle, an der sich Mitsukoshi niedergelassen hatte, war sorgfältig gewählt. Rund um die Weide standen zwar Bäume, aber nicht besonders dicht. Er konnte jede Bewegung sofort erkennen. Ihm fehlten zwar Augen auf der Rückseite seines Kopfes, aber sein Gehör war exzellent. Um den Shinobi zu stellen, musste dieser nur nah genug an ihn herankommen. Ein erfahrener Ninja würde versuchen, genau das zu verhindern. Da war sich Mitsukoshi sicher. Dann war da noch sein Pferd, das auf jedes Geräusch und jede Annäherung reagieren würde.

Kaum hatte er den Gedankengang zu Ende geführt, nahm er eine Bewegung in dem dürren Wäldchen schräg rechts vor sich wahr. Mitsukoshi spannte seine Oberschenkelmuskeln an, bis sie warm waren. Er kalkulierte, wie lange er zu den Bäumen brauchen würde.

Der Schatten vor ihm huschte zur Seite weg und stand auf einmal im Freien, sprang in einen Busch und lag still da.

»Autsch«, murmelte Mitsukoshi. Der Busch war dicht mit Dornen gespickt. Er hob einen Stein auf und warf ihn nach dem Ninja. »Ich kann auch einen größeren Stein nehmen!«, rief er ihm zu.

Der Shinobi war von oben bis unten schwarz gekleidet, wie es bei seiner Zunft üblich war. Nur seine Augen schauten aus einem schmalen Schlitz seines Kopftuches heraus. Der Mann rollte zur Seite, sprang auf und stolperte aus dem Buschwerk heraus. Gleichzeitig griff er hinter sich und zog sein Schwert.

»Ach was soll das denn!«, maulte Mitsukoshi. »Ich muss zugeben, der Trick mit dem geflochtenen Kranz war wirklich gut.« Mitsukoshi verbeugte sich respektvoll.

Der Shinobi schien irritiert, sein Schwert senkte sich um eine Handbreit.

Mitsukoshi legte seinen Kopf leicht schief. »Was ist Euer Auftrag? Warum verfolgt Ihr mich die ganze Zeit? Hat Euch Fürst Takayama geschickt? Ich brauche wirklich kein Kindermädchen, erst recht nicht so ein lausiges.«

Das war eine Spur zu dreist. Der Ninja kam mit hoch erhobenem Schwert und einem erstickten Schrei auf Mitsukoshi zugerannt.

»Hoho!« Mitsukoshi machte zwei Schritte zur Seite, aus der Reichweite des Shinobi.

Der lief an ihm vorbei, stoppte und warf sich herum.

»Olé!«, brummelte Mitsukoshi und zog betont langsam sein Schwert.

Die nächste Attacke ließ nicht lange auf sich warten.

Mitsukoshi wehrte den Streich ohne besondere Anstrengung zur Seite ab. »Lausig – sag ich ja!«

Auch der nächste Hieb, der auf die Schwerthand zielte, ging ins Leere.

Mitsukoshi erkannte sofort die Schule, aus der Ninja stammte: Schwertführung, Fußstellung, Energieeinteilung. »Ihr seid nur einen Tag von Eurem Dojo entfernt, habt Ihr einen Besuch eingeplant?«

Als Antwort versuchte der Shinobi einen Ausfallschritt – sehr ungewöhnlich.

Mitsukoshi schwenkte zur anderen Seite und blockte kurz ab. »Olé!« Er machte eine rasche, zugegeben eitle Drehung um seine Hüfte und tippte an das Kissaki des Ninjaschwertes, aber nicht so fest, dass es gleich abbrach.

Die Klingenspitze gab ein lautes »Ping« von sich.

Der Shinobi zog wie erwartet im Reflex seine Klinge zurück, direkt hinein ins Mitsukoshis anschließenden, unterläufigen Heber.

Das Schwert des Shinobi flog im hohen Bogen davon.

»So – das können wir nun noch ewig ausdehnen, aber darauf habe ich überhaupt keine Lust.«

Der Ninja sprang nach seiner Waffe.

Mitsukoshi versenkte sein Schwert in der Scheide. »Genug. Ihr braucht Euer Leben bestimmt noch. Wie wäre es damit: Ich laufe immer weiter und Ihr folgt mir, aber mit gebührendem Abstand. Wenn nicht, sterbt Ihr.«

Der Ninja ging langsam rückwärts, einen Schritt nach dem anderen, bis er außer Reichweite war. Dann drehte er sich blitzschnell um und rannte entlang des Waldsaums davon.

»Wenigstens seinen Namen hätte er mir verraten können. Was soll's – ein Shinobi halt. Die sind doch alle nicht richtig im Kopf.«

»Dann passt ihr ja gut zusammen!«

Mitsukoshi fror ein. Die Stimme kannte er doch. Langsam, ganz langsam drehte er sich um. Hinter ihm stand Nakamura Hiyoshi und seine Bande.

»Na, wen haben wir denn da?«

Mitsukoshi verbeugte sich ohne großen Respekt. »Ich glaube, ich muss mich nicht vorstellen.«

Einige der Männer lachten leise. Nakamura brachte sie mit einer unwirschen Handbewegung zum Schweigen.

»Habt Ihr die Belohnung schon verprasst?«, fragte Mitsukoshi den Anführer der Sohei und zeigte auf die Pferde, die sie mit sich führten.

»Wir haben den Krach gehört, den ihr hier veranstaltet habt. Was war denn das für einer?« Nakamura nickte in Richtung des davonlaufenden Ninjas.

»Ich weiß nicht genau, er hat mir seinen Namen nicht genannt. Er kann ziemlich schnell laufen, würde ich sagen.«

Einer der Sohei kam von hinten und flüsterte Nakamura etwas zu.

»Vielleicht sollten wir uns auch im Laufen üben. Eine Truppe Takayamas kommt gleich hier entlang.«

»Und? Ich bin ein Takayama-Mann. Was sollte mir passieren?«

Nakamura kratzte sich den rasierten Schädel. »Und woran, du Schlaumeier, sieht man das?«

Mitsukoshi stutzte. Das hatte er ganz vergessen. »Was schlagt Ihr vor?«

Nakamura drehte sich nach seinen Männern um. »Wir sind fünfzehn Mann.«

»Sechzehn«, korrigiert Mitsukoshi grimmig.

»Na gut.« Der Sohei nickte. »Bringt die Pferde in Sicherheit!«

Zwei der Sohei rafften die Zügel der wenigen Pferde zusammen, inklusive Mitsukoshis und ritten davon. Nicht zu spät, denn eine trappelnde Staubwolke auf der anderen Seite der Lichtung zwischen den Bäumen kündigte die Takayama-Truppe an. Das Sägen der Zikaden verstummte. Die Sohei teilten sich auf und standen wie zufällig rechts und links entlang des Waldrandes. Die Vorhut der Takayama-Truppe kam herangeprescht und riss an den Zügeln ihrer Pferde, als sie die locker verstreut im hohen Gras herumstehenden Männer erblickten. Während nach und nach das Gros der Truppe eintraf, wechselte Mitsukoshi schnell einen Blick mit Nakamura. Auch der Sohei schien damit beschäftigt zu sein, die Chancen für einen bevorstehenden Kampf zu kalkulieren. Mitsukoshi erkannte die Lumpentruppe sofort. Na, das würde ja eine überflüssige Veranstaltung werden. Eine Gestalt in der zerrissenen Uniform eines Hauptmanns drängelte sich nach vorn.

»He, ihr da! Was lungert ihr hier so herum?«

Nakamura tat so, als hätte er nichts gehört.

»He! Seid ihr taub oder lebensmüde? Wohl beides.« Er lachte lauthals, die anderen in der Meute ebenfalls.

Nakamura drehte sich betont langsam zu dem Anführer der Truppe um.

Inzwischen war die gesamte Horde eingetroffen. Sie zählte etwa achtzig Mann: davon die Hälfte Reiter, viele Lanzenträger und der Rest bunt bewaffnet mit Keulen, Wurfsicheln und sogar Heugabeln. Mitsukoshi sah aus den Augenwinkeln, wie die Sohei sich langsam und unauffällig auf die beiden Seiten des Trosses zubewegten. Er hielt sich lieber im Hintergrund und überließ Nakamura das Reden, um zu verhindern, dass einer aus dieser räudigen Bande ihn wiedererkannte. Das war in jedem Fall ungünstig.

Mehr oder weniger intelligenter Spott und schließlich plumpe Beleidigungen flogen hin und her. Irgendwann war man bei dem Körperumfang der Mütter angelangt, wobei die Existenz einer ehrenhaften Mutter bereits in Frage gestellt worden war. Mitsukoshi musste zugeben, dass er sich langweilte. Er hätte einfach sein Pferd besteigen und wegreiten sollen. Was gingen ihn diese Sohei an? Die hatten ihn schon einmal verhökert, das würden sie garantiert noch einmal versuchen, wenn sich die Gelegenheit dazu bot. Er hörte nur noch mit einem Ohr dem seiner Meinung nach albernen Geplänkel zu.

»Können wir das irgendwie abkürzen?«, mischte er sich ein. »Wir haben nun begriffen. Ihr habt alle dicke Mütter. Das ist mir völlig schnuppe. Wohlgenährte Mütter sind doch eigentlich eine feine Sache, oder?«

Es folgte ein Moment eisigen Schweigens. Ein Pfeil kam sirrend aus den hinteren Reihen angeflogen und bohrte sich vor Nakamura in den Boden.

»Jetzt reicht's!«, grummelte der und ging mit gezogenem Schwert auf den Gegner los.

»Was für ein Idiot«, zischte Mitsukoshi durch seine Zähne.

Es gelang Nakamura, den Hauptmann und zwei seiner Begleiter vom Pferd zu holen. Wie auf Kommando stürmten die Sohei mit lautem Gebrüll auf die Takayama-Truppe zu. Gerade als Mitsukoshi ebenfalls losstürmen wollte, war der Angriff auch schon vorbei. Blitzschnell zogen sich die Sohei ins Unterholz zurück.

»Was ist denn jetzt?«, brüllte Mitsukoshi zu Nakamura hinüber, der an ihm vorbei in das Wäldchen hineinlief.

Der Reiterverband des Gegners war durch die Attacke in erhebliches Chaos geraten. Einige Reiter waren gar vom Pferd gefallen, weil die Tiere sich aufbäumten und wild losgaloppierten. Nach kürzester Zeit war der Tross auseinandergefallen und schlug im aufgewirbelten Staub nur noch blind um sich selbst. Aus dem Unterholz beschossen die Sohei den Gegner mit Pfeilen.

Mitsukoshi folgte Nakamura ins Dickicht.

»Wenn sie uns folgen, ist das ihr Ende!«, lachte der bärtige Kampfmönch.

Einige weniger Schlaue versuchten es und wurden von den Sohei kurzerhand niedergeschlagen. Ein Rückzugsignal ertönte. Die Takayama-Männer preschten entlang der Lichtung davon. Mitsukoshi zählte zwölf Tote, alles Ashigaru; zerlumpte, schmutzige Gestalten, die die Sohei an Ort und Stelle im Wald liegen ließen.

»Und – was hast du nun vor?«, fragte Nakamura.

Mitsukoshi rückte seine Schwerter zurecht und hob seine Tasche auf. »Ich bin immer noch auf dem Weg nach Kongobu-ji, dem Kloster meines Meisters.«

Der Sohei-Anführer kratzte seinen Bart. »Du hast Glück«, behauptete er.

»Habe ich? Das ist mir noch gar nicht aufgefallen.«

»Ich meine, weil du uns getroffen hast.«

Mitsukoshi hob eine Augenbraue. »Also – Glück würde ich das ja nicht gerade nennen. Ihr habt mich schließlich ungefragt verhökert.«

»Ist dir aber gut bekommen, wenn ich das richtig sehe. Na gut – wir schulden dir was.«

»Pfffh!«, schnaubte Mitsukoshi.

»Wir werden dich begleiten, damit du nicht versehentlich verloren gehst.«

Mitsukoshi verbeugte sich. »Oh danke. Ich wüsste gar nicht, was ich ohne euch machen sollte«, spottete er. Schließlich lenkte er jedoch ein: »Na gut. Das Kloster liegt auf dem Berg Koyasan, an der Nordseite, nicht weit vom Meer. Ich schätze, es sind zwei Tagesritte.«

»Es wird länger dauern, wir haben nicht alle ein Pferd.«

Wie aufs Stichwort kehrten die anderen mit den Pferden zurück. Mitsukoshi ergab sich seinem Schicksal. Es hatte vermutlich Vorteile, in einer größeren Gruppe unterwegs zu sein. Ohne weitere Verzögerung brachen sie auf.

Die nächsten drei Tage verliefen eher ereignislos. Die Gruppe traf überall auf verängstigte Dorfgemeinschaften, die bereits mit den Takayama-Truppen Bekanntschaft gemacht hatten. Daher fiel die Begrüßung überall auch reichlich feindselig aus. Mehrfach fanden sie sich umringt von Mistgabeln schwingenden, wild entschlossen dreinblickenden Bergbauern. Nakamura verzichtete zu Mitsukoshis Erleichterung auf jede Konfrontation, die sie nur aufgehalten hätte.

Mitsukoshi wunderte sich über die hervorragende Organisation der Kampfmönche. Dass die Männer über eine ausgezeichnete Kampfausbildung verfügten, war auffällig. Taktik, Verhalten im Gelände, Strategieplanung, sogar das Marschieren durch unbekanntes Gelände – die Männer unterschieden sich durch nichts von geordnet dahinreitenden Samurai. Mitsukoshi vermutete, dass sich unter den Männern einige ehemalige Ronin befanden, die das Bushido zugunsten ihres Glaubens aufgegeben hatten. Körperhaltung, Schwertführung und stoische Ausdauer waren deutliche Zeichen für erfahrene Samurai und weniger für dahergelaufene Bauerntölpel oder gar Mönche. Mitsukoshi ahnte, dass die Männer mehr zusammenhielt als die ausgesprochene Vorliebe für Sake.

Als sie durch einen Vorort von Nara kamen, schaffte die Truppe es, die gesamten Sake-Vorräte einer Herberge niederzumachen. Zu Mitsukoshis Erleichterung zahlte Nakamura ohne mit der Wimper zu zucken den Wirt aus, der nicht genau wusste, ob er sich über den unerwarteten Umsatz freuen sollte oder nicht. Nach einer kurzen Nacht und einem Morgen voll dröhnender Schädel ging die Reise weiter.

Angehalten wurde nur an Tempeln für spontane Gebete oder wenn sie auf einen Bach stießen und die Pferde das frische Wasser rochen. Immer wieder bestaunte Mitsukoshi die Disziplin des bunten Haufens. Die Vorhut erkundete nicht nur das Gelände, sondern sorgte auch noch jeden Tag für ein opulentes Abendessen. Kaninchen, Fasane und Hühner drehten sich allabendlich über dem Lagerfeuer, einmal sogar ein Reh. Darüber, dass die Sohei Fleisch aßen, hatte Mitsukoshi aufgehört sich zu wundern.

Am dritten Tag meldete die Vorhut ein kleines Scharmützel mit einem halben Dutzend versprengter Takayama-Spitzbuben, die in einem Dorf für reichlich Unruhe sorgten. Die Sohei kamen gerade rechtzeitig, um zu verhindern, dass die Banditen das Dorf plünderten und in Brand setzten. Scharfe Worte und Beleidigungen flogen hin und her, ängstlich beäugt von den Dorfbewohnern. Nakamura fackelte nicht lange und zog sein Schwert. Die Takayama-Schurken wichen fluchend und geifernd der Übermacht.

»Los, verschwindet, solange ihr noch könnt!«, rief der Sohei den davonlaufenden Strolchen nach.

»Wir kommen wieder!«, kündigten die Galgenvögel im Weglaufen an.

Mitsukoshi lenkte sein Pferd zu Nakamura hinüber. »Wie ich die einschätze, werden sie wirklich wiederkommen.«

»Glaube ich nicht«, entgegnete Nakamura. »Die kehren mit leeren Händen zu ihrer Truppe zurück und kassieren vermutlich deshalb ein paar Stockhiebe. Aber daran denken sie im Moment nicht, sonst würden sie sich nicht so beeilen. Die rennen prompt in ihr Verderben, wetten?«

Mitsukoshi widersprach nicht. Er wunderte sich nur erneut über die Gedankengänge dieses ansonsten recht schweigsamen Mannes. »Nakamura, verratet Ihr mir, woher Ihr stammt?«

Nakamura blickte Mitsukoshi lange an. »Aus dem Süden, aus einem Dorf am Fuße des Bergs Sobo.«

Mitsukoshis nächste Frage lag auf der Hand: »Ihr sagtet, Ihr wäret auch einmal ein Bushi gewesen.«

Nakamura nickte, sein Gesicht war wie versteinert. »Ich stand vierzehn Jahre im Dienste des Daimyo Akizuki. Bis Takayama dessen Burg eroberte und den Kopf des Daimyo auf einer Stange auf die Palisaden pflanzte.

Das Haus Akizuki hat sich davon nicht mehr erholt. Auf seinem Weg nach Norden hat Takayama auch mein Heimatdorf eingeäschert. Nachts, ohne Vorwarnung. Meine ganze Familie hat es nicht geschafft. Mein Onkel …« Nakamura brach ab und Mitsukoshi wagte nicht, den Mann weiter mit seinen Fragen zu bedrängen.

Schweigend ritten sie nebeneinander her.

In der nächsten Nacht verdoppelte Nakamura die Wachen. In der Ferne war das Galoppieren vieler Pferde zu hören, aber nicht ein Lagerfeuer schimmerte durch den Wald. Die Spuren ihrer eigenen verwischten sie sorgfältig am Morgen, aber das half nicht viel, die vielen Hufabdrücke im sandigen Untergrund sprachen eine eindeutige Sprache.

Am frühen Nachmittag stand Mitsukoshi endlich vor dem Ziel seines langen Weges. Ein schlichter, leuchtend roter Torii überspannte den Pfad. Mitsukoshi und die anderen stiegen von den Pferden. Eingerahmt von alten Eichen und hohen Kiefern, lag das Kloster unterhalb eines verwitterten, hervorragenden Felsvorsprungs, der schon von weitem sichtbar war. Mitsukoshi bemerkte mit leichter Irritation, dass die Dächer der Klosterbauten für einen buddhistischen Tempel oder einen Shintoschrein seltsam flach und schmucklos schienen. Dieser Baustil war Mitsukoshi völlig unbekannt. Seine Verwunderung steigerte sich, als er vor einem kleinen Buddha stand, der neben der massigen Eingangspforte auf einem kleinen Sockel ruhte. Das ewige Lächeln im Antlitz der goldfarbenen Statue wirkte befremdlich gelassen. Das Erstaunen steigerte sich, als Mitsukoshi das Kreuz der Kristen daneben bemerkte, das in die Außenwand der Umfriedung eingelassen war. So etwas gab es doch gar nicht. Ein Zen-Kloster mit einem Shintoschrein und einem Buddha, der von einem Kreuz beschützt wurde.

Mitsukoshi hielt für einen Moment in seinem Schritt inne. Er grübelte, ob dies bereits das Geheimnis seines Meisters war. Er fand kein Glockenseil und die massige Pforte schien nicht verriegelt. Mitsukoshi stemmte sich dagegen. Direkt dahinter stand ein Riese von Mann. Er überragte Mitsukoshi um mindestens eine Armlänge, sein Bauchumfang entsprach dem größten Sake-Fass, das sich Mitsukoshi vorstellen konnte. Der Gesichtsausdruck des Mönches glich dem eines Kindes, eines vierhundert Pfund schweren Kindes, nicht unähnlich der Buddhastatue vor dem Tor. Im ersten Moment hielt Mitsukoshi ihn für einen Sumotori.

»Willkommen Reisender. Ich bin Saburo.« Die Stimme schien aus der Tiefe eines Brunnens zu kommen.

»Ich bin Mitsukoshi Shinji, Schüler des Sensei Vanderveer.«

Der Gesichtsausdruck des Riesen veränderte sich, seine Mundwinkel zogen sich erdwärts. Seine mächtigen Pranken legten sich kurz und behutsam auf Mitsukoshis Schultern. »Deine Trauer für deinen Meister wird von uns allen geteilt. Folgt mir.«

Während die Sohei die Pferde versorgten, begleiteten Mitsukoshi und Nakamura den Riesen in das Hauptgebäude. Sie schienen in eine fremde Welt versetzt zu sein. Dicke, gemauerte Wände, lächerlich schmale Fensterchen mit bunten, echten Glasfenstern, eine Kostbarkeit für sich. Die Sonne malte grellbunte Kleckse auf den Steinboden. Der schillerte blankpoliert, aber deutlich sichtbar nicht wie in anderen Schreinen von den Füßen der Gläubigen. Mitsukoshi schätzte das Alter des Baus auf nur wenige Jahre. Hohe, rot lackierte Säulen trugen eine flache, prächtig verzierte Decke. Das Heiligtum versetzte ihn in Erstaunen. Eine ganze Schar Kami-Statuen umrahmten einen goldenen Buddha, der von einem schlichten Holzkreuz im Hintergrund überragt wurde.

»Was ist dies hier?«

Der hünenhafte Mönch hielt in seinem Schritt inne und drehte sich zu Mitsukoshi um.

»Ein Ort des Friedens, kein Platz für Waffen.« Die Stimme kam aus dem Dunkeln. Der Sprecher wurde sichtbar, als er in das Leuchten der Glasfenster trat.

»Sosuke!«

Der Mönch lächelte Mitsukoshi zu. »Shinji, wie schön dich wiederzusehen.«

Mitsukoshi schritt auf den Mönch zu und ergriff die Schulter seines alten Freundes Sosuke Hashimoto. Fast zwei Jahre hatten sie gemeinsam in einem Klosterschlafsaal verbracht und so manche karge Mahlzeit geteilt. Sosuke war einer der wenigen Mitschüler, mit denen er sich angefreundet hatte.

»Du lebst noch«, stellte Sosuke erfreut fest.

»Schau dich an – das Klosterleben scheint dir gut zu bekommen«, lachte Mitsukoshi und gab der kleinen Wampe seines Freundes einen Klaps.

»Und du bist nun ein Krieger.« In der Feststellung des Offensichtlichen schwang unüberhörbar Bedauern mit.

»Ja, das stimmt. Ich bin hier als Getreuer des Daimyo Takayama. Die Häuser Takayama und Nagao stehen kurz vor einem Krieg. Ich bin nur mit Glück, der Gnade des Daimyo Nagao und der Hilfe der Götter hierhergelangt. Was ist dies für ein ungewöhnlicher Ort?«

Sosuke lächelte. »Das Kloster ist auf den Überresten eines alten Tempels, Kongobu-ji, errichtet. Ich weiß, es wirkt ungewohnt auf den ersten Blick. Hier versuchen wir, die vielfältigen Formen des Glaubens zu ergründen und der Welt den Frieden zu bringen.«

»Ein großes Vorhaben. Es klingt wie ein Wunschtraum.«

»Das ganze Leben ist ein Streben.«

»Verliere nie die Kraft, nie die Zuversicht, nie den Glauben an dich und alle Menschen!«, zitierte Mitsukoshi lächelnd. »Ich habe die Worte Sensei Vanderveers nicht vergessen.«

»Sie gelten auch für einen Krieger«, stellte Sosuke nickend fest.

»Ich hoffe, der Abt wird sich freuen, mich zu sehen«, murmelte Mitsukoshi.

Sosuke ging voraus, Mitsukoshi folgte ihm. Nakamura blieb zurück. An die leuchtende Halle schloss sich ein schmaler Seitengang an, der zu den Sobo führte, den Mönchszellen. Der Gang war vollgestellt mit hohen, schlanken Vorratskrügen. Hier verwandelte sich das Kloster immer mehr in eine Festung. Die Mauersteine waren massiv und klobig, wie aus einem Felsen herausgeschlagen.

»Das ist ein beeindruckender Tempel», bemerkte Mitsukoshi.

»Schön, dass er dir gefällt. Die Baupläne stammen von Meister Vanderveer. Sie beruhen auf der einfachen Erkenntnis, dass Stein nicht brennt.«

»Also ist dies in Wirklichkeit eine Burg«, stellte Mitsukoshi fest.

Sosuke öffnete eine schmale Tür zu einem hohen Raum. Die Wände waren verputzt und weiß gestrichen, es roch nach Pfirsichblüten. Ein hochbeiniger Tisch und zwei Stühle füllten neben einem niedrigen Bettgestell den Raum. Zwei Wände waren mannshoch mit farbenfroh bemalten Seidentüchern verhüllt, die Szenen aus dem Leben Buddhas darstellten. Staunend vermerkte Mitsukoshi neben dem schmalen Fensterchen an der Wand ein schlichtes Holzkreuz. »Ich dachte, du wolltest mich zum Abt führen.«

»Das habe ich.«

»Ah – bist du nicht etwas zu jung für einen Abt?«

»Nicht nach Meister Vanderveers Meinung. Er empfahl mich für diese Aufgabe, kurz bevor er uns verließ.«

»Ungewöhnlich.«

»Was war an Meister Vanderveer nicht ungewöhnlich?«

»Das stimmt. Also hast du die Nachricht geschickt.«

»Ja – und nun bist du hier. Gott sei Dank.«

»Welchen Gott meinst du? Den der Kristen?«

Sosuke nahm auf einem grob gezimmerten Stuhl Platz. »Ein Gott – viele Götter. Ich mache mittlerweile keinen Unterschied mehr. Wir Menschen sind viel zu unwissend, um entscheiden zu können, was das wahre Göttliche ist.«

Mitsukoshi stutzte. So kannte er seinen alten Freund gar nicht. Sosuke hatte nie eine Gelegenheit zu einem albernen Streich ausgelassen, um die Lehrer zu foppen und die Gerte öfter zu spüren bekommen als alle anderen Schüler. Dieser Tunichtgut hatte sich in einen ernsthaften Menschen verwandelt.

»Meister Vanderveer war ein wirklicher Meister des Wortes, des wahrhaftigen Wortes. Ich hoffe, ich erweise mich als ein würdiger Erbe seiner Weisheit. Apropos Erbe ...« Sosuke schritt zu einer Truhe an der Wand hinüber. Mitsukoshi erkannte die Truhe, sie gehörte einst seinem Meister. Sosuke entnahm ihr ein längliches Metallrohr, das an beiden Enden mit einem ledernen Tuch umwickelt war und an dem ein ledernes Trageband herunterbaumelte wie an einem schlaffen Bogen. »Hier, dies ist es, dein Erbe.«

Mitsukoshi überkam eine Mischung aus Verblüffung, Enttäuschung und Irritation. »Dafür habe ich einen langen Weg und einige Mühen hinter mich gebracht.«

»Und du bist noch lange nicht an deren Ende angelangt, schätze ich.«

Sosuke übergab Mitsukoshi den Behälter. Mitsukoshi löste die gewachste Schnur, die den Lappen aus weichem Hirschleder zusammenhielt. Das Rohr war verblüffend leicht. Das Metall war papierdünn gewalzt und der Länge nach zusammengefalzt. Er kippte den Inhalt des Rohres auf den Tisch. Sosuke wandte sich ab.

»Was ist?«, fragte Mitsukoshi.

»Sensei Vanderveer hat verfügt, dass nur du den Inhalt sehen darfst. Dieses Wissen wiegt zu schwer, als dass andere Augen als die deinen sein Geheimnis erblicken dürfen.«

Mitsukoshis Finger fuhren durch das Erbe des Niederländers. Ein kleiner Beutel mit Münzen, eine zusammengerollte Schriftrolle aus dickem Gampi-Papier, ein Paar metallener Essstäbchen, ein filigraner Kamm aus Knochen, ein Siegelring und ein schmales, schwarzes Buch mit abblätternder Goldprägung auf dem ledernen Einband. Mitsukoshi schlug das Buch auf. Wie erwartet – die Sprache der Langnasen. Etwas irritiert versuchte Mitsukoshi die winzigen Buchstaben zu entziffern. Es war kein Holländisch. Mitsukoshi tippte Sosuke auf die Schulter und hielt ihm das Büchlein hin.

»Hier, du wirst damit mehr anfangen können als ich.«

Sosuke machte große Augen und blätterte vorsichtig in dem Buch. »Bibeltexte – auf Latein. Sensei Vanderveer hat es mir einmal gezeigt. Latein ist die heilige Sprache seiner Glaubensbrüder. Eine alte, ausgestorbene Sprache eines untergegangenen, einstmals sehr mächtigen Volkes, das angeblich die halbe Welt beherrschte, ein Reich größer als das des legendären Kublai Khan.«

»Davon hat er mir auch erzählt«, nickte Mitsukoshi, »aber diese Mär habe ich ihm nie geglaubt.«

Sosuke blickte erstaunt auf. »Mär? Wie kommst du denn darauf? Hat dich der Sensei jemals belogen? Bestimmt nicht. Also warum sollte er Märchen erzählen?«

»Glaube mir, Sosuke, Sensei Vanderveer hat nie alles über sich verraten. Er war Hüter vieler Geheimnisse. Die meisten dürfte er mit ins nächste Leben genommen haben.«

Der Abt blickte betrübt drein. »Der Sensei hatte sich in seinen letzten Wochen stark verändert. Er war während seines ganzen Lebens auf der Suche nach Wahrhaftigkeit und am Schluss sehr verzweifelt darüber, diesem Ziel nicht wirklich nähergekommen zu sein. Noch am Tage vor seinem Tode rief er mich an sein Lager, hier in dieser Zelle. Er forderte ausgerechnet mich auf, ihm das Geheimnis des ewigen Lebens zu verraten.«

Mitsukoshi runzelte die Stirn.

»Ja, genau«, fuhr Sosuke fort, »ich war auch verwirrt. Aber der Geist des Meisters war wohl schon ins Gokuraku vorausgegangen. Er fand seinen Frieden im Schlaf. Das Herz. Er hat übrigens verfügt, dass er ohne Kaimyo begraben wird. Sein Grabstein trägt keine Inschrift.«

»Er hat ja oft genug betont, dass er viele unserer Bräuche für überflüssig hielt, also was sollte er mit einem Totennamen? Ich habe keine Verwendung für dieses Büchlein, dieses Latein spreche ich nicht und kann es auch kaum entziffern.« Mitsukoshi nahm die Papierrolle vom Tisch.

Sosuke wandte sich erneut ab. »Ich will lieber keine Kenntnis davon erlangen.«

Mitsukoshi schielte von oben in die Rolle und erschrak ein wenig über den Buchstabensalat, der sie bedeckte. Hoffentlich war dies kein Latein, sondern Niederländisch. Obwohl dies im Moment auch nicht viel besser erschien. Als er das Siegel brechen wollte, hämmerte jemand heftig gegen die Tür.

Ein hagerer Mönch platzte in die Kammer. »Vergebt mir, Bruder Abt, aber eine große Anzahl Krieger ist vor dem Tor aufmarschiert, Reiter und Fußtruppen. Sie tragen die Farben des Daimyo ...«

»Takayama?«, unterbrach Mitsukoshi den Mann. »Es ist ihnen also gelungen, uns zu folgen!«

Den hinzugefügten Fluch überhörte Abt Hashimoto. »Wie viele Männer sind es?«

»Fünfzig Reiter und vielleicht ebenso viele Lanzenträger!«

Hinter dem Mönch kam Nakamura Hiyoshi mit zwei anderen Sohei durch den schmalen Gang gelaufen. »Hey! Unsere Freunde sind wieder da, diesmal mit Verstärkung. Du solltest vielleicht dein Geplauder kurzfassen.«

Abt Hashimoto zog Mitsukoshi am Ärmel zu sich und raunte: »Du musst fort von hier, schnell.«

»Ich habe keinen Hader mit diesen Männern, also warum sollte ich weichen?«

»Weil du die wichtigste Person im Plan des Sensei Vanderveer bist. Fällst du, fällt sein Traum.«

»Plan? Traum? Ich weiß nichts von solchen Dingen. Der Sensei hat mir nie davon erzählt.«

Die Stimme des Abtes sank um eine halbe Oktave. »Aber mir. Er hat mir außerdem gesagt, solltest du dich trotzig dagegen sperren, soll ich dir einen gewaltigen Tritt in den Hintern verpassen.«

Mitsukoshi stutzte. »Das klingt wirklich nach Sensei Vanderveer, mir bleibt also nichts anderes übrig.«

Abt Hashimoto nickte erst ernst und grinste dann feist. »Los – fragt sie, was sie wollen, damit gewinnen wir Zeit.«

»Sie wollen ihn.« Der hagere Mönch wies auf Mitsukoshi. »Wir haben sie schon befragt. Sie stellen uns ein Ultimatum: Auslieferung oder Tod.«

»Dann wisst ihr, was zu tun ist«, stellte der Abt fest.

Der hagere Mönch nickte kurz und eilte fort.

»Meine Männer könnten eine Ablenkung versuchen«, schlug Nakamura vor, aber Abt Hashimoto lehnte ab.

Noch mehr Sohei kamen herangeeilt.

»Wir sollten das Tor verrammeln, aber es wird nur kurz halten.«

Der Abt hob eine Hand. »Dieser Tempel ist für so eine Situation vorbereitet. Die Mauern sind stark und nicht so einfach zu nehmen. Wir ziehen uns erst mal in den Tempel zurück!«

Alle eilten in die große Halle. Zwei Mönche waren schon dabei, die Fenster mit großen, lederbespannten Schilden zu schließen.

»Los, helft ihnen!«, wies Abt Hashimoto die versammelten Sohei an. Mönche schleppten überschwappende Wassereimer heran und klatschten den Inhalt auf die Schilde. Das Ochsenleder wurde tiefbraun. Mitsukoshi rätselte kurz über diese Maßnahme. Falls sie belagert würden, würden sie jeden Tropfen Wasser noch brauchen. Aber wie er Sensei Vanderveer einschätzte, hatte der so etwas vorhergesehen.

Nakamura bellte kurze Anweisungen, seine Männer stoben auseinander. Mitsukoshi und der Abt liefen ins Freie. Das Tor wurde von brachialen Rammstößen erschüttert. Es ächzte in seinen Angeln, hielt aber stand. Hinter der Klostermauer tanzten die Fahnen mit Takayamas Mon. Scharen von Hühnern liefen auf einmal kreuz und quer über den sorgfältig geharkten Sandboden des vorderen Gartens. Mitsukoshi blickte seinen Freund erstaunt an.

»Pferde mögen das überhaupt nicht«, erklärte dieser grimmig.

Aus allen Bereichen liefen Mönche zusammen und bereiteten den Tempel auf den Angriff vor. Mitsukoshi kam sich etwas nutzlos vor. Angespitzte Bambusschäfte wuchsen auf einmal reihenweise aus den Zierteichen und das schmale Geländer der kleinen Brücke, die darüber führte, klappte herunter. Einer der Mönche riss den Deckel einer reich verzierten Truhe auf und verteilte Schwerter. Mitsukoshi zuckte zusammen, als über ihnen eine Glocke wild zu läuten begann.

»Ist nur Ablenkung«, zischte Abt Hashimoto knapp.

Mit einem Krachen barst im gleichen Moment das Hoftor und mehrere Soldaten sprangen rechts und links vom Torhaus über die Mauer und zerrten die Überreste des Tores auseinander.

Die Mönche zogen sich in den Tempel zurück, schlossen aber das Eingangstor noch nicht.

Mehrere Reiter preschten in den Vorhof. Die Pferde scheuten vor den panisch herumlaufenden Hühnern und warfen ihre Reiter ab. Immer mehr Reiter drangen herein und versuchten, den reiterlosen Pferden auszuweichen. Dabei landeten sie unweigerlich in den Zierteichen und wurden von den spitzen Bambuspfählen aufgespießt. Lanzenträger und andere Ashigaru drängelten sich durch die Lücke im Tor, nicht wenige gerieten unter die Hufe der scheuenden Pferde.

Abt Hashimoto ließ das Haupttor des Tempels schließen. Gleich kamen zwei Mönche und gossen Wasser durch kleine Öffnungen nach draußen auf die Türflügel. Mitsukoshi linste durch ein winziges Guckloch. Ein Schauer aus brennenden Pfeilen prasselte gegen das Tor, die sogleich verlöschten.

Als zwei Reiter über die kleine Brücke des größeren Zierteichs galoppierten, klappte diese unter dem Gewicht hochkant um und warf den Ballast in den Teich mit den Bambuspfählen. Auf dem Wasser erblühten zwischen den Wasserlilien blutrote Schleier. Der unkoordinierte, kopflose Angriff kostete Takayamas Männer bereits ein Drittel ihrer Reiter, ohne dass bis dahin eine einzige Klinge gekreuzt worden war.

»Gibt es noch andere Eingänge in den Tempel?«, fragte Mitsukoshi.

»Drei Türen auf der Seite und eine weitere hinten, aber alle sind schwer befestigt und bemannt. Da kommt niemand so schnell durch«, beruhigte Hashimoto.

Mitsukoshi war verblüfft über die völlig lautlosen Maßnahmen, die die Mönche ergriffen. Das zeugte von großer Übung und perfekter Koordination. »Wie gut sind deine Männer mit dem Schwert?«

Hashimoto wackelte mit dem Kopf. »Sie sind Männer des Wortes, nicht der Waffen.«

»Das Wort ist mächtiger als das Schwert«, zitierte Mitsukoshi seinen Meister.

Abt Hashimoto nickte. »Ja, aber es gibt Ausnahmen. Dies ist wohl eine.«

»Das werden wir sehen«, grummelte Mitsukoshi.

Hashimoto hielt seinen Freund am Haori fest. »Nein, du nicht. Du musst fort von hier und zwar schnell.«

»Ich werde nicht feige flüchten.«

»Wir auch nicht!«, mischte sich Nakamura ein. Die Sohei waren inzwischen alle im Tempelraum versammelt.

»Wenn du fällst, ist das Geheimnis des Meisters verloren«, gab Hashimoto zu bedenken.

Doch Mitsukoshi schüttelte die Hand seines Freundes ab. »Ich kenne das Geheimnis nicht, genau so wenig wie du, also macht es keinen Unterschied.«

Abt Hashimoto warf ihm einen skeptischen Blick zu. Als Antwort zog Mitsukoshi sein Schwert. Die große Pforte erzitterte unter dem Ansturm der Angreifer, der Lärm hallte durch das ganze Gebäude. Einige der Mönche begannen, die heiligen Zeremonienobjekte in tragbare Truhen zu betten und davonzuschleppen. Abt Hashimoto verbeugte sich vor der Reihe der Kami-Götterbilder und zog ein Wakizashi unter seiner Kutte hervor.

»Die Zeit der Worte hat ihr Ende gefunden«, flüsterte er. »Los, wir nehmen den hinteren Gang zu den Höhlen.«

»Was geschieht mit dem Tempel?«

Abt Hashimoto hielt kurz inne und musterte Mitsukoshi ernst. »Wie ich schon sagte, Stein brennt nicht und der Rest ist schnell wieder aufgebaut.«

Hastig folgten sie den anderen Mönchen, die mit den Kisten voller Heiligtümer bereits vorausgeeilt waren. Nakamura Hiyoshi und seine Sohei bildeten die Nachhut.

In diesem Moment barst das massive Portal unter den Schlägen eines Rammbocks und verkeilte sich. Ein Schwarm Pfeile sirrte durch die entstandene Öffnung, zwei der Sohei wurden getroffen und sanken zu Boden. Fußtruppen drangen ein, die Lanzen weit vor sich gestreckt.

Das war ein Fehler.

Einzelne Pfeile aus den hinteren, dunklen Bereichen der Tempelhalle streckten sie nieder, kaum hatten sie den Fuß auf den heiligen Boden gesetzt. Immer mehr Kämpfer quollen aus der langsam zerfallenden Pforte. Die nachdrängenden Männer mussten über die aufgehäuften Leichen hinter dem Eingang klettern. Doch nicht alle wurden von den tödlichen Pfeilen erwischt, einige suchten Deckung hinter den massiven, roten Dachpfeilern und arbeiteten sich Säule für Säule vor. Männer mit Schilden wehrten die todbringenden Geschosse ab. Das Zischen sirrender Klingen mischte sich hallend mit Todesschreien gefällter Krieger. Der Pfeilregen aus dem Dunkel verebbte. Schnell war die Tempelhalle voller Krieger mit dem Zeichen Takayamas auf ihren Bannern. Nur Momente später loderten Flammen rund um die Säulen hoch. Mit einem klirrenden Scheppern fielen reihenweise die schlanken Vorratskrüge um und zersprangen auf dem glatten Fußboden in tausende Scherben. Der Inhalt ergoss sich über die Steinfliesen und schwappte bis zum Eingangsportal, durch das immer noch mehr Männer hereindrangen.

Der Atem des Drachens war entfesselt und er stank nach Lampenöl.

Mit ungeheurer Wucht explodierte der gesamte Raum gurgelnd in einem brüllenden Feuermeer und drückte alle Fenster in einem Regen aus buntschillernden Glasscherben nach außen. Die Krieger, die sich draußen unter dem weit vorstehend Vordach drängelten, wurden in einer gewaltigen Feuerwelle in den Zierteich geworfen.

Zuckend blieben sie auf den Bambuspfählen stecken oder lagen mit zerschmetterten Knochen auf den Iwakura im Steingarten gleich daneben herum.

Mitsukoshi und seine Gefährten hasteten hintereinander durch das Labyrinth der hinteren Tempelbauten, die quer durch den Fels getrieben waren. Der Boden unter ihnen schien lebendig zu werden, sie hatten Mühe, sich auf den Beinen zu halten.

»Was war das?«

Hashimoto winkte ab. »Nur die Lampenölvorräte. Damit habe ich gerechnet. Meister Vanderveer hatte sie damals gleich neben der Haupthalle platzieren lassen.«

Putz und Holzsplitter rieselten auf die Köpfe der Männer herab. Sie hatten eine der befestigten Hintertüren erreicht. Mehrere Mönche kauerten verbissen hinter aufgemauerten Zinnen. Auf der anderen Seite war keine zehn Schritte entfernt eine metallbeschlagene, schmale Tür in die Wand eingelassen.

»Hoffen wir, dass sie die noch nicht entdeckt haben.«

Doch die Hoffnung des Abtes wurde enttäuscht. Donnernde Axtschläge hagelten auf die andere Seite der Tür ein.

»Verdammt, sie haben den Seitenzugang gefunden. Hier kommen wir nicht durch!«

Mitsukoshi musterte skeptisch die Tür, die in ihren Angeln bebte. »Die hält nicht mehr lange.«

»Zwei Mann können hier in dem schmalen Gang eine ganze Garnison abwehren. In kürzester Zeit ist der Zugang von ganz allein verstopft.«

Mitsukoshi runzelte die Stirn. Sein Meister hatte wohl alle Situation vorhergesehen, jedenfalls fast. »Jetzt müssen wir uns den Weg zurück durch das Feuer bahnen!«, fluchte er.

»Nein, es gibt eine Abkürzung.« Abt Hashimoto drängte sich durch die Männer hindurch. »Folgt mir!« Zwei Mönche schoben ein mannshohes Relief Buddhas zur Seite, dass auf der Rückseite des schmalen Ganges die Wand verzierte. »Schnell, hier hinein!«

Mitsukoshi huschte durch die schmale Öffnung, die Metallröhre fest an sich gepresst. Der Gang war sehr schmal und ziemlich staubig. Alle vier Schritte war unter der Decke ein Stein in der Wand weggelassen worden, zuckendes Licht auf der anderen Seite ließ kaum die Hand vor Augen sehen. Das Prasseln von Feuer drang entfernt ans Ohr. Mitsukoshi vermutete, dass der Gang hinter der Rückwand des Heiligtumraumes entlangführte. Rauch quoll aus den Lichtöffnungen und füllte zunehmend den Gang, die Wände aber waren noch nicht warm. Die ersten begannen leise zu husten. Der Rauch biss in Mitsukoshis Augen. Hinter ihnen wurde der Zugang wieder verschlossen. Mitsukoshi tastete sich voran und stieß am Ende des Ganges fast mit seinem Vordermann zusammen.

»Psst! Wir müssen erst herausfinden, ob sie bereits zu den Zellen vorgedrungen sind!«

Mitsukoshi gab die Nachricht nach hinten weiter. Alle hielten den Atem an.

»Ich höre Schritte. Viele Waraji, der Feind ist schon da.«

»Was nun?«

»Zurück! Auf halbem Wege zweigt ein schmaler Gang von diesem ab!«

Mitsukoshi stutzte. Das war ihm, vermutlich durch den dichten Rauch, anscheinend entgangen. So gut es mit der Röhre und gezogenem Schwert in dem schmalen Gang ging, drehte er sich um und tastete sich vorwärts. Die anderen hatten die Abzweigung bereits gefunden und folgten ihm über eine grob gehauene Treppe hinauf. Nach etwa zwanzig Stufen war das Ende der Treppe erreicht, eine hölzerne Luke versperrte den Weg. Alle lauschten erneut. Hinter der Luke war nichts zu hören. Vorsichtig hoben die Männer die Luke an. Mitsukoshi schloss geblendet die Augen. Die Sonne brannte fast senkrecht in den Treppenschacht. Nach wenigen Schritten standen sie auf einer weiträumigen Terrasse, die fast den gesamten hinteren Bereich des Baus einnahm. Über ihnen erhob sich ein etwa vierzig Fuß hoher, völlig unverzierter, aber vollständig gemauerter Tenshu mit einem spitzen Holzdach und Fensteröffnungen ringsum, von dem vom Vorderhof nur die Spitze zu sehen war. Unter ihnen tobte auf der einen Seite die Takayama-Horde durch die Zwischenhöfe, auf der anderen, der dem Berg zugewandten Seite, war niemand zu sehen.

»Dort hinten ist eine Tür zum Turm!« Abt Hashimoto fummelte einen stabilen Metallschlüssel von seiner Halskette und steckte ihn in ein Loch unter dem massiven Handgriff. Es klackte lautstark.

»Ein Schloss?«, fragte Mitsukoshi verblüfft.

Hashimoto nickte kurz. »Nur ich darf sonst die Terrasse betreten.«

»Und heute machst du mal eine Ausnahme?« Mitsukoshi rang sich ein Grinsen ab.

Abt Hashimoto zog vorsichtig die Tür auf. »Der Weg ist frei – schnell!«

Ein Pfeilschauer prasselte auf die Terrasse ein. Mehrere Sohei und einige der Mönche wurden getroffen, bevor sie den rettenden Turm erreichten. Die Gruppe hastete die steil aufragende, rundum führende Holztreppe hinunter. Ein langes Glockenseil baumelte in der Mitte, zwei Novizen klammerten sich an das Seilende und hopsten damit auf und ab. Mitsukoshi warf einen kurzen Blick in die Höhe. Oben schwang eine mächtige Glocke an einer kunstvollen Holzmechanik hin und her. Flammenzungen leckten an der Turmspitze und wallten an der Innenseite entlang. Brennende Dachsparren regneten herunter. Im Turm war der Lärm der Glocke ohrenbetäubend.

Abt Hashimoto winkte die Männer hastig die Treppe hinunter zu einer freien Stelle in der Wand auf der anderen Seite. Dort lehnte er sich gegen die Wand, die unter seinem Gewicht nachgab, als wäre sie aus Reispapier. Er pflückte die beiden Novizen vom Seil und scheuchte sie als Erste hinaus. Ein schmaler Trampelpfad führte hinter der Pforte steil abwärts ins Dickicht des Tales.

»Nach hundert Metern müsst ihr durch die Schlucht hinauf auf die Hinterseite des Berges. Wenn alle drin sind, könnt ihr den Weg blockieren.«

Mitsukoshi zögerte. »Sosuke, du willst uns nicht begleiten?«

Der Abt schüttelte lächelnd den Kopf. »Mein Platz ist hier. Ich darf die anderen nicht im Stich lassen.«

Mitsukoshi blickte den fliehenden Männern hinterher, die im Unterholz verschwanden. »Ihr müsst diesen Ort wieder aufbauen.«

»Das werden wir. Lauf – sie werden euch verfolgen. Über die Schlucht gelangt ihr in eine Höhle oberhalb des Tempels, dort oben.« Der Abt zeigte mit einem rußverschmierten Zeigefinger den Berg hinauf.

»Komm mit! Wir kehren zurück, wenn Takayamas Männer abgezogen sind«, schlug Mitsukoshi vor.

»Nein, zieh dich mit den Sohei in die Wälder zurück und löse das Rätsel des Pergaments. Ich wünsche dir den Segen der Götter, Buddhas und des Heiligen Geistes.«

»Des was?«

Die Antwort hörte Mitsukoshi schon nicht mehr. Hinter dem Abt erbebte die obere Terrassentür des Turmes. Abt Hashimoto warf sich, immer noch lächelnd, dagegen. Neben ihm rammte sich polternd ein brennender Dachbalken in den Boden.

Mitsukoshi sprang zurück und rutschte zehn Fuß im Unterholz den Berg hinunter. Teile des Daches segelten herunter, es brannte inzwischen lichterloh. Zu seinem Schrecken faltete sich die Turmspitze zusammen und krachte in den Turm hinein. Funken sprühten aus der Wandöffnung hervor, eine Wand aus Flammen loderte hoch. Mitsukoshi hastete den Berg hinunter, Zweige peitschten ihm ins Gesicht und auf die Arme. Mit einem Satz setzte er über einen kleinen Bach hinüber und rutschte beinahe auf einem feuerroten Halstuch aus, das halb im Lehm steckte. Das gehörte Hiyoshi, erinnerte er sich. Er klaubte das Halstuch aus dem Schlamm und lief weiter. Mitsukoshi fand den Eigentümer des Halstuches am Fuße der Schlucht bei seinen Männern. Er versuchte, seine pfeifenden Lungen unter Kontrolle zu bekommen.

»Wir müssen da rauf!« Mitsukoshi deutete auf den zugewucherten, kaum erkennbaren Trampelpfad, der sich im Zickzack den Berg hinaufwand.

Nakamura nahm dankbar sein Halstuch wieder in Empfang. »Jetzt haben wir *die* am Hals.«

Er wies mit dem Daumen auf fünf Mönche und die zwei Novizen, die sich vor Angst heulend aneinander festhielten. Einer der Mönche war der Riese Saburo. Auch über seine Wangen flossen Tränen, die auf den Waldboden tropften.

Mitsukoshi stieß mit dem Fuß gegen die Truhen mit den Heiligtümern. »Sind die schwer?«

Saburo schüttelte leise wimmernd den Kopf.

»Gut. Wir müssen dort hinauf in die Höhle. Kennt ihr sie?«

Saburo schüttelte erneut seinen massigen Schädel und schnäuzte in seine Kutte.

»Igitt«, kommentierte Nakamura. »Ich glaube, wir sollten jetzt gehen. Hörst du?«

Mitsukoshi vernahm Stimmen und knackendes Gehölz. Eilig klaubten die Mönche die Truhen auf und hasteten den Pfad hinauf. Bevor jemand es verhindern konnte, beschleunigte Nakamura das Lauftempo der zaudernden Novizen mit einem Tritt. Mitsukoshi bildete die Nachhut. Die Verfolger kamen näher. Nach hundert Metern quetschten sich die Sohei und die Mönche durch einen Felsspalt, über dem drohend ein gewaltiger Felsbrocken hing.

»Saburo, schnell, da hinauf!«

Der Riese nickte kurz und ließ die Truhen fallen, die er unter seinen massigen Armen schleppte. Saburo klemmte sich zwischen Bergmassiv und Stein und stemmte seine Schultern dagegen. Knirschend hob sich der Findling aus seinem jahrhundertealten Bett und krachte genau passend in den Spalt. Die Männer äußerten verhaltenen Jubel, Saburo grinste übers ganze Gesicht, pflanzte sich in Siegerpose auf und ließ seine Muskeln in der Sonne spielen.

Mitsukoshi winkte ihn herunter. Saburos Grinsen erlosch zuckend und machte einem Ausdruck unfassbarer Verwunderung Platz. Mitsukoshi schloss die Augen. Ganz langsam drehte sich der lächelnde Riese um. Aus seinem Nacken ragte ein Pfeil mit schwarzen Federn. Saburos Arme gingen nach oben, als wolle er den Pfeil mit den Händen herausziehen, dann fiel er rückwärts.

Die Novizen quiekten auf, Nakamura gab ihnen noch einen Tritt. Zwei der Sohei griffen sich die Truhen und stolperten weiter, die anderen taten es ihnen nach. Mitsukoshi beobachtete die Felskante, aber nichts geschah. Ohne Leiter oder Wurfanker waren die hohen Felsen nicht so schnell zu überwinden. Eine kleine Lawine rutschte nach und verschüttete den Durchgang vollends. Mitsukoshi lief den anderen hinterher in den schmalen Höhleneingang, der vor ihm in der Wand gähnte. Innen warteten zwei der Sohei auf ihn und lösten, kaum war er in der Höhle, einen zweiten Steinschlag aus, der den Eingang verschloss. Mitsukoshi hielt den Atem an, bis der Staub sich gelegt hatte. Ein dämmriges Licht erhellte den Höhlengang, fast so wie im Gang hinter dem Heiligtum im Tempel. Es dauerte eine Weile, bis sie der Lichtquelle nähergekommen waren. Die Höhle durchzog den ganzen Berg. Auf der anderen Seite öffnete sich die Kaverne zu einer mittelgroßen, natürlichen Halle. Ein kleiner Bach plätscherte in einer Ecke vor sich hin und versickerte in dem sandigen Höhlenboden.

»Perfekt!«, staunte Nakamura und plumpste auf den weichen Höhlenboden.

Die anderen taten es ihm nach. Ein Teil der Höhle war eingefallen und bildete einen kleinen, zugewachsenen Felsvorsprung, der wie ein Erker hoch über dem Tal hing. In der Tiefe lag das Kloster in einem Hain aus Eichen und Kiefern. Mitsukoshi bog die Zweige des Gestrüpps auseinander und beobachtete das Gewusel zwischen den Klostermauern. Die Szenen waren unbeschreiblich. Der Turm brannte brausend wie eine Fackel. Hin- und herlaufende Gestalten waren auf der Terrasse zu sehen. Leblose Körper wurden über den Vorhof geschleift und in der Mitte aufgehäuft. Es waren Dutzende rote Kutten darunter. Als auch Flammen aus dem Dach des Hauptgebäudes knackend und prasselnd hochloderten, seufzte Mitsukoshi laut.

Nakamura hockte sich neben ihn und raufte sich den Schädel. »Und das war es jetzt wert?«

»Ich hoffe es.«

»Du hoffst? Au Mann! So was habe ich mir gedacht.«

»Was hast du dir gedacht?«

»Nichts, nur so.«

»Wie viele Männer haben wir verloren?«

»Wir?«, fragte Nakamura zurück und blickte Mitsukoshi empört an. »Insgesamt acht meiner Männer haben ihr Leben gelassen für dieses verdammte, ach so geheime Geheimnis des Gaijin.« Nakamura zog die Nase hoch und spuckte aus. »Was auch immer das ist, jetzt ist es verdammt wertvoll«, fügte er grummelnd hinzu.

Mitsukoshi nickte langsam. »Ich stimme dir zu. Mir war vorher auch nicht bewusst, auf was ich mich da eingelassen habe.«

»Dann finde das mal ganz schnell heraus, sonst werde ich echt sauer.«

Mitsukoshi nickte erneut, aber er wich dem Blick des Kampfmönchs aus. »Wir müssen unsere Kräfte sammeln. Wie ist die Quelle?«

»Die Quelle ist gut. Wir haben genug Wasser. Niemand ist verletzt. Was machen wir mit den Jammerlappen?«

»Wir sollten ihre Heiligtümer hier in der Höhle vergraben. Wenn Takayamas Männer abgezogen sind, können sie ins Kloster zurückkehren.«

»Und dann?«

»Sie werden den Tempel wieder aufbauen, was sonst.«

»Genau, was sonst.« Nakamura erhob sich und ging zu seinen Männern zurück.

Mitsukoshi hielt noch bis zum Einbruch der Dunkelheit Wache, dann zog er sich in die Höhle zurück und suchte sich eine freie, trockene Stelle für ein Nachtlager.

Mitsukoshi hob die Röhre auf und schlich aus der Höhle hinaus, um die anderen nicht zu wecken. Der Mond war aufgegangen und goss sein silbriges Licht über die umliegenden Hügel. Er blickte hinüber zum Kloster. Hier und da zuckten in den dichten, öligen Rauchschwaden immer noch Flammen hoch. Er atmete tief durch. Ob wohl jemals das Leben wieder in die Ruinen einziehen würde? Bestimmt. Weder das Leben selbst noch der Glaube ließen sich so einfach unterdrücken oder aufhalten, Ideen ließen sich nicht töten oder verbrennen. Genauso eine Idee hielt Mitsukoshi nun in seinen Händen. Er wusste nicht, wie diese Idee beschaffen war, aber er würde sich ihr stellen, so wie er sich einem Feind stellen würde. Während er wach dalag, hatte er darüber gegrübelt, ob es weise war, das Geheimnis des Sensei zu ergründen. Jeder Mitwisser war sich seines Lebens nicht mehr sicher, so lautete die Warnung des Meisters, zu viel Schlechtes konnte aus der Idee erwachsen. Mitsukoshi konnte sich nicht vorstellen, was so eine große Macht in sich barg. Er erahnte die Gefahren, die in den Zeilen des Holländers stecken mussten.

Vorsichtig ertastete er das Siegel des Sensei. Mitsukoshi erinnerte sich an den lächerlich großen Siegelring, den der Meister nur zum Training abnahm und in einem kleinen Beutel aufbewahrte. Nun war das Siegel verloren, begraben unter der Asche des Klosters. Vielleicht war das auch gut so. Mitsukoshi strich vorsichtig über den Siegellack. Er spürte die grobe Form der vierflügligen Windmühle, von der es in der Heimat des Meisters so viele geben musste. Zum ersten Mal bemerkte Mitsukoshi, dass es sich gleichermaßen auch wie ein Kreuz anfühlte. Ein seltsamer Zufall.

Das Siegel zerbröselte fast spurlos. Mitsukoshi blies den Staub von dem Schriftstück und entrollte es vorsichtig. Es war nicht groß, gerade mal eine Elle lang und zwei breit, aber dicht mit Schriftzeichen, Symbolen und Zeichnungen bedeckt. Das meiste war so winzig, dass er es bei dem spärlichen Mondlicht nicht entziffern konnte. Entziffern war auch zu viel gesagt. Das Gekrakel war eindeutig die Schrift des Meisters, soviel war sicher.

Mitsukoshi stöhnte lautlos.

Die Europäer benutzten zwar nur wenige Schriftzeichen, aber die Kombinationsmöglichkeiten waren zahllos und damit auch die Möglichkeit, Worte und Begriffe zu bilden und das auch noch in vielen verschiedenen Sprachen. Unmöglich konnte man sich all diese Kombinationsmöglichkeiten merken. Das Japanische kannte als Abkömmling des Chinesischen immerhin mehrere tausend Zeichen, aber diese hier konnten Millionen Bedeutungen haben. Wenn man natürlich die Sprache kannte, war es umso klarer. Und genau das war wohl eines der Geheimnisse der Europäer, ahnte Mitsukoshi.

Diese flachen Laute, in Tinte gegossen, waren schwer verständlich. Mitsukoshi rauchte schon nach zwei Zeilen der Schädel. Er wusste, dass die Europäer quer schrieben, damit waren die Buchstaben angeblich leichter zu lesen. Das konnte er nicht bestätigen. Die Worte waren nicht so schwer, aber ihre Bedeutung umso mehr. Hier und da ragten verständliche Begriffe heraus, wie kleine Inseln in einem hektischen Meer aus Buchstaben.

Nächtlich – erblühen – Blumen. Kraft – Feuermacht – Mühle – nicht – Getreide – fest – hart – Staubmacht.

Mitsukoshi war drauf und dran aufzugeben. Das ergab überhaupt keinen Sinn. Falls er in die Hände seiner Häscher fallen würde, würde er unter Folter nur Unsinn von sich geben können Die Zeichnungen waren auch nicht erhellender. Obwohl … Mitsukoshi hob die Schriftrolle unter seine Nasenspitze. Das sah aus wie ein Haufen Bälle. Bälle, wie sie Kinder aus den Ruten der Weiden flochten und damit spielten. Das daneben sollte wohl eine Fackel darstellen. Doch warum sollte man diese Weidenbälle entzünden? Zwei laufende Männer. Noch zwei Männer, die sich die Köpfe hielten oder möglicherweise auch die Ohren. Figuren mit langen Lanzen, an deren Spitzen kleine Flammen züngelten. Sollten diese etwa neue Waffen sein? Brennende Lanzen? Wie sinnlos. In der Schlacht konnte man damit bestimmt nicht besonders schnell marschieren, der Wind würde die Flammen erlöschen lassen. Führten die Europäer etwa so ihre Krieger in die Schlacht?

Mitsukoshi kraulte sein Kinn.

Etwas weiter unten war aus lauter einzelnen Strichen eine Art Ball gemalt, darunter ein winziges Dorf mit vielen Hütten. Verstreut dabei ein paar fünfzackige Sterne. Die Sterne schienen auf das winzige Dorf zu fallen. Mitsukoshi erschrak. Bestand das Geheimnis etwa daraus, wie man den Himmel herunterfallen lassen konnte? Das wäre ja ungeheuerlich. Er malte sich das Schreckliche aus. Der Mond, alle Sterne, sie würden verlöschen und vom Firmament herunterfallen. Nichts würde stehen bleiben, selbst die größten Paläste würden vom Antlitz der Erde durch eine überirdische Macht hinweggefegt. Die Unterwelt würde dabei einstürzen und alle Geister der Ahnen in einem ewig andauernden Feuer verdunsten. Die Welt würde mit einem Mal enden. Keine noch so große Armee würde dem widerstehen können. Die groteske Vorstellung grenzte ans Obszöne, Mitsukoshi wurde es flau im Magen. Er hoffte inständig, dass dies nicht das Geheimnis der Schriftrolle war. Selbst seinen Feinden würde man solch ein Unheil nicht wünschen. Ihm schauderte bei dieser unheimlichen Vorstellung. Er würde alles tun, damit seine Heimat niemals so einem grausamen Schicksal zum Opfer fallen würde.

Da war in der Mitte dieses flache Fass abgebildet und es war von zusammengebundenen Röhren die Rede, von Staub aus dem Berg und Kerzenwachs, von Stroh, das irgendwie zum Stopfen der Röhren benutzt werden sollte. Dann wurde das Stroh verbrannt. Dazu passten die Bilder mit den brennenden Lanzen. Eines der Bilder zeigte Blumen. Ziemlich struppige Blumen, die auch aus Rohren wuchsen. Für einen Moment spielte Mitsukoshi mit dem Gedanken, dass es sich um eine Anleitung für den Bau eines Gartens handelte. Aber wozu die vielen seltsamen Zahlen und Zeichnungen, auf denen keine Blumen zu sehen waren? Diese Zahlen standen in Reihen unter- und nebeneinander. Mitsukoshi kannte ein wenig die schwierige Kunst der Mathematik. Eine der Zeichnungen ähnelte verblüffend einem Schema, das Mitsukoshi kannte: dem Flug eines Pfeiles.

Die Kunst des Bogenschießens war eine sehr alte Kunst und wurde natürlich auch im Dojo gelehrt. Doch Mitsukoshi fand diese sperrige Waffe schon immer etwas unpraktisch. Den Feind gefahrlos aus der Entfernung wie eine Wildsau zu erlegen, ohne ihm gegenüberzutreten, empfand er außerdem als heimtückisch. Meister Vanderveer und später die Ausbilder im Dojo hatten immer nur mit dem Kopf geschüttelt, wenn Mitsukoshi dieses Thema im persönlichen Gespräch erörtern wollte.

Also: Brennende Lanzen, Blumensträuße in Röhren, fallende Sterne und das Ende der Welt. Dazu Berechnungen über fliegende Pfeile und jede Menge Stroh. Ganz egal, wie sehr sich Mitsukoshi auch den Kopf zermarterte, das alles blieb völlig schleierhaft. Er überlegte, ob er sich noch ein bisschen Schlaf gönnen sollte. Das Versteck schien sicher genug. Selbst Takayamas Jagdhunde würden ihn hier draußen nicht finden. Mitsukoshi breitete den Kesa auf dem weichen Moos aus. Kimono und Hakama würden ihm genug Schutz vor der nächtlichen Kälte bieten. Sorgfältig verstaute Mitsukoshi die Rolle in der matt schimmernden Metallröhre, setzte den Deckel mit dem eingelassenen Kreuz wieder auf und legte sie gleich neben sein Schwert an seine Seite.

In dieser Nacht wurde Mitsukoshi von einem Albtraum geplagt: Fallende Sterne, ein gleißender Feuerblitz, der die Welt mit einem Schlag verschlang, der Geruch von verbranntem Fleisch, ein Ascheregen wie Schnee, Kälte, Tod.

Als die Sonne aufging, erwachte Mitsukoshi zitternd. Das war ihm schon lange nicht mehr passiert. Bibbernd und mit wehendem Atem kehrte Mitsukoshi in die Höhle zurück. Er fachte das noch glimmende Lagerfeuer erneut an. Bei Tageslicht war das Schriftstück zwar leichter lesbar, aber deswegen noch lange nicht verständlicher. Mitsukoshi fiel auf, dass die Röhren mit den Blumen in der Zeichnung genauso aussahen wie die metallene Hülle der Schriftrolle. Aber das konnte auch Zufall sein.

Nakamura trat zu Mitsukoshi und reckte seine Glieder. Er sah nicht glücklich aus. Beide blickten hinunter zu den rauchenden Trümmern. »Und – war es das alles wert?«

Mitsukoshi schüttelte langsam den Kopf. »Ich weiß nicht. Diese Schriftrolle …«

»Schriftrolle? Was steht denn drauf?«, fragte der Sohei neugierig.

Mitsukoshi seufzte und hielt Nakamura das Schriftstück ausgebreitet hin. Der warf einen Blick darauf und kratzte sich den Schädel. »Hübsch – aber nichts, was man in die Teestube hängen würde. Was bedeutet dies alles?«

Mitsukoshi rollte das Papierwieder sorgfältig zusammen, bevor er es verstaute. »Das ist das Problem. Ich verstehe nur Bruchstücke davon. Ich muss mir jemanden suchen, der es lesen kann.«

»Na dann, viel Glück. Ich kenne keinen Mönch oder Gelehrten, der das könnte. Was sind das überhaupt für seltsame Zeichen?«

»Das ist eine Sprache, die auf der anderen Seite der Welt gesprochen wird. Mein Meister beherrschte sie fließend, es war die Sprache seiner Ahnen.«

»Verdammter Ausländer ...«

»Wieso verdammt?«, fragte Mitsukoshi erstaunt und ein klein wenig gereizt.

»Alle Ausländer sind Teufel. Man kann ihnen im Gesicht ansehen, was sie denken und sie denken schlimme Sachen.« Nakamura nickte bekräftigend.

»Ach – woher kennst du denn Ausländer und wo finde ich die?«

Nakamura zögerte. »Sagt man das denn nicht stets von den Ausländern? Wenn ich da an die Chinesen oder Koreaner denke ... Soweit ich weiß, haben die Mongolen es ja mal gewagt, die See zu überqueren. Ist schon lange her. Hat aber nicht geklappt. Die Götter waren auf unserer Seite.«

»Du meinst die Invasion? Das war vor Hunderten von Jahren. Mein Meister stammte von einem Land weit, weit entfernt. Noch hinter der Mongolei.«

Der Sohei schaute Mitsukoshi skeptisch an. »Und da schreiben sie solche Papiere? Warum? Was ist daran so besonderes, dass so viele Männer dafür sinnlos sterben mussten?« Nakamuras Stimmung verfinsterte sich schnell.

»Ich weiß es nicht«, gab Mitsukoshi kleinlaut zu. »Aber sinnlos war es bestimmt nicht. Das kann es nicht sein. Die Schrift muss sehr wichtig sein. Da bin ich mir sicher.«

»Wie schön, dass der hohe Herr sich sicher ist, auch wenn ihm nicht klar ist, worüber«, spottete Nakamura grimmig.

»Ich werde es herausfinden, versprochen.« Mitsukoshi verbeugte sich respektvoll.

»Hm«, grummelte Nakamura ungläubig.

Mitsukoshi starrte erneut in die rauchende Tiefe. »Mein Lehnsherr, Fürst Takayama ist für den Tod unserer Freunde verantwortlich. Er wusste von dem Erbe und dass Meister Vanderveer ein Ausländer war. Er hat sich vermutlich gefragt, ob auch mein Meister eventuell Kenntnisse über neue Waffen besaß und wollte sichergehen, dass sie niemand anderem in die Hände fallen. Es war Takayamas Truppe, die die Drecksarbeit gemacht hat. Blindwütig wie Tiere. Sie haben einen heiligen Ort entehrt. Ich ahne, was Takayamas nächste Schritte sein werden.«

»Was denn?«

»Er will Kyoto einnehmen und sich selbst zum Shogun ausrufen, wenn der Kaiser ihn nicht dazu ernennt.«

Nakamura blickte Mitsukoshi skeptisch an. »Das klingt verrückt.«

»Takayama hebt seit Monaten frische Truppen aus und er wird versuchen, Kyoto und das Heer des Shoguns zu überrennen. Das plant er schon seit über zehn Jahren, erzählt man sich auf Burg Fukashi hinter vorgehaltener Hand.«

Nakamura blickte immer noch skeptisch. »Also will er unbedingt in Besitz dieses Schriftstücks gelangen. Dein Meister war ein Wissender, ein Magier. Und Magie kann man immer brauchen, wenn man Shogun werden will.«

Mitsukoshi rang sich ein Lächeln ab. »Magier – das hätte Meister Vanderveer gefallen. Er hatte wirklich etwas von einem Magier.«

»Was hast du jetzt vor?«

»Ich werde zur Burg Fukashi zurückkehren und versuchen, dieses Unrecht zu sühnen.«

»Ach, wie denn das?« Der Sohei schaute leicht verdutzt drein.

»Ich werde Fürst Takayama stellen.«

Nakamura rollte mit den Augen. »Du hast vielleicht Flausen im Kopf. Was glaubst du, passiert, wenn du durch das Tor von Burg Fukashi trittst? Du verlierst schneller deinen Kopf, als du bis drei zählen kannst. Kannst du überhaupt bis drei zählen?«

»Ich muss es trotzdem versuchen.«

»Ob dein Meister damit einverstanden wäre? Ich weiß ja nicht.«

»Gleichwohl muss ich es versuchen. Ich kann nicht tatenlos zusehen, wie Takayama mit seinem dämonischen Geist noch weiter das ganze Land verpestet und für viele Jahre zu einem Vorhof der Hölle macht.«

»Außerdem – denk doch mal nach«, schob der Sohei gelassen hinterher, »Takayama wird schon gar nicht mehr auf Burg Fukashi weilen, er ist bestimmt schon unterwegs.«

Mitsukoshi nickte. »Das könnte stimmen. Wenn er bereits aufgebrochen ist, wird es umso leichter sein, seine Leibwachen auszuschalten.«

Nakamura schüttelte den Kopf und rieb sich über seine Glatze. »Ich geb's auf. Lauf doch mit offenen Augen in dein Unglück! Wir sehen uns dann im Schattenreich wieder. Die alte Datsue-ba wird schon gerecht über deine Seele entscheiden.«

»Vader unse de du bist in den hemmelen, gehilliget werde dyn name. Tho kame uns dyn rike ...«

»Was? Was soll das denn wieder heißen? Ist das dieser Humbug von diesem Fremden? Lass das gefälligst!«

Mitsukoshi grinste. Man konnte also diesen ausgekochten Kampfmönch mit einem einfachen Zitat auf Holländisch aus dem heiligen Buch der Kristen völlig aus der Fassung bringen. »Dann mache ich mich mal auf die Suche nach Fürst Takayama.« Er schaute erneut in die Tiefe. »Die werden unsere Pferde wohl mitgenommen haben.«

»Vermutlich«, nickte Nakamura. »Wohin gehst du jetzt?« Der Sohei blickte ein wenig skeptisch.

»Erst mal Richtung Norden, vielleicht bis zum Biwa-See, dann westwärts, über den Daigoyama oder weiter nördlich über den Pass südlich des Hiei-zan nach Kyoto. Wenn Takayama gegen Kyoto zieht, wird er sein Feldlager südlich der Stadt aufschlagen, nur dort gibt es genügend Platz. So laufe ich dem Heer nicht in die Arme.«

»Warst du schon einmal in der Hauptstadt?«

Mitsukoshi nickte. »Immer wieder mal in den letzten Jahren. Aber mein Meister hat es dort nie lange ausgehalten. Wir waren ein paar Mal oben auf dem Hiei-zan, im Kloster Nanzen-ji, aber so gut hat es mir dort nicht gefallen. Die Klöster dort sind riesig, aber die Mönche reichlich machtgierig.«

Nakamura hielt eine Hand hoch. »Wir sollten dieses Thema nicht weiter vertiefen. Sonst kriegen wir uns noch in die Haare.«

Mitsukoshi blickte den kahlköpfigen Sohei spöttisch an. »Haare? Welche Haare?«

»Dafür sieht du ganz schön zerzaust aus.«

»Das stimmt.« Mitsukoshi fuhr sich über seine hohe Stirn. Sein Zopf hatte sich fast gänzlich aufgelöst. Er verbeugte sich vor dem Sohei. »Es war mir eine Ehre, an Eurer Seite zu kämpfen und ich danke Euch für Eure Unterstützung. Ich hoffe, unsere Wege werden sich in diesem Leben noch einmal kreuzen.«

»Und wenn nicht, dann im nächsten.« Nakamura verbeugte sich ebenfalls und reichte Mitsukoshi die Hand. Der ergriff beherzt den Unterarm des Sohei. Nakamura trat zu seinen verbliebenen Männern hinüber.

Der Abstieg ins Tal fiel leicht. Mitsukoshi behielt das Unterholz im Auge. Unten im Tal musste er eine Entscheidung treffen. Blieb er auf den Wegen, würde er schneller vorankommen, lief aber Gefahr in unerwünschte Situationen zu geraten. Vermied er Wege und Pfade und schlug sich stattdessen durchs sichere Dickicht, würde er viele Wochen nach Kyoto brauchen. Mitsukoshi versuchte, das Risiko zu kalkulieren. Wieder eine Lehre des Sensei. *Auch bei größter Erfahrung sollte man stets sein Verhalten auf die Situation anpassen und sich nicht nur auf sein Wissen verlassen.* Das war zwar umständlich, aber sicherer. Mitsukoshi entschied sich gegen den Weg querfeldein.

Zunächst folgte Mitsukoshi dem Weg, den sie gekommen waren. Bei jedem noch so kleinen, ungewöhnlichen Geräusch schlüpfte er ins Unterholz, aber er begegnete niemandem. Er vermied jedes Dorf und jede größere Ansiedlung, auch wenn es einen Umweg bedeutete. Gegen Mittag stieß Mitsukoshi auf einen Busch reifer Brombeeren und stillte seinen Hunger. Zufrieden wischte er sich den roten, verschmierten Mund ab. Die Beeren gaben ihm neue Energie und er eilte mit großen Schritten voran.

In der Nacht wurde er geweckt vom dumpfen Dröhnen der Hufe vieler Pferde. Dass Takayama seine Truppen selbst in der Nacht bewegte, war ungewöhnlich.

Das improvisierte Nachtlager unter den tief herunterhängenden Zweigen einer Weide stellte sich als Fehler heraus. Mitsukoshi brauchte am nächsten Morgen eine halbe Ewigkeit, um alle Ameisen aus seiner Kleidung zu klopfen, die in der Nacht einfach über ihn hinwegmarschiert waren. Er stieß auf die Spuren der Reiter, die er in der Nacht zuvor gehört hatte. Sie führten Richtung Westen, weg von Burg Fukashi.

Mitsukoshi schnitt sich eine Angel und legte sich an einem Bach auf die Lauer. Er starrte unentwegt auf die Weidenrute und endlich gelang es ihm wirklich, einen Fisch zu fangen. »Fische sind wirklich dumme Geschöpfe«, murmelte er, während er den Fang auf einen Stock aufzog. »Wie kann man nur auf so eine plumpe Täuschung hereinfallen.« Er drehte den Weidenrutenstreifen in der Hand, an deren Ende er lediglich einen Baumwollflaum geknotet hatte.

»Gier ist der ewige Antrieb der Natur. Und wir Menschen sind die gierigsten Geschöpfe von allen.«

Mitsukoshi stöhnte. Schon wieder einer dieser Vorträge, die der alte Sonderling vor sich hinbrabbelte.

Das konnte jetzt dauern, bis er endlich Ruhe gab. Vor vier Tagen waren sie bei diesem alten Kloster in der nördlichen Jinbo-Provinz eingetroffen. Mitsukoshi mochte das Klosterleben überhaupt nicht. Viel zu viele Regeln, die noch auf die des Alten obendrauf kamen. Regeln, Regeln, Regeln. Diese Mönche hatten offenbar zu viel Zeit, in der sie sich diese unsinnigen Auflagen ausdenken konnten. Die anderen Klosterschüler hatten schnell gemerkt, dass es unklug war, sich mit diesem aufsässigen Raufbold anzulegen, der sich herzlich wenig um die Gebote kümmerte. Nur einer der älteren und größeren Schüler versuchte, dem Neuen ein wenig Respekt einzubläuen. Das war keine gute Idee. Die Mönche waren zwar dafür bekannt, Meister im Gebrauch der Naginata zu sein, aber ihre Schüler nicht. Als die Gruppe orange gewandeter Jungen mit ihren Übungsstangen auf Mitsukoshi losgingen, der mal wieder als Strafe für eines der zahllosen, banalen Vergehen den Kies im Vorhof des Klosters harken musste, lagen ein halbes Dutzend von ihnen im Staub und hielten sich die schmerzenden Köpfe, kaum hatten sie angegriffen. Sensei Vanderveer kam entlang und stellte sich neben den ruhig atmenden Mitsukoshi, dessen Kopf noch nicht einmal rot angelaufen war.

»Aha, immer auf den Kopf«, stellte er trocken fest.

Die Meute zog ihre Verwundeten vom Boden hoch und trollte sich. Mitsukoshi verbeugte sich vor seinem Sensei und entschuldigte sich.

»Nein, nein«, wehrte Vanderveer ab. »Ich habe gesehen, wie sie ohne Warnung auf dich losgegangen sind. Das war bemerkenswert. Wer hat dich gelehrt, so mit dem Stock zu kämpfen? Ich nicht. Nicht, dass ich mich daran erinnern könnte.«

Mitsukoshi blickte zu Boden und musterte den aufgewühlten Sand, den er zuvor so sorgfältig geharkt hatte. »Mein Vater.«

»Verstehe«, murmelte Vanderveer. »Jetzt mach weiter. Der Boden hier sieht nicht schön aus.«

Ein Mönch kam herangeeilt. Er verwickelte den alten Holländer in ein unüberhörbar nur mühsam beherrschtes Gespräch. Beide blickten immer wieder zu Mitsukoshi hinüber, der wieder ganz unschuldig mit der Harke seine Kreise und Bahnen in den Kies zog. Sensei Vanderveer kam heran geschlurft.

»Pack unsere Sachen zusammen, wir ziehen weiter.«

Mitsukoshi ließ die Harke an Ort und Stelle fallen. Er machte sich erst gar nicht die Mühe, ein breites Feixen zu unterdrücken.

Für die Nacht fand Mitsukoshi einen kleinen Tempel und freute sich über einen trockenen, ameisenfreien Raum und ein Dach über dem Kopf. Unter dem Schutz eines ihm bis dahin unbekannten Berggeistes schlief Mitsukoshi wie ein Stein. Der Tempel schmiegte sich an den Berg Ryozen, den er ohnehin überklettern musste, wollte er nicht einen langen Umweg drumherum nehmen, ganz abgesehen davon, dass er noch nach einem Pass hätte suchen müssen. An den letzten beiden Tagen hatte er nicht eine Menschenseele getroffen. Das war gut so. Es kostete viel Kraft, nicht die ganze Zeit über köstliches Rindfleisch oder zartes Huhn nachzudenken. Auch zwei Handvoll duftender Reis wären jetzt nicht zu verschmähen. Mitsukoshi entschloss sich, weiter östlich den Weg über die Berge zu suchen. Hier gab es überall zu viele frische Spuren von vielen Reitern und Fußvolk. Er blickte zurück in Richtung des heiligen Fuji-san. Den vom ewigen Schnee bedeckten Gipfel verhüllte nebliger Dunst. Kyoto befand sich nur einen strammen Tagesmarsch von hier, aber Mitsukoshis Weg stand fest – er musste einen großen Bogen schlagen, erst nach Norden, dann über die Berge westwärts.

Einen Tag später hörte er ein Geräusch, das er schon lange nicht mehr vernommen hatte. Der langgezogene, klagende Klang der Flöte eines Komoso schlängelte sich durch den dichten Wald, verschwand kurz, tauchte wieder auf, wechselte die traurige, fast monotone Melodie und verschwand wieder.

»Das ist es!« Mitsukoshi fiel schlagartig ein, wie er unerkannt vorankam, ohne angesprochen zu werden. Mit einem Komoso gab sich niemand ab. Das waren zwielichtige, unheimliche Gestalten, deren Verhalten niemand wirklich vorhersehen konnte; die meisten davon waren Ronin – Samurai, die ihren Herrn verloren oder sogar verlassen und sich nun völlig dem Pfad des Zen gewidmet hatten. Sie hatten ihre eigenen Tempel, lebten nach ihren eigenen Regeln und waren überall wegen ihrer schweigsamen Art und düsteren Aura nicht wirklich willkommen. Von weitem schon war das Spiel ihrer Shakuhachi zu vernehmen, welches sofort verstummte, wenn sie auf andere Menschen trafen. Diese Anhänger des Fuke-shu waren an dem geflochtenen, bis über das Kinn herunterhängenden Korbhut und ihrer farb- und schmucklosen Kleidung leicht erkennbar. Als ehemalige Samurai war es ihnen gestattet, ein Schwert zu tragen, allerdings nur ein einzelnes.

Mitsukoshi musste nicht lange warten. Eine Gestalt stapfte durch den Wald, ohne sich dabei zu bemühen, leise zu sein. Er überlegte angestrengt, wie er dem Mann am einfachsten die Kleidung abnehmen konnte, ohne unnötig Blut vergießen zu müssen. Außerdem war der Komoso vermutlich ein gleichwertiger Gegner, vielleicht auch ein älterer, erfahrener Bushi, der für Mitsukoshi eine Nummer zu groß war. Das Risiko war nicht kalkulierbar – nicht gut. Mitsukoshi zögerte einen Moment zu lang, das Schicksal nahm ihm die Entscheidung aus den Händen.

Eine Gruppe Reiter kam im gestreckten Galopp den Waldpfad entlang, riss an den Zügeln ihrer Gäule und hielt an. Den Bannern nach gehörten sie zu Fürst Takayama. Mitsukoshi blieb erst einmal in Deckung. Keiner der Reiter war ihm bekannt. Sie schwankten deutlich sichtbar in ihren Sätteln und grölten laut durcheinander. Die Soldaten hatten eindeutig zu tief ins Sake-Fass geschaut. Der Komoso blieb stehen, gestützt auf seinen langen Wanderstab, als die Horde ihn umringte. Da sein Gesicht völlig von dem Tengai verdeckt war und der nur zwei runde Öffnungen für die Augen besaß, konnte Mitsukoshi die Reaktion des Mannes nicht abschätzen. Einer der Reiter brüllte den Bettelmönch lallend an. Mitsukoshi verstand kein Wort. Der Komoso offenbar ebenfalls nicht, er zuckte mit den Schultern. Das Gebrüll steigerte sich, mehrere Reiter grölten durcheinander. Der Komoso zog betont langsam sein Schwert, was von den Reitern mit hämischem Gelächter quittiert wurde. Ebenso betont langsam versenkte der Mönch sein Schwert wieder in der Scheide. Jetzt wurde er offensichtlich lautstark beschimpft. Der Komoso bewegte sich nicht eine Handbreit. Er schien nur aufmerksam zuzuhören. Eigentlich sollten acht derart betrunkene Reiter für einen erfahrenen Samurai kein Problem darstellen.

Im Kopf spielte Mitsukoshi die Angriffs- und Verteidigungsvarianten durch. Vielleicht blieb ja ein Pferd übrig, was er sich dann schnappen konnte. Der Komoso hatte keine Verwendung für ein Pferd, er war dazu verpflichtet, zu Fuß zu gehen.

In dem Spektakel trat eine Pause ein. Der brüllende Wortführer kotzte sich die Lunge aus dem Leib. Sein Pferd war von dem seltsamen Verhalten seines Reiters verwirrt, tänzelte nervös und schlug aus. Dabei traf es das benachbarte Tier, das erschrocken seinen Reiter aus dem Sattel beförderte. Der landete mitten in dem Erbrochenen des Anführers und erhob sich wüst fluchend und merklich schwankend. Jetzt zogen alle mehr oder weniger mühselig ihre Waffen und fuchtelten damit in der Luft herum. Der heruntergefallene Bushi stolperte auf den Komoso zu, direkt in dessen Schwert hinein und brach zusammen.

Mitsukoshi musste sich zwingen, diesem absurden Drama zuzusehen, ohne zu lachen.

Mehrere Reiter der Horde traten ihren Pferden in die Seiten und ritten einen schwankenden Angriff. Nur einen Moment später lagen vier gut gerüstete und hervorragend bewaffnete Samurai des Fürsten Takayama im Gras und bluteten ihr Leben aus. Die anderen Bushi schienen vor lauter Schreck, Gebrüll und dem hysterischen Hin- und Hergetrappel ihrer Tiere langsam nüchtern zu werden.

Die Staubwolke schränkte Mitsukoshis Sicht ein, als die Reiter aus ihren Sätteln kletterten. In der Wolke blitzten Klingen auf, gefolgt von hässlich singenden Geräuschen, Metall auf Metall. Als der Staub verwehte, standen die drei Angreifer noch, wobei ›stehen‹ etwas übertrieben war. Einer fiel prompt um. Der Komoso versenkte seine Klinge erneut in der Scheide. Zwei der Überlebenden kraxelten zurück in ihre Sättel und galoppierten davon. Der Komoso stand immer noch unbeweglich da, als die Reiter zurückkehrten und ihn erneut, aber aus sicherer Entfernung anbrüllten. Der Komoso drehte sich noch nicht einmal um. Das wäre jedoch vorteilhaft gewesen.

Mitsukoshi erkannte den Fehler sofort.

Wie zur Bestätigung sprang der dritte, übriggebliebene Angreifer aus dem Gras hoch und rammte dem Komoso einen Yari in den Rücken, sodass die stählerne Spitze des Wurfspeeres weit aus der Brust des Komoso herausragte.

Mitsukoshi verschlug es den Atem. Welche Feigheit, welche unaussprechliche, unehrenhafte Feigheit, einen Kämpfer so heimtückisch von hinten niederzustrecken.

Der Komoso griff nach der Speerspitze, drehte sich langsam zur Seite und fiel. Die drei hinterhältigen Samurai beglückwünschten sich grölend über dieses gelungene Schurkenstück und ritten davon.

Mitsukoshi sprang auf und eilte hinüber zu dem Kampfplatz. Er hob eines der goldverzierten Schwerter auf und erkannte die Prägung Meister Hayashis auf der Klinge. Der Komoso hatte seinen Tengai im Fallen verloren und lag auf der Seite. Mitsukoshi näherte sich dem Mann vorsichtig. Es konnte ja sein, dass noch so viel Leben in ihm steckte, dass es für einen letzten, blinden Rundumhieb reichte. Doch jede Kraft war bereits aus dem Mann gewichen. Er hatte graue Haare und das Schicksal hatte tiefe Furchen in das faltige und blutleere Gesicht gegraben. In den offenen Augen lag ein trauriger Ausdruck von Verblüffung.

Wütend zerbrach Mitsukoshi die Hayashi-Klinge über dem Oberschenkel und warf die Überreste in hohem Bogen ins Unterholz. Anschließend zollte er dem Toten seinen Respekt. Mitten in der Verbeugung knurrte sein

Magen unüberhörbar. Auch wenn er die Bauchmuskeln noch so anspannte, das Knurren blieb. Was nun folgte, zählte Mitsukoshi nicht zu seinen ehrenhaftesten Taten. Rasch durchsuchte er die Toten nach ihren Vorräten. Reis, Trockenfisch, Algenstreifen, Nüsse, Tee und vieles mehr füllten seinen Tragebeutel fast randvoll. Als Letztes überlegte er kurz, ob er eine Verwendung für den Wurfspeer hatte und entschied sich dagegen. Der Yari würde ihn nur behindern. Vielleicht bargen die Packtaschen noch etwas Nützliches.

Eines der Pferde einzufangen, die inzwischen etwas entfernt grasten, stellte sich als schwieriger heraus, als geahnt. Seine Geduld wurde auf eine harte Probe gestellt, bis er endlich eines soweit angelockt hatte, dass er nach dem Zügel greifen konnte. Das Pferd würde seine Reise drastisch beschleunigen. Mitsukoshi führte das Tier zurück zum Kampfplatz und band es an einem Baum fest.

Aus dem Umhängebeutel des Komoso war seine Shakuhachi herausgefallen. Mitsukoshi betrachtete das grob geschnitzte, schmucklose Instrument aus Bambus. Er erinnerte sich, dass sein Vater einmal vor vielen Jahren für ihn und seinen kleinen Bruder Jiro zwei Flöten geschnitzt hatte. Die beiden Jungen quälten daraufhin tagelang ihre Eltern und das ganze Dorf mit ihren mühseligen Versuchen, den Röhrchen saubere Töne oder gar eine Melodie zu entlocken. Zu Mitsukoshis Ärger stellte sich sein kleiner Bruder dabei schlauer an und bald ließ er einen fröhlichen Triller nach dem anderen in den blauen Himmel steigen. Irgendwann hatte Mitsukoshi keine Lust mehr und warf seine Flöte trotzig in hohem Bogen in den nahen Weiher, was ihm eine Schelte seiner Mutter einbrachte. Indessen lief sein Bruder lustig flötend durchs Dorf, um jedem Nachbarn stolz seine neue

Kunst vorzuführen. Aber bald gab es neue aufregende Spiele und Erlebnisse und die Flöten waren schnell vergessen.

Vorsichtig setzte Mitsukoshi das armlange Instrument an den Mund und blies vorsichtig hinein. Zu seiner Verblüffung entlockte er der Röhre einen scharfen, hellen Ton, der die Stille zerriss. Selbst die Zikaden schwiegen in diesem Moment. Erschrocken schaute er sich um, aber wie es schien, war er allein. Nun, ein einzelner Ton ergab noch keine Melodie, geschweige eine angemessene. Mitsukoshi beschränkte sich auf die fünf Töne, die er mit dem abwechselnden und zufälligen Zuhalten der fünf Löcher erzeugen konnte. Das musste als Tarnung reichen.

Er hob den Tengai auf und drehte ihn in den Händen. Der bienenstockartige Korbhut war schwerer als gedacht. Er bestand aus einem dichten Riedgras-Geflecht und besaß an der Vorderseite zwei kreisrunde Gucklöcher. Mit einem schmalen Lederriemen konnte man ihn unter dem Kinn fixieren. Mitsukoshi ging der Tengai bis zum Kinn; das war praktisch, so konnte er unter dem Rand des Korbes besser sehen, wohin er seine Füße setzte.

Auf den weißen Kimono und die engen, weißen Beinkleider des Komoso verzichtete er. Die blutroten Löcher in der Brust und im Rücken waren zu auffällig, es musste auch so gehen. Mitsukoshi hoffte, das er keinem anderen Komoso begegnen würde, denn die geheimen, unauffällig ausgetauschten Erkennungszeichen der Komoso-Bruderschaft kannte er nicht und dieser Tote konnte sie ihm nicht mehr verraten.

Mitsukoshi stieg aufs Pferd und sammelte die anderen Pferde ein, die in einiger Entfernung friedlich grasten.

Die Leichen trugen nichts Nützliches mit sich herum, auch ihre Satteltaschen enthielten nur die übliche Reiseausstattung und wenige private Dinge – Kerzen, Feuersteine, Wundpuder, mehrere schlichte Fächer, ein abgegriffener, sorgfältig gerollter Brief einer Frau, der nach Veilchen duftete. Einen kunstvoll gesägten Kamm aus Schildpatt mit Perlmutteinlagen betrachtete Mitsukoshi lange und steckte ihn kurzerhand in seinen eigenen, zerzausten Schopf. Er zog die Sättel und Packtaschen von den anderen Pferden und befreite sie vom Geschirr. Dann ließ er sie frei. Dem Tier, das er für sich behielt, schien das egal zu sein.

Mitsukoshi lenkte das Pferd in lockerem Schritt Richtung Nordost. Er vermutete, dass Takayamas Truppen ebenfalls den Pass wählten, den die Sohei mit ihm vor einiger Zeit gegangen waren. Weiter nordöstlich musste es noch einen Pass geben, eine direkte Verbindung zwischen Edo und Shiga, das am Südufer des Sees lag. Auf seinen Wanderungen an der Seite des Holländers war Mitsukoshi mehrfach in West-Ost-Richtung auf Honshu unterwegs gewesen, aber in all den Jahren nie direkt nach Norden. Entlang des Biwa-Sees fand er bestimmt leicht den Weg zurück zum Berg Hiei-zan. Dort kannte er sich aus. Der See lag jenseits der Bergkette vor ihm, er musste nur den Pass finden oder in den sauren Apfel beißen und hinübersteigen.

Mitsukoshi stieß bald auf ein kleines Dorf und stieg ab. Vorher hatte er die Pferdedecke umgedreht, um das eingewobene Takayama-Mon zu verbergen. Außerdem steckte er sein Wakizashi in seinen Beutel, setzte den Tengai auf und begann, etwas unstet auf der Shakuhachi zu blasen. Mit dem Wanderstab in der Hand stapfte er den Pfad entlang und zog den Wallach am Zügel hinter sich her. Als er den ersten verblüfften Dorfbewohner erblickte, steckte er die Flöte schnell wieder ein. Mitsukoshi hoffte, dass er als Anhänger des Fuke-shu durchging. Der Bauer zog seinen Hut und nickte ihm zu. Das ließ hoffen. Eine Tür eines kleinen Hauses direkt an der Dorfstraße öffnete sich und ein altes Mütterchen trat heraus. Sie zog etwas aus ihrem Kimonoärmel und hielt es Mitsukoshi hin. Der zückte nach kurzem Stocken seinen Fächer und öffnete ihn. Während zwei Kupfermünzen auf den Fächer fielen, murmelte er die rituellen, ewigen Worte des Nembutsu. Er verbeugte sich kurz, dann wandte er sich ab und ging gemessenen Schrittes weiter. Auch auf der anderen Seite des Dorfes klingelten ein paar Münzen in seinen Fächer. Das war ja einfach. Noch vier Dörfer und er konnte sich zu Mittag in einer Herberge eine große Schale Reis oder eine Übernachtung leisten. Kein Wunder, dass man noch nie von einem verhungerten Komoso gehört hatte.

Kaum war er außer Sichtweite, schwang sich Mitsukoshi auf das geduldig hinterhertrottende Pferd und beschleunigte seine Reise. Am Ende des Tages hatte er drei Dörfer durchquert und war um ein paar Münzen, aber auch eine Erfahrung reicher: Von Almosen zu leben, war mühselig und zeitraubend. Immer wieder vom Pferd zu gleiten und wie im Halbschlaf singend und murmelnd durch die Dörfer zu stapfen, um hier und da Münzen oder eine Schale Reis zu empfangen, nagte an Mitsukoshis Samurai-Seele. Oder war es sein Stolz? Dass Stolz zwar eine der wichtigsten Samurai-Eigenschaften, aber auch keine wahre Tugend darstellte, hatte ihm der alte Holländer immer und immer wieder eingebläut. Da waren die Ausbilder in dem Ryu nördlich von Edo damals anderer Meinung und halfen mit schmerzhaftem, geradezu verschwenderischem Gebrauch ihrer Rohrstöcke nach. Bei dieser Erinnerung verzog Mitsukoshi auch noch Jahre danach seine Schultern und reckte seinen Hals, aber nicht aus Stolz.

Reiten und gleichzeitig Flöte spielen haperte gewaltig. Die Töne flatterten nervös und unstet wie ein aufgeschreckter Schwarm Schmetterlinge in die warme Luft und das Pferd wurde ziemlich unruhig. Mitsukoshi verschluckte sich mehrfach beinahe beim Ein- und Ausatmen. Das war vielleicht verräterisch. Aber vielleicht dachten die Leute auch nur, er wäre ein Komoso, der schlecht Flöte spielte. So etwas gab es ja bestimmt auch; es kam auf einen Versuch an.

Der stellte sich gleich im nächsten Ort ein. Im Wald davor ließ er das Pferd frei. Die Stadt war nicht besonders groß. Mitsukoshi zählte nur eine Handvoll Wachen am Ortseingang, die ihn am Tor müde durchwinkten, ohne ihn zu kontrollieren oder zu belästigen. Als einfacher Wachsoldat überlegte man es sich lieber, diesen schweigsamen, düsteren Gestalten mit dem Korb auf dem Kopf unbedacht in den Weg zu treten. Damit hatte Mitsukoshi gerechnet. Außerdem war es nicht ehrenhaft, sich mit einem abzugeben, der sein Gesicht verloren hatte, als könnte dieses Stigma abfärben.

Mitsukoshi steuerte unbehelligt eine schlichte, aber immerhin zweistöckige Herberge an. Der Wirt wirkte nicht besonders erfreut über diesen Gast und schleuste ihn zu einem abseits stehenden Tisch. Eine junge Frau hockte auf der Galerie und entlockte ihrem Shamisen zarte Klänge. Das perlende Singen der Saiten und der leise begleitende Gesang ließen Mitsukoshis Nackenhaare erzittern. Während der Wirt sein Speisenangebot herunternölte, nickte er an den passenden Stellen. Er ließ mehrere Münzen über den Tisch rollen, die der Wirt gekonnt auffing und gleich hineinbiss. Knurrend schob der Mann ab und kehrte nach kurzer Zeit mit mehreren Schalen voller Reis, Nori und gebratenem Stockfisch sowie mehreren Beilagen wieder. Besonders über die gebackenen Süßkartoffeln freute sich Mitsukoshi und Kastanienmus hatte er schon lange nicht mehr genossen. Er überlegte, ob er es wagen konnte, den Tengai abzusetzen. Er ließ es lieber bleiben, um seine Tarnung nicht zu gefährden, denn das wäre für einen Komoso ungewöhnlich gewesen. Sorgfältig schaute er sich um, was mit den beiden Gucklöchern im Korb nicht so einfach war. Die anderen Gäste schienen ihn keines Blickes zu würdigen. Mitsukoshi schob leicht den Korb in den Nacken und zog seinen Obi fester, damit er leichter sein Schwert greifen konnte. Das helle Klimpern eines Windspiels mischte sich in die Klänge des Shamisen. Ein Windstoß ließ das Glockenspiel draußen an der Dachkante wild hin- und herschwingen.

Während Mitsukoshi mit Genuss aber diszipliniert seine Schalen leerte, fiel ihm ein Soba-Verkäufer auf, der draußen am Straßenrand hinter seinem überdachten Karren hockte und sich mit einem Fächer Luft zuwedelte. Er stutzte. Während er mit der Zunge die würzigen Algenstreifen von den Reisbällchen lutschte, dämmerte ihm, dass es wohl sinnvoller wäre, dem schwach züngelnden Feuerchen unter dem Suppenkessel Luft zuzufächeln als sich selbst. Der Mann schwitzte nervös und war unübersehbar kein Suppenverkäufer. Mitsukoshi grunzte zufrieden. Dieser Kundschafter war nicht besonders clever, die Verkleidung als Soba-Händler war reichlich unpraktisch. Die klapprige Karre bot noch nicht einmal genug Platz, um eine Waffe größer als ein Wakizashi zu verbergen. Der Mann hatte mit der Karre einigen Aufwand getrieben, um von seinem Platz aus die Hauptstraße im Blick zu behalten. Trotzdem war es Mitsukoshi gelungen, durchzuschlüpfen.

Hier in der Provinz waren die vielen Helfer Takayamas kleine Fische, aber in der Nähe des Daimyo sah es schon anders aus. Allein die bloße Anzahl der Leibwachen konnte ein großes Problem darstellen, überhaupt in die Nähe des Fürsten zu gelangen. Mitsukoshi ging im Kopf die Mitglieder des Hofstaats auf Burg Fukashi durch, die er kannte. Niemand davon hatte direkten Zugang zum Daimyo, außer natürlich der Leibgarde und seiner engsten Berater. Mitsukoshi würde alle seine Fähigkeiten ausreizen müssen, um sein Vorhaben durchzuführen, das war ihm klar. Erst einmal musste er es unauffällig in das direkte Umfeld des Fürsten schaffen, dann würde er weitersehen. Vielleicht gelang es ihm, sich unter das Palastpersonal zu schmuggeln.

Die Überlegungen wurden von der Spitze eines Schwertes unterbrochen, die sich entlang der Maserung der Tischplatte schob und sämtliches Geschirr herunterwischte. Die Stille, die dem Klirren des Steinguts folgte, war gespenstisch. Mitsukoshi hob den Kopf. Ein Wachsoldat in einer schmuddeligen Uniform. Beleibt, unrasiert, angetrunken, leicht schwankend. Mitsukoshi realisierte rechtzeitig, dass er immer noch in der Verkleidung eines Komoso steckte und Komoso waren nicht gerade die beliebtesten Zeitgenossen.

»Was bist du denn für ein Vogel?«, nuschelte der Störenfried. Zwei weitere Gestalten dieser Sorte lungerten zwei Tische weiter und flößten sich einen Sake nach dem anderen ein. Dieser hier hatte mindestens bereits ein halbes Dutzend zu viel davon genossen.

Mitsukoshi stöhnte innerlich auf. Dieser Korbhut schien charakterschwache, lebensmüde Gestalten geradezu magisch anzuziehen. Mitsukoshi musste ein wenig aus der Rolle fallen und sein Schweigen brechen. »Ich will keinen Ärger«, murmelte er tonlos.

»Wie kann sich einer wie du so ein Festmahl leisten?«

»Festmahl? Das nennt Ihr ein Festmahl?«

Die Schwertspitze wankte heftig. »Nicht frech werden, du Hundesohn!«

»Woher sieht man denn, dass mein Vater ein Hund war? Mögt Ihr keine Hunde?«

Der schwankende Soldat stutzte. »Wa...?«

Weiter kam er nicht. Ein Tachi mit einer völlig geraden, schwarzen Klinge bohrte sich geschmeidig und lautlos von hinten durch seine Brust und zerschnitt seinen Lebensfaden. Mit einem schmatzenden Ruck verschwand die Klinge wieder. Verblüfft blickte Mitsukoshi von den lehmverschmierten Sandalen des dicken Soldaten hoch, auf die sich sprudelnd und pumpend ein dunkelroter Strom Blut ergoss. Der Mann war tot, noch bevor er auf dem Boden aufschlug und dabei den Tisch und mehrere Hocker mitriss. Einige Gäste brüllten auf, das Shamisen schwieg schlagartig mit einem schrägen Akkord, der in der Luft hängen blieb. Mitsukoshi vernahm noch das pfeifende Sirren einer Klinge, dann polterten zwei Köpfe vor ihm auf den Dielenboden. Mit einer Handbewegung warf Mitsukoshi den Korbhut ab und zog noch im Sitzen sein Schwert. Verblüfft musste er feststellen, dass der Shinobi vor seiner Nase die beiden anderen Saufbolde ohne Vorwarnung niedergestreckt hatte. Mitsukoshi sprang auf, denn für einen Spalthieb aus dem Sitzen heraus stand der Ninja zu weit entfernt.

»Du schon wieder«, knurrte er den Ninja an, mehr um den Mann aus dem Rhythmus zu bringen, als ein Gespräch zu beginnen.

Der Vermummte hielt tatsächlich inne. Das nutzte Mitsukoshi, um ihm mit einem Ausfallschritt näher zu kommen. Der anschließende Versuch, einen Querhieb durch den Bauch anzusetzen, lief ins Leere, weil der Ninja rechtzeitig einen Sprung zurück machte, in Richtung Eingang und mit erhobenen Armen. Fehler. Anschlussschritt, Versuch, einen Ni-no-do, einen zweiten Körperschlag von rechts nach links, zu schwingen. Erneuter Sprung des Gegners – wieder nichts. Mitsukoshi biss die Zähne aufeinander. Der Ninja bewegte sich schrittweise immer weiter zurück. Mitsukoshi stieg langsam über die Leichen der beiden Wachen und nickte dem Ninja zu.

»Ja, richtig geraten, ich habe mein Erbe erhalten.«

Darauf reagierte der Schwarzgewandete überhaupt nicht. Nach weiteren abwechselnden Schritten standen sie unter freiem Himmel. Dass sich ein Ninja mitten am Tag im hellen Sonnenlicht zeigte, war äußerst ungewöhnlich. Mitsukoshi sicherte sorgfältig seinen festen Stand.

»Wir müssen das nicht tun.«

Immer noch keine Reaktion.

Mehrere Frauen liefen erschrocken und mit einem panischen Aufschrei auseinander; andere Einwohner kamen hinzu und hielten gebührenden Abstand, darunter auch zwei Wachen, die aber nur mäßig interessiert zuschauten. Das änderte sich, als der Wirt aus seiner Herberge herausgerannt kam, mit beiden Armen wild in der Luft wedelnd und nach Hilfe schreiend. Die Wachen folgten ihm nach einigem Hin und Her deutlich unwillig hinein in seine Wirtschaft.

Mitsukoshi und der Ninja umkreisten sich hoch konzentriert. Im Kopf spielte Mitsukoshi Angriffsvarianten durch: Hieb durch den Bauch, durch die Achseln, den Oberkörper, die gesamte Brust, diagonal von rechts oben ... Fast gleichzeitig hob der Ninja sein Schwert zur passenden Abwehr. Offenbar kannte er die traditionellen Bushi-Angriffsvarianten und zeigte das deutlich. Das Duell dauerte bereits zu lange für Mitsukoshis Geschmack. Er war es gewohnt, seine Gegner innerhalb weniger Atemzüge zu stellen und siegreich zu bleiben.

Im Kopf zählte er seine Atemzüge mit. Das war eine Idee Meister Vanderveers gewesen. »Rhythmus, halt den Rhythmus.« Dazu hatte er in die knotigen, dürren Hände geklatscht und laut mitgezählt. Auf Holländisch. »Een, twee, drie ...«, was Mitsukoshi jedes Mal aus der Fassung und erst recht aus dem geforderten Rhythmus brachte.

Genau das hatte er nun auch vor. Er sprang voran und setzte einen Suritsuke an, knapp unterhalb der Brust, aber in der Luft, mehr als zwei Fuß vom Gegner entfernt. Das half nicht viel. Kein Schwanken der Schwertspitze, kein verblüffter Blick, kein Stutzen, kein Zögern. Nun setzte der Shinobi zu einer Gegenattacke an. Aber Mitsukoshi kannte ebenfalls alle Shinobi-Schwertkampftechniken und ließ den Ninja einfach ins Leere laufen.

»Olé!«

Der Shinobi drehte sich katzenhaft um seine Achse und stieß zu. Mitsukoshi fiel genau in diesem Moment ein, dass er nur ein Schwert zur Abwehr zur Verfügung hatte, sein Wakizashi hatte er ja in seinem Beutel verborgen. Gerade noch gelang es ihm, den Hieb zur Seite abzulenken. Er war gezwungen, drei Schritte zurückzuweichen, um das Kurzschwert hervorzuholen. Die Gelegenheit wollte der Ninja ausnutzen und setzte nach. Zwei weitere Schwinger, eher ungewöhnlich für einen Shinobi, bemerkte Mitsukoshi. Das ließ auf Nervosität schließen. Mit der linken Hand wühlte er in seinem Umhängebeutel herum, bis er den Griff des Wakizashi zu fassen bekam. Beim nächsten Hieb des Shinobi nutzte Mitsukoshi bereits beide Klingen.

»Hoho!«

Die Attacken wogten hin und her, keiner der Kontrahenten konnte einen erfolgreichen Schlag setzen, dabei hatten sich die beiden Kämpfer immer weiter entlang der Straße bewegt. Der Ninja hielt inne. Was hast du denn jetzt vor, du schwarzer Teufel?, dachte Mitsukoshi noch, als sein Gegner durch die offene Eingangstür des nächsten Gebäudes schlüpfte und verschwand.

»Oh nein, nicht so!« Mitsukoshi setzte hinterher, was nicht ohne Risiko war, denn die vorm Eingang tief herunterhängenden, großformatigen Noren behinderten die Sicht ins Innere. Sein Unterbewusstsein nahm die großen, geradezu schreienden Schriftzeichen auf den Fahnen nur mit Verzögerung war. Drinnen musste er sich erst mal an das Dämmerlicht gewöhnen. Ein breiter Vorraum, eine offene Trennwand – hindurch! Vor Mitsukoshi öffnete sich ein großer, ein sehr großer Raum mit hohem Dach, und einem großen Podest auf der anderen Raumseite, nur mäßig von zahlreichen Kerzen und Öllämpchen beleuchtet. Dutzende Männer hockten im Halbdunkel in mehreren Reihen vor Mitsukoshi auf dem Boden und drehten sich nach der Störung um. In der Luft hing ein melodisches Gezupfe und Getröte. Mehrere bunt gekleidete Gestalten stolzierten mit großen Gesten auf der großen Bühne herum.

»Ein Kabuki-Theater!«, entfuhr es Mitsukoshi. Das stand auf den großen Noren am Eingang. Mit dem Titel des Stückes, das sie anpriesen, konnte er nichts anfangen. Irgendetwas mit einem stolzen Krieger und einem göttlichen Geist. Mitsukoshis Augen huschten hektisch zwischen den Zuschauerreihen hin und her. Nirgendwo war der Shinobi zu sehen. Der konnte sich nicht unsichtbar machen – oder doch? Vor Mitsukoshi befand sich der breite Holzsteg, der geradezu zur Bühnenseite führte. Einen Moment lang überlegte Mitsukoshi, ob er lediglich in ein Fettnäpfchen treten oder in eine Falle laufen würde.

Da – eine Bewegung an der Seite der Bühne, ein schneller Schatten, zu schnell fürs Kabuki. Mitsukoshi sprang auf den Steg und polterte ihn in Richtung Seitenbühne entlang. Für den Bruchteil eines Augenblicks übersah er das Loch, das sich vor ihm nach wenigen Schritten auftat und aus dem eine schmale, dunkle Gestalt hochschoss. Gerade noch konnte Mitsukoshi seinen Hieb abwenden, als er erkannte dass da ein Schauspieler seinen Überraschungsauftritt absolvierte. Die glorios bunte Gestalt war zwar bewaffnet, aber nur mit einem grotesken, goldglitzernden Holzschwert. Das war wohl der Held der Geschichte, die trotz der plötzlichen Störung unvermindert weiterlief. Mitsukoshi stieß den dürren Mann kurzentschlossen ins Publikum und polterte weiter zur Bühne. Das Publikum quittierte die unerwartete Einlage verblüffenderweise mit lautem Gelächter, hielt sie sie wohl für eine gelungene, komische Wendung im Stück.

Der Schatten auf der Seitenbühne war verschwunden. Mitsukoshi wandte sich von der Bühne ab.

Das Stück war mangels Hauptdarsteller, der immer noch zwischen den Zuschauern lag, wild mit Armen und Beinen strampelnd, ins Stocken geraten. Die musikalische Begleitung rutschte in ein atonales Stottern um. Erneutes Gelächter in der Menge, die den dürren Helden mit gemeinschaftlichen Kräften und unter lautstarkem Gejohle wieder aufrichtete.

Mitsukoshi stürmte in einen düsteren Bühnenvorraum, in dem mehrere Männer gerade damit beschäftigt waren, einen ebenfalls grell geschminkten Mann in ein nicht minder farbenfrohes Kostüm zu zwängen. Als nächstes platzte Mitsukoshi mitten in einen langgezogenen Raum voller Kleidungsstücke hinein. Die Wand an der Rückseite war schräg aufgerissen! Mitsukoshi linste durch den Schlitz, bevor er hindurchschlüpfte. Er konnte gerade noch einem Wurfstern ausweichen, der ihm sirrend entgegenkam und sich mit einem harten Pochen neben ihm in einen Balken bohrte.

Mitsukoshi stand vor einem wild zugewucherten Garten. Er sprang zur Seite in Deckung, ein weiterer Shuriken kam geflogen und verfehlte ebenfalls sein Ziel. Er konnte seinen Gegner in dem dichten Grün nicht sehen. Kurzerhand schlitzte er eine benachbarte Trennwand auf, sprang hindurch und stand in einem alten, offenbar lange nicht mehr genutzten Teehaus.

Der gesamte Raum atmete Altersstille. Die Tatami waren mit hereingewehtem Laub verdreckt, die Blumen in der Tokonoma, der traditionellen Nische, hingen verdorrt herunter. Das Kakemono, das darüber die Wand schmückte, zeigte immer noch ein Wintermotiv. Mitsukoshi kniete in der Mitte des Raumes für einen Moment nieder, um zu Atem zu kommen. Die anderen Wände des kleinen Raumes bestanden aus mehreren Lagen gepressten Strohs, beschichtet mit Lehm. Das war ungünstig. Der Eingang an der Seite war sehr niedrig, ohne Bücken war dort kein Durchkommen möglich. Zurück war auch ungünstig, dort wartete der Gegner im Hinterhalt. Mitsukoshi klopfte die zurückgesetzte Wand mit dem Rollbild in der Nische ab. Er nahm das Kakemono ab und legte es beiseite. Mit etwas Glück ...

Er nahm Anlauf, soweit es in dieser Kammer ging und sprang nach einem extrem kurzen Sprint los, das rechte Bein voran. Der Schmerz hielt sich in Grenzen, als er die Lehmwand durchbrach. Zwei weitere Tritte und er stand im Freien auf einer relativ breiten, staubigen Gasse. Wenn er richtig überlegt hatte, befand sich der Garten nun zu seiner Linken hinter der Mauer. Gegenüber befand sich eine Schmiede. Davor stapelten sich alte, verrostete Pflugscharen und andere landwirtschaftliche Geräte.

»Perfekt!«, grinste Mitsukoshi und griff sich unter dem Protest des Schmiedes ein hölzernes Gestell, hob es mit einiger Anstrengung an und warf es mit zwei Körperdrehungen Schwung über die hohe Mauer.

Er hatte richtig geraten. Der Ninja kletterte etwas weiter die Gasse entlang auf die Mauer. Der Mann erstarrte, als er Mitsukoshi sah, der unten mit verschränkten Armen auf ihn wartete. Der Shinobi schnellte auf, wetzte die Mauer entlang und sprang auf das benachbarte Hausdach. Mitsukoshi setzte ihm nach und wich den herunterrutschenden Dachschindeln aus, die klirrend vor ihm auf dem Boden zersprangen. Der Ninja erklomm den Dachfirst, stieg hinüber und rutschte auf der anderen Seite hinunter. Mitsukoshi musste erst die Hausecke hinter sich bringen. Sein Gegner hatte einigen Vorsprung herausgeholt und rannte geschickt auf einer schmalen Seitenmauer entlang, bis er an ein großes Tor kam. Hier blieb ihm nichts anders übrig, als herunterzuspringen. Er rollte ab und zog sein Schwert. Darauf hatte Mitsukoshi gehofft. Diese Jagd durch die Hinterhöfe war doch irgendwie albern, das direkte Duell Mann gegen Mann war ihm lieber. Betont langsam zog er sein Schwert. Auf das Wakizashi verzichtete er.

»So – wollen wir das jetzt endlich zu Ende bringen?«

Der Ninja schwieg immer noch.

Mitsukoshi bemerkte rechtzeitig, wie der Shinobi seine linke Seite nach hinten drehte, um unauffällig in seine Jackentasche zu greifen. Der Wurfstern, der auf Mitsukoshis Magen gezielt war, verfehlte sein Ziel. Mitsukoshi wich ihm mit einer raschen Körperdrehung rechtzeitig aus. Kurzerhand beschleunigte Mitsukoshi seinen Gang und rannte direkt mit lautem Gebrüll auf den Ninja zu. Der hob sein Schwert zur Verteidigung, aber Mitsukoshi brach im gleichen Moment den offen erkennbaren, raumgreifenden Tai-tai mitten in der Bewegung ab und stieß dem Gegner stattdessen sein Katana mitten durch die Brust. Für den Zeitraum eines Zwinkerns sah er, wie der Ninja erstaunt die Augen aufriss, dann vernebelte sich der Blick des Mannes, die Augen drehten sich nach oben, er fiel auf die Knie und nach hinten. Sein Leben sickerte unter ihm in die staubige Straße. Mitsukoshi schlug ruckartig sein Schwert zur Seite, das Blut spritzte von der Klinge. Als er durchatmend seinen Blick hob, standen vor ihm gut ein Dutzend Reiter, die den Kampf gelassen beobachtet hatten. Der Mann auf dem prächtigen Schimmel direkt vor ihm war ihm bekannt. Nagao Harukage lächelte gönnerhaft.

»Nicht zu glauben. Überall wo du auftauchst, gibt es Ärger.«

Für einen Augenblick bewunderte Mitsukoshi den prunkvoll goldverzierten Sattel. Wie passend für diesen Geck. Er machte sich nicht die Mühe, der Übermacht zu entfliehen oder auszuweichen. Die Reiter umringten ihn betont langsam, die Spitzen ihrer Lanzen auf den staubigen, verschwitzten Samurai gerichtet. Mitsukoshi ließ sich widerspruchslos entwaffnen. Sein Umhängebeutel mit der Röhre und Schriftrolle wurde ihm überraschenderweise gelassen.

»Los, holt den Wagen!«, befahl Harukage.

»Ich wundere mich, dass Ihr Euch aus der Burg heraus getraut habt. Sind Takayamas Männer Euch nicht aufs Dach gestiegen?«

Nagao grinste. »Nein, sind sie nicht.«

»Ach – habt Ihr sie etwa zum Tee eingeladen?«

Mitsukoshi Spott lief ins Leere, denn Nagao gab sich nicht die Mühe zu antworten. Er ritt einfach davon. Die anderen Reiter trieben Mitsukoshi zu dem Platz vor dem Kabuki-Theater, aus dem das Publikum herausströmte. Nun blieb die Menge stehen, um dem kostenlosen Schauspiel beizuwohnen. Ein Gefährt polterte heran, von vier Pferden gezogen – ein sehr stabil wirkender Käfig auf Rädern. Die Reiter mussten noch nicht einmal mit ihren Lanzen nachhelfen. Mitsukoshi kroch freiwillig in den rollenden Kerker hinein, dessen Boden von verkrusteten Hinterlassenschaften voriger Insassen überzogen war und hockte sich in eine der einigermaßen noch sauberen Ecken.

»Und was jetzt?«, rief er Nagao zu, aber der blickte sich noch nicht einmal um. Während der Tross die Straße entlangrollte, schaute Mitsukoshi zurück, wo die Leiche des Ninja gnädig von einer Staubwolke eingehüllt wurde.

Die Reise nach Hikone dauerte nur zwei Tage. Mitsukoshi konnte sich über seine Behandlung nicht beklagen. Er hatte noch genug Verpflegung in seinem Beutel und wenn er durstig wurde, brauchte er es nur zu sagen. Eine der Wachen brachte ihm daraufhin Wasser. Zweimal am Tag wurde er von oben bis unten mit Wasser aus einem Eimer abgespritzt und saß daraufhin klatschnass wartend, bis er wieder getrocknet war, was bei dem warmen Wetter nicht lange dauerte. Von dem Geschaukel des ungefederten Gefährts musste sein Hintern inzwischen zahllose blaue Flecken haben. Abends bekam er sogar eine Decke durch die engen Gitterstäbe gereicht, die man ihm am Morgen wieder fortnahm.

»Ihr habt wohl Angst, dass ich mir daraus ein Schwert bastle!«, spottete Mitsukoshi, obwohl ihm gar nicht mehr nach Spotten zumute war. Warum ihn Nagao festgesetzt hatte und nun wie eine Jagdtrophäe nach Hause schleppte, war rätselhaft. Dafür fand Mitsukoshi heraus, wo es noch einen weiteren Pass nordwärts gab, der sogar breit genug für den Karren war.

Sie durchquerten mehrere Dörfer und eine kleine Stadt, ohne lange zu verweilen, lediglich um die Tiere zu versorgen. Neugierige Dorfblagen umstanden den Käfig und bewarfen Mitsukoshi lachend mit Steinchen, bis sie von den Wachen fortgescheucht wurden. Dann liefen sie kreischend davon und kehrten nach kurzer Zeit vorwitzig wieder zurück, das Spiel wiederholte sich. Mitsukoshi konnte es ihnen nicht übel nehmen. Er erinnerte sich daran, selbst einmal als Kind einen langsam nüchtern werdenden Mann am Dorfpranger mit Dreck beworfen zu haben. Seine Mutter war nicht begeistert gewesen, als sie davon hörte, seinem vom Tagewerk müden Vater war es völlig egal gewesen. Als Mitsukoshi einmal Meister Vanderveer davon erzählte, schüttelte der nur den Kopf. Seiner Meinung nach war ein solches Verhalten unangebracht.

Burg Hikone leuchtete in der tief hängenden Abendsonne. Die Vorstadt lag wie ausgestorben da, nirgendwo brannte ein Licht. Seltsam. Genauso auffällig war es, dass der Tross nicht durch das Haupttor ritt, sondern einen Umweg über mehrere Gräben und Brücken nahm. Mitsukoshi hatte bei seinem ersten Besuch nicht bemerkt, wie weitläufig sich das Burggelände hinzog. Hinter der Burg schlossen sich ein weites, leicht hügeliges Gelände mit diversen Gebäuden und Ställen und ein stiller Park an, in dessen Weiher die Schwäne schon ihre Köpfe unters Gefieder gesteckt hatten. Die malerische Umgebung passte ganz und gar nicht zu Mitsukoshis Situation.

Der Weg ging leicht aufwärts. Als Mitsukoshi den Kopf hob, wurde ihm schlagartig klar, warum die Vorstadt so verlassen schien. Er konnte jenseits der Burgmauer Dutzende von Lagerfeuern im Dunkeln ausmachen. Dort lagerte eine Streitmacht. Mitsukoshi schätzte, der Anzahl der Lagerfeuer nach, mindestens zweitausend Mann. Fragte sich nur, wessen.

»Harukage! Sind das etwa Takayamas Truppen da drüben?«

Der Angesprochene drehte sich immerhin um. Dann gab er seinem Pferd die Sporen und ritt wortlos davon, begleitet von seiner Leibgarde. *Keine Antwort ist auch eine Antwort.* Bemerkenswert, wie oft und in welchen Situationen Meister Vanderveers eigenartige Sprüche zutrafen.

Der Karren rollte eine Rampe hinunter und blieb vor einem düsteren Gewölbeschlund stehen. Mitsukoshi streckte seine tauben Gliedmaßen. Das schwere Vorhängeschloss wurde geöffnet und fiel scheppernd zu Boden. Mit ihren Speeren scheuchten die Wachen Mitsukoshi aus dem rollenden Gefängnis heraus und hinein in das Gewölbe, aus dem ihm unverkennbar der kalte Hauch des Todes entgegenwallte. Angewidert hielt er sich die Nase zu. Grobschlächtige, blasse Gefängniswachen bugsierten ihn in die einzige vorhandene Zelle, die immerhin ein kleines Fenster besaß. Das bedeutete frische Luft und etwas Licht. Zu Mitsukoshis Verblüffung war der Zellenboden mit frischem Stroh bestreut. Jedenfalls fühlte er das, sehen konnte er es schon kaum mehr. Er schob mit dem Fuß das Stroh zu einer ausreichend bequemen Unterlage zusammen, während hinter ihm die Zellentür ins Schloss krachte. Mitsukoshi machte es sich auf dem Strohhaufen bequem. Heute würde vermutlich nichts mehr passieren. Jemand schob einen Krug durch die Zellengitter und verschwand wieder. Überraschenderweise war Mitsukoshi der einzige ›Gast‹ in der Katakombe. Er schnüffelte an dem Krug. Wasser. Etwas müffelnd, aber immerhin.

Er wälzte sich unruhig hin und her. Immer noch nagte an ihm der unbefriedigende Kampf gegen den schweigenden Ninja. Der einzige stumme Gegner, dem Mitsukoshi jemals im Kampf begegnet war, war stumm geblieben, weil er keine Zunge mehr hatte. Aber das hatte er erst nach dem Kampf festgestellt. Lange hatte er darüber gegrübelt, ob es ehrenhaft gewesen war, gegen so einen schwerbehinderten Gegner anzutreten. Dass der Mann keine Zunge mehr besaß, konnte viele Gründe haben, vielleicht war er ein ehemaliger Pirat oder ein Verräter, ein Geächteter. Aber das spielte für Meister Vanderveer keine Rolle. *Die Stimme eines Mannes ist zwar genauso wichtig wie seine rechte Hand, verliert er jedoch eines davon, ist er trotzdem nicht weniger wert.* Der Alte war schon ein komischer Kauz gewesen. Mit einem Lächeln schlief Mitsukoshi endlich ein.

»Nein, du bleibst da hängen und dabei bleibt es.«

Der alte Holländer blieb die Ruhe selbst und verzog keine Miene. Er stand unter dem Baum, an dem Mitsukoshi von einem Ast herunterbaumelte. Mitsukoshi knirschte mit den Zähnen. Er spürte, wie seine Arme langsam aber sicher immer länger wurden. Das war eine wirklich dumme Idee gewesen, vor dem Alten damit zu prahlen, wie lange er am Baum hängen könne.

»Deine Arme sind viel zu dürr dafür. Wie schwer bist du?«

Mitsukoshi zuckte mit den Schultern. »Was weiß ich.«

»Ja genau, was weißt du schon«, bestätigte Vanderveer trocken. »Weißt du wenigstens, wie alt du bist?«

»Vierzehn, nur noch wenige Monde bis zum Gempuku.« Mitsukoshi grinste dabei von einem Ohr zum anderen.

»Und was dann?«, erkundigte sich Vanderveer.

Mitsukoshi erschrak. Wusste der Alte denn nicht, was das Gempuku war? »Ich bekomme meinen Namen. Meinen richtigen Erwachsenennamen, Meister.«

»Ach ja? Was gefällt dir denn an Ichiro nicht?« Vanderveer schien leicht irritiert.

»Ichiro heißen doch die meisten Erstgeborenen.«

»Ach, das wusste ich gar nicht.«

»Mein Bruder heißt ja auch Jiro – der zweite Sohn.«

»Wie praktisch.«

»Wieso praktisch?«

»Dann kann man euch besser auseinanderhalten, oder?«

Jetzt war Mitsukoshi irritiert. Das fröhliche Funkeln in Vanderveers Augen sah er nicht. Außerdem wurden *langsam seine Arme taub. Nicht mehr lange und er würde auf den Waldboden plumpsen wie ein Sack Reis. Zum hundertsten Male war er auf den alten Holländer hereingefallen, der sein vorlautes Mundwerk gnadenlos abstrafte.*

»Ich will runter«, murmelte Mitsukoshi.

»Jaja, aber erzähl mir mehr über dieses Gempuku.«

Erleichtert ließ Mitsukoshi den Ast fahren. Wenige Augenblicke später hätten seine steifen Finger ohnehin nachgegeben. Er rollte auf dem Boden ab und blieb liegen, alle Viere von sich gestreckt und knetete seine Finger. Dann stützte er sich auf seine Ellbogen auf.

Meister Vanderveer hockte auf einem Baumstamm, gestützt auf seinen Wanderstab und beobachtete seinen Schüler aus hellen, wachen Augen unter buschigen, grauen Augenbrauen. »Nun? Gempuku?«

»Mit fünfzehn bekomme ich meinen richtigen Namen.«

»Das sagtest du schon. Und was heißt das genau?«

»Nun, da mein Vater nicht hier ist, müsst Ihr mir einen Namen geben.«

»Hm.« Der Alte kraulte seinen Bart. »Welchen Namen hättest du denn gern?«

Mitsukoshi runzelte die Stirn. »Ich soll mir meinen Namen selbst aussuchen?«

»Lass dir Zeit, du hast ja noch ein paar Monde.«

Sie setzten an diesem Nachmittag ihren Weg fort, Richtung Norden, quer durch die Provinz Kazusa. Seit nun zwei Jahren schon liefen Meister Vanderveer und sein Schüler kreuz und quer durch Dai-Nihon, das große Land der aufgehenden Sonne. Mehr als einmal hatte Mitsukoshi mit dem Gedanken gespielt, dem

Alten davonzulaufen. Aber jedes Mal, wenn in ihm der Gedanke heranreifte, einfach fortzulaufen, schlug sein Herz lauter und schneller. Seine Mutter wäre bestimmt traurig oder vielleicht sogar erbost darüber, also ließ er es sein. Die Angst vor ihrer Reaktion war stärker als der Wille, sich aus der Knechtschaft dieses Ausländers zu befreien. Außerdem hatte er noch nie so gut in seinem Leben gegessen, oft sogar dreimal am Tag. Überdies ging eine unbestimmbare Anziehungskraft von dem Holländer aus, der er sich nicht entziehen konnte.

Ganz egal, durch welche Provinz sie auch kamen, überall hatten die Menschen nichts Besseres zu tun, als sich gegenseitig die Köpfe abzuschlagen. Das war für den jungen Mitsukoshi am Anfang noch recht aufregend gewesen, aber mit der Zeit war er abgestumpft. Meister Vanderveer bemühte sich stets, in dem Jungen das Mitgefühl für andere aufrecht zu erhalten, aber erst als er das ›Bushi no nasake‹, den Sinn des Kriegers für Gnade und Milde erwähnte, weckte dies das Interesse Mitsukoshis. Nun wollte der Junge alles wissen über das Bushido, den Weg des Kriegers. Doch das Wissen des alten Holländers darüber war begrenzt. Der war seit Jahren im Studium des Zen vertieft, was auch der Grund für seine andauernde Wanderschaft war. Mitsukoshi dämmerte bereits nach wenigen Wochen, dass er für eine lange Zeit an diesen seltsamen Fremden gefesselt war und das nagte an ihm.

»Das Schicksal des Samurai ist der Weg in den Tod. Immer. Das habe ich auf meinen Reisen überall erfahren müssen. Ich habe hier neue Denkweisen erlernt, deren Studium den Rest meines Lebens in Anspruch nehmen wird«, tönte der Meister salbungsvoll.

»Und was habe ich davon?«, grummelte Mitsukoshi einmal mehr vorlaut.

Meister Vanderveer musterte seinen Schüler wortlos. »Es dauert, bis du begreifst, dass ich dir die Freiheit geschenkt habe.«

»Freiheit, pffh.«

Vanderveer lächelte nachsichtig. »Ich meine die Freiheit des Geistes. Niemand schreibt dir vor, was du denken sollst, oder?«

Mitsukoshi runzelte die Stirn. »Wie meint Ihr das?«

»Glaubst du, in einem Kloster oder einem Dojo könntest du mit deinem Meister solche Gespräche führen? Auch dein Vater würde sich so einen Tonfall verbeten.«

Mitsukoshi überlegte. Es war schon gespenstisch; irgendwie behielt der Alte am Ende immer Recht. Verdammt. Er schluckte seine kleine Niederlage herunter und stapfte mit müden Armen hinter dem Alten her.

»Shinji!«

Vanderveer blieb stehen und drehte sich um. »Was?«

»Shinji! Ich finde Shinji gut.« Mitsukoshi nickte. Dieser Name bedeutete ›wahrer Sohn‹ und er wollte damit seinen Meister ehren.

»Shinji. So sei es. Vergiss ihn nicht bis zum Gempuku. Und wie lautet eigentlich dein Nachname?«

Mitsukoshi blieb stehen. »Wie – Nachname? Ich bin nicht von Adel, also …«

»Das ist doch Unsinn«, polterte der Alte los. »Wenn alle Menschen nur einen Vornamen hätten, wäre das doch völlig verwirrend. Dann hießen doch zahllose Menschen alle gleich.«

»Verstehe ich nicht.«

»Das ist einfache Mathematik. Wie viele verschiedene Vornamen gibt es wohl?«

»Ich weiß nicht, vielleicht hundert?«

»Und wie viele Menschen leben hier in Nippon? Richtig – Abertausende. Hat jeder demnach einen eigenen Namen? Nein. In meiner Heimat hat jeder deshalb noch einen Familiennamen. Nun rechne das doch mal nach.«

Diese Aufforderung überstieg Mitsukoshis Rechenkünste bei weitem. »Aber ich kann mir doch nicht einfach so einen zweiten Namen geben«, wandte er ein.

»Pah!«, winkte Vanderveer ab. »Von welchem Klan stammen deine Ahnen ab?«

»Mitsukoshi.«

»Noch nie gehört.«

»Aus Shinano. Mein Urgroßvater soll Samurai beim Ogasawara-Klan gewesen sein.« In Mitsukoshis Stimme schwang unüberhörbar eine Spur Stolz mit.

»Wieso weißt du das denn nicht genau?«

»Vater hat nicht oft darüber gesprochen«, gab Mitsukoshi kleinlaut zu.

»Hm, du hast es dann wohl im Blut.«

Dass gleich neben dem Kerker ein Hühnerstall stand, konnte nur ein schlechter Scherz des Baumeisters sein. Mitsukoshi hatte den Eindruck, der Hahn krähte direkt neben seinem Kopf. Alarmiert richtete er sich ruckartig auf. Er brauchte eine Weile, um seine Umgebung richtig wahrzunehmen und sich zu erinnern. Leise stöhnend stand er auf und ging zum Fenster. Dort sprang er hoch, klammerte sich an die Eisenstäbe und zog sich hinauf. Eine Wiese. Eine saftig grüne Wiese mit pickenden Hühnern, begrenzt von Eichen. Dahinter stiegen im Morgendunst dünne Rauchfäden senkrecht in den Morgenhimmel. Die Luft, die hereinwehte, war warm und roch süßlich, die Luft im Kerker dagegen kalt und muffig.

Mitsukoshi prüfte erneut das Wasser, es war trinkbar. Wie aufs Stichwort schlurfte einer der Kerkermeister herein und schob einen Eimer in die Zelle. Aha. Mitsukoshi hatte sich schon gefragt, wie er das Wasser wieder loswerden sollte. Eine zweite Gestalt kam schlurfend herein und zog eine Harke hinter sich her. Der Mann begann, in der Zelle gegenüber das vergammelte Stroh zusammenzurechen.

»Hey, du!«, versuchte es Mitsukoshi.

Der Mann drehte sich zu ihm um, reagierte aber nicht und arbeitete weiter.

»Kannst du mir sagen, was da draußen los ist?«

Ein neuer, skeptischer Blick aus tief liegenden, müden Augen.

»Der Hahn ist echt eine Zumutung, was?«

Der Mann hörte auf zu harken. Er grinste. »Der gehört dem Hauptmann.«

»Darf ich raten: Dem würdest du gern den Hals umdrehen, nicht wahr? Ich meine, dem Hahn. Den Hauptmann kenne ich nicht.«

»Ach, ehrlich gesagt, das wäre mir egal.«

»Verstehe.«

»Und – warum haben sie dich hier reingesteckt?«

»Ich habe keine Ahnung. Fürst Nagao hatte wohl Sehnsucht nach mir.« Nun grinste Mitsukoshi breit. Der Mann konnte ja nicht wissen, was Mitsukoshi damit meinte.

Der andere Mann tauchte wieder auf. »Hey, Schnauze, ihr beiden! Kein Geschwätz mit Gefangenen, wie oft muss ich dir das noch sagen?« Er schlug mit einem Stock gegen die Gitterstäbe. Dann ging er zu dem Harkenden und flüsterte ihm ins Ohr. Mitsukoshi bemerkte, wie sich der Gesichtsausdruck der Wache innerhalb weniger Momente veränderte, von missmutig über verblüfft zu ungläubig. Die Wache mit dem Stock hielt dem anderen verdeckt etwas hin. Der griff zu und biss hinein. Dann ließ er lächelnd die Münze in seiner Hand springen und fing sie geübt wieder auf. Das Aufblitzen des Goldstücks war unübersehbar.

Mitsukoshis Geist lief auf Hochtouren. So ein Goldstück war mehr, als der Mann in einem ganzen Jahr als Lohn erhielt, selbst wenn er kein Leibeigener war. Wie und wieso kamen die beiden Kerkermeister zu so einer offenbar unerwarteten Belohnung? Der Mann mit dem Stock schaute sich nach dem Gefangenen um, aber Mitsukoshi blickte schnell in eine andere Richtung und versuchte, möglichst verzweifelt auszusehen. Der Stockträger verschwand wieder.

»Gold ist doch das einzig Wahre, nicht wahr? Was fängst du denn mit diesem Vermögen an?«, versuchte Mitsukoshi es erneut.

Die Kerkerwache ließ die Harke fallen und kam zu Mitsukoshis Zelle herübergeschlurft. Dabei spielte er mit dem Gold herum und polierte es an seiner Kutte. »Das ist mein Glückstag. Damit kann ich mich freikaufen oder mir draußen ein Haus bauen.«

Mitsukoshi ließ einen anerkennenden Pfiff fahren. »Glückwunsch, Mann! Was ist denn der Anlass?«

Der Mann beugte sich zu den Gitterstäben vor. »Ich würde sagen, die Tage des Fürsten sind gezählt. Mein Kumpel hat mir gerade gesteckt, dass wir uns bereithalten sollten. Hier ist bald erst mal Schluss.«

»Schluss? Wie – Schluss?«

»Dann hat Burg Hikone einen neuen Herrn.«

»Ach. Warum?«

Der Mann winkte ab. »Wer da oben in der Burg das Sagen hat, ist mir hier unten völlig egal.« Er warf erneut sein Goldstück hoch und fing es geschickt auf.

Zwei Wachen kamen die Rampe heruntergeschlurft und blieben vor Mitsukoshis Zelle stehen. Die Kerkerwache verdrückte sich wieder zurück zu seiner Arbeit. Eilfertig wieselte der Schlüsselträger heran.

»Los, aufmachen, der Fürst will ihn sehen! Beeil dich!«

Unter mehreren Verbeugungen schloss der Mann die Zelle auf.

»Mach bloß keinen Ärger, Mann!«

Mitsukoshi wunderte sich, dass sie ihm die Füße nicht zusammenketteten. Mit überflüssigen Schubsern trieben die beiden Wachen Mitsukoshi die Rampe hinauf und einen breiten Sandpfad entlang hinunter zur Burg. Am Nordportal der Burg mussten sie ein wenig warten und Mitsukoshi konnte beobachten, wie mehrere Wachen die Köpfe zusammensteckten und diskutierten. Eine der Wachen hockte gleich daneben an die Burgmauer gelehnt und drehte breit grinsend ein Goldstück zwischen seinen Fingern. Mitsukoshi vermerkte den plötzlichen Reichtum der einfachen Wache wohl.

Das Schauspiel im Audienzsaal wiederholte sich wie bei seinem ersten, unfreiwilligen Besuch. Der Fürst betrat nach vorheriger, pathetischer Ankündigung das Podium am anderen Ende des Saales, gefolgt von Harukage, der wiederum in einen geradezu spektakulären, diesmal hellgrünen Kimono gehüllt war. Zusätzlich trug er sogar einen eleganten Eboshi auf seinem Haupt. Er ging hinüber zum Fürsten und flüsterte ihm ins Ohr. Die Reaktion war ungewöhnlich. Der Fürst schob seinen Neffen einfach von sich.

Mitsukoshi fixierte Kazumis Augen, die hektisch hin- und herflogen. Er rang sich ein Lächeln ab, was Harukage wohl überhaupt nicht gefiel. Der schnarrte einen scharfen Befehl und die Wache hinter Mitsukoshi zwang ihn auf den Boden. Zwei andere schleiften ihn quer durch den Saal, bis er direkt vor dem Podium zu liegen kam.

»Mein Onkel«, begann Harukage laut, fast brüllend, als ob auch jeder es im Raum garantiert hören sollte, »mein Onkel und ich sind verschiedener Meinung, wie mit dir zu verfahren sei. Ich habe nur widerwillig bei unserem letzten Aufeinandertreffen zugestimmt, dich ziehen zu lassen!«

Mitsukoshi hob seinen Kopf. »Und was hat Euch dazu gebracht, dass Ihr mich durch die halbe Provinz verfolgt habt?«

»Schweig! Wir haben inzwischen Kenntnisse erlangt, die wir nicht einfach missachten können.«

Was mag denn das wohl sein, du Geck?, dachte Mitsukoshi und schwieg. Etwas war anders als beim ersten Treffen in diesem Raum, aber er konnte es nicht sofort benennen. Die Atmosphäre im Audienzsaal war frostiger. Während Harukage langatmig und vor Selbstlob triefend, die lange Verfolgung beschrieb, bis sie des flüchtigen Ronin Mitsukoshi endlich habhaft werden konnten, ließ dieser unauffällig seinen Blick schweifen. Im Halbdunkel an der Seite hockten und standen wieder der Hofstaat, die Generäle, Haushofmeister, Leibwachen und andere herrschaftlich gewandeten Gestalten, darunter auch drei Männer in himmelblauen Kimonos. Mitsukoshi lief es eiskalt den gebeugten Rücken herunter. Innerhalb eines Atemzuges wusste er, was gespielt wurde. Er hob seinen Kopf.

»Jajaja, Ihr seid ein großer Held!«, unterbrach er den Sermon. »Sagt mir, Harukage, ist es besonders heldisch, den Teufel höchstpersönlich einzuladen und seinen Klan und den eigenen Onkel an ihn zu verraten?«

Die Stille dauerte lange. Alles blickte erschrocken den Angesprochenen an, der mit aufgerissenen Augen zu Mitsukoshi hinüberstarrte.

»Wieso sind eigentlich alle Wachen, jeder noch so kleine Handlager in dieser Burg, großzügig mit Gold bestochen und reden davon, dass Burg Hikone bald einen neuen Herrn hat?«, setzte Mitsukoshi fort.

Die Wachen schauten irritiert Harukage an.

»Was?«, krächzte der.

Mitsukoshi wies mit dem Daumen hinter sich. »Fragt sie doch selbst. Oder fragt doch lieber gleich ihn!« Er zeigte mit ausgestrecktem Finger in das Halbdunkel der Zuhörer, aus denen eine hagere Gestalt deutlich herausragte. Aus den Augenwinkeln sah Mitsukoshi, wie Kazumi nach dem Kimono ihres Vetters langte. Der stand eingefroren vor ihr und überlegte fieberhaft.

Der Schatten erhob sich aus dem Halbdunkel und trat ins Licht – der Fremde. Sein schimmernder Brustpanzer warf tanzende Lichtflecken unter die Decke. Die hässliche Visage grinste breit und hämisch.

»Wa…?«, wiederholte der verwirrte Harukage.

Mitsukoshi sah, dass die Leibwachen nach ihren Schwertern griffen. Im darauf einsetzenden Tumult sprang er zur Seite, während Harukage ebenfalls sein Schwert zog und Befehle brüllte. Kazumi fiel vor Schreck in ihrem schweren Waffenrock rückwärts zu Boden. Die Leibwachen schirmten das Podium so gut es ging ab. Der Hofstaat drängelte sich kreischend am Ausgang.

Mitsukoshi durchbrach die Seitenwand und konnte

sich gerade noch an einem gerade mal fußbreiten Balkonvorsprung festhalten. Unter ihm gähnte der Burghof in der Tiefe. Hektisch nach Halt hangelnd, trat er Dutzende von Dachschindeln los, die auf die unten patrouillierenden Wachen niederregneten. Mühsam zog sich Mitsukoshi auf den schmalen Balkon hinauf und balancierte an der Außenseite des zweiten Stockwerks entlang. Rufe drangen von unten hoch, Pfeile verfehlten ihn nur um Haaresbreite. Er schwang sich um die Turmecke herum und fand eine nur mit Holz vergitterte Fensteröffnung. Ein Tritt und er befand sich vorerst in Sicherheit. Der Raum hinter dem Fenster schien unbenutzt. Rasch durchsuchte Mitsukoshi die Schränke nach einer Waffe – nichts. Vor den Shoji waren lautes Getrappel und Gerenne vieler Füße zu hören. Er schaute schnell aus dem zertretenen Fenster hinaus. Fackeln, viele Fackeln umringten die Burg.

Der Angriff hatte begonnen.

Auf dem Burghof stemmten sich bereits die Burgwachen gegen das Haupttor. Lanzen und brennende Pfeile flogen hin und her. Mitsukoshi sah auf einen Blick, dass die Verteidigungsbemühungen reichlich halbherzig verliefen. Eine Menge Soldaten standen verdächtigerweise einfach nur so herum. Mitsukoshi popelte mit dem Finger ein kleines Loch am unteren Ende in den Shoji, dort würde es nicht sofort auffallen. Er legte sich flach auf den Boden und starrte hinaus. Füße, eine Menge vorbeilaufender Füße in hochherrschaftlicher Fußbekleidung. Mitsukoshi richtete sich wieder auf und schob den Shoji einen Fingerbreit auf. Bedienstete mit Eimern, die Wasser und Sand enthielten, huschten den Gang entlang und die Treppen hinauf. Das kannte Mitsukoshi ja bereits. Er trat hinaus auf den Gang, einer der Hausgehilfen rannte ihn fast über den Haufen und ließ seine Eimer fallen. Das Wasser darin suchte sich seinen Weg über den Boden.

»Los, los, hol mehr Wasser!«, fuhr Mitsukoshi den verdatterten Mann an, der sofort kehrtmachte. Mitsukoshi schlich hinüber zum Audienzraum. Die Tür stand etwas auf.

Eine arrogante Stimme nölte: »Es ist ganz einfach. Solltet Ihr zustimmen, Daimyo Nagao, stellt Ihr Eure Truppen unter das Kommando Fürst Takayamas und Ihr erhaltet dafür nicht nur die neuen Waffen, sondern auch ein neues Lehen, was Euch dann Shogun Takayama zuteilen wird. Solltet Ihr nicht zustimmen, wird Burg Hikone keinen weiteren Morgen mehr sehen.«

Mitsukoshi konnte von hinten den Fremden und die drei Übersetzer erkennen, die er bereits im Audienzsaal von Burg Fukashi kennengelernt hatte. Vor ihnen lagen vier der Leibwachen, die anderen standen schon leicht schwankend vor dem Podium, auf dem Harukage sich schützend vor Kazumi aufgebaut hatte. »Oh, er hat seinen wahren Mut wiederentdeckt«, stellte Mitsukoshi murmelnd fest. Rechts und links von dem unheimlichen Fremden lauerten ein halbes Dutzend Bogenschützen, den Mon auf ihren Rücken nach Nagaos Truppen. Der Verrat war vollständig.

»Die Zeit läuft ab, Fürst. Wie entscheidet Ihr Euch?«

Die Bogenschützen legten an.

»Fahrt zur Hölle!«, brüllte Harukage eine Spur zu laut. Seine Stimme überschlug sich.

Mitsukoshi platzte durch die Tür, die Bogenschützen zögerten. Er rannte an der Seite nach vorn zum Podium, rutschte über die blutigen Dielen, machte eine Hechtrolle und griff sich das Schwert von einer der toten Leibwachen. Genau in diesem Moment ließen die Bogenschützen ihre Pfeile fliegen. Harukage, Mitsukoshi und die verbliebenen Leibwächter schlugen gleichzeitig zu und zerhackten die Pfeile noch in der Luft. Einer der Leibwächter ging mit einem Pfeil im Hals zu Boden.

»Los!«, brüllte Mitsukoshi und die vier Männer stürmten auf die Gegner zu.

Mit einer Geschwindigkeit, die Mitsukoshi dem Fremden nicht zugetraut hätte, drehte der sich um und rannte hinaus, seine Übersetzer in Himmelblau stolperten hinter ihm her.

Die Bogenschützen zogen ihre Schwerter. Der Kampf war schnell beendet. Mitsukoshi blickte zurück. Harukage stand wie eingefroren über der zusammengesunkenen Gestalt neben sich.

Mitsukoshi rannte zurück zum Podium. Mit einem langen Satz kniete er neben Kazumi. Sie hatte sich bei dem Angriff abgewandt und ein Pfeil hatte sie mitten in den Rücken, unterhalb der Schulter getroffen. Schnell beugte sich Mitsukoshi über die reglose Gestalt. »Sie lebt noch!«, zischte er Harukage zu. »Wir brauchen einen Arzt, einen Heiler, irgendjemanden!«

Der junge Mann nickte wie in Trance.

Mitsukoshi zog ihn herunter. »Los, helft mir!«

Kazumis Vetter drehte sich zu den Leibwachen um. »Blockiert den Eingang, niemand darf herein!«

Die Leibwächter nickten kurz und bezogen Stellung vor der Tür. Mitsukoshi und Harukage schälten vorsichtig Kazumi Stück für Stück aus dem schweren Waffenrock. Mitsukoshi brach kurzerhand den Schaft des Pfeils ab, um ihr sanft den Rückenpanzer auszuziehen. Kazumi stöhnte lauf auf, Mitsukoshi biss die Zähne zusammen.

»Es tut mir leid, es geht nicht anders«, flüsterte er ihr ins Ohr.

Schließlich war es geschafft. Unter der Rüstung trug die Fürstentochter nur einen leichten, schlichten Reisekimono, auf dessen Rücken sich nun langsam ein handtellergroßer Blutfleck ausdehnte.

»Was jetzt?«, fragte Harukage hilflos.

»Was wohl, verteidigt Eure Burg, Euer Reich, Eure Untertanen, dumme Frage. Los, Los! Die meisten Eurer Leute sind bestochen, Ihr werdet Mühe haben, ihre Loyalität einzufordern. Das kann nur der Fürst. Ihr seid nun der Fürst, das ist doch ganz einfach!«

Harukage zögerte, dann griff er nach der Rüstung und zwängte sich hinein. Als Letztes griff er nach der Maske. Er strich Kazumi noch einmal sanft über die Wange, dann nickte er Mitsukoshi zu und eilte davon. Die Leibwächter vor der Tür hefteten sich an die Fersen ihres Herrn.

Mitsukoshi bettete Kazumi vorsichtig auf seinen Knien. Ihre Atmung war flach und unregelmäßig. Mitsukoshi überlegte fieberhaft, ob er es wagen konnte, den Pfeil ganz herauszuziehen. Wenn es ein Pfeil mit Widerhaken oder sogar ein vergifteter Pfeil war, hatte Kazumi keine Chance. Mitsukoshis Geist weigerte sich, das herauszufinden.

»Herr?« Ein dünnes Stimmchen drang durch den Lärm von draußen.

Mitsukoshi blinzelte ins Halbdunkel hinein. Er erkannte das bleiche Gesicht einer Magd, die durch die Seitentür hereinblickte. »Komm her! Schnell! Hilf mir, nimm ihre Füße.«

Die Magd schlug beim Anblick Kazumis erschrocken die Hände vor den Mund und brach in Tränen aus. Mitsukoshi musste auf das Mädchen einreden, um sie zum Helfen zu bewegen. Schließlich gelang es ihnen, Kazumi mit viel Mühe und Vorsicht eine Etage höher in ihre Privatgemächer zu tragen.

»Los, lauf, hol einen Arzt!«

Das Mädchen starrte ihn nur mit großen Augen an.

»Habt ihr denn keinen Arzt in der Burg?«

»N-nein, ich glaube nicht«, stammelte sie.

»Dann such jemanden, der das weiß, beeil dich!«

Das Mädchen nickte ängstlich, wohl froh, dem Grauen zu entkommen. Sie verschwand und polterte auf ihren Geta den Gang entlang. Sie kehrte nicht wieder und Mitsukoshi hatte auch nicht damit gerechnet.

Auf einem niedrigen Beistelltisch entdeckte er einen Krug mit Wasser und kühlte mit einem feuchten Tuch Kazumis Stirn. Hastig durchsuchte er den Raum nach irgendetwas Nützlichem. Duftende Wässerchen, wohlriechende Salben und Puder in verschiedenen Färbungen, fein gesägte und vergoldete Kämme, Tücher, noch mehr Tücher. Aus zarter Seide gewobene Unterwäsche ließ Mitsukoshi mit spitzem Finger fallen. Genau so stellte man sich das Zimmer einer adligen Frau vor, die von morgens bis abends nur mit Müßiggang oder höchstens sich selbst beschäftigt war. Das passte gar nicht zu dem Bild, was Mitsukoshi von der Fürstentochter hatte. Erstaunlich, wie sie sich an das harsche, kriegerische Leben eines Daimyo angepasst hatte.

Kazumi stöhnte erneut auf und hustete Blut. Erst versuchte Mitsukoshi, ihr ein seidenes Tuch auf die blutigen Lippen zu drücken, aber dann ließ er es lieber bleiben. Kazumi konnte sonst nicht mehr atmen.

In Mitsukoshis Magen versteinerte ein großer Klumpen. Meister Vanderveer hatte große Kenntnisse in der Heilkunst besessen, aber er war nicht mehr dazu gekommen, das Wissen an seinen Schüler weiterzugeben. Mitsukoshi hatte es mit Macht zu dem Samurai-Dojo nördlich von Edo gezogen, da war seiner Meinung nach jeder

Tag länger in den Fängen des Alten eine Qual und Zeitverschwendung. Nun bereute Mitsukoshi seine unbedachte Hast. Wenn ... »Ach was!«, murmelte er.

»Was ... meint ... Ihr?«, hauchte Kazumi, angestrengt.

»Sch, sch! Nicht reden. Ich habe nach dem Arzt geschickt.« Kazumi schüttelte den Kopf. »Kein Arzt. Yasu. Wir müssen nach Yasu.«

Mitsukoshi war perplex. Yasu lag einen halben Tagesritt entfernt im Südwesten, im Hinterland des Biwa-Sees. Vorsichtig schob er Kazumi eine zerzauste Locke aus dem fast weißen Gesicht.

»Ya...su. Wir müssen. Zurückziehen. Dort ... viele Ärzte!«, hauchte sie.

Mitsukoshis Gedanken rasten. Er überlegte, wie er Kazumi durch das Getümmel da draußen bringen könnte und wie er es bis Yasu schaffen sollte. Wenn er es nicht versuchte, starb Kazumi hier und gleich in seinen Armen. Es blieb ihm nur eine winzige Chance. Er zog mehrere, schmale Obi aus einer Truhe und knotete sie vorsichtig um Kazumis schlanke Fesseln und unter ihre Oberarme. Unendlich sanft richtete er sie an der Wand auf und setzte sich vor sie, wickelte die Obi um seinen eigenen Leib und verknotete sie sorgfältig über seinen Schultern und am Bauch. Dann hob er Kazumi vorsichtig an und trug sie auf dem Rücken hinaus auf den Gang.

Kazumi hatte erneut das Bewusstsein verloren. Das war vielleicht auch besser so. Sie war ein Leichtgewicht, kaum schwerer als ein kompletter Waffenrock.

Mit dem Schwert in der Hand tastete sich Mitsukoshi die Treppen hinunter, bis er im Keller bei der Küche angekommen war. Die Küche war verlassen, auf der Feuerstelle blubberte ein großer Kupferkessel mit duftender Miso-Suppe. Neben dem großen Tisch davor stapelten sich Körbe mit frischem Fisch. Jemand hatte angefangen, den Fisch auszunehmen und in kleine, mundgerechte Happen zu schneiden. Gleich daneben dampfte ein voller Reiskessel. Mitsukoshi trug Kazumi quer durch die Küche zu einer schmalen, unverriegelten Hoftür. Draußen ging er gleich hinter einem Karren in Deckung.

Eine Horde Reiter in den Farben Takayamas kam um die Ecke galoppiert. Ein Armbrustschütze in den oberen Etagen hatte einen Glückstag. Der letzte Reiter griff sich an die Brust, fiel nach hinten von seinem Pferd und brach sich das Genick.

Mitsukoshi erhob sich, ging hinüber zu dem führerlosen Pferd und fing es ein. Mit Kazumi auf dem Rücken aufzusteigen, war nicht so einfach. Er schlug den Pfad zurück zum Kerker ein, quer durch den Park. Am westlichen Außentor tobten offenbar heftige Kämpfe, der Schlachtlärm war von weitem deutlich zu hören. Mitsukoshi ritt die gesamte Einfriedung ab und entdeckte im Westen ein unbewachtes Portal. »Das gibt's doch gar nicht«, murmelte er. Hier hatten sich die Bestechungen Takayamas wohl gelohnt, aber das Tor war verschlossen. Mitsukoshi rutschte vorsichtig vom Pferd herunter und zog den langen Riegel in seiner eingefetteten Führungsschiene zurück. Kazumi blieb ohnmächtig. Mitsukoshi zog die Knoten noch einmal fest und stieg wieder auf.

Langsam ging es entlang der Ostmauer Richtung Süden. Hier war die Vorstadt noch bewohnt. Mitsukoshi zog viele Blicke auf sich. Die meisten Bewohner waren gerade damit beschäftigt, ihr Hab und Gut auf Karren aufzuladen. Für einen Moment überlegte Mitsukoshi, ob es vielleicht einfacher wäre, Kazumi auf so einem Karren zu transportieren. Nein, das würde ihn nur verlangsamen. Mitsukoshi lenkte den Gaul auf die breite Straße

Richtung Süden. Er musste die Burg weiträumig umrunden, um den Kämpfen auszuweichen und ließ das Pferd in einen leichten Trab fallen. Das unvermeidliche Auf und Ab versuchte Mitsukoshi so gut wie möglich auszugleichen. Bald war eine Pause fällig. An einem Bach glitt er vom Pferd und benetzte Kazumis Gesicht mit etwas Wasser, aber sie blieb ohnmächtig. In der Ferne nahm der Kampflärm langsam ab.

Die Straße nach Yasu war stellenweise bemerkenswert gut ausgebaut, sogar mit Steinen grob gepflastert, breit und über lange Strecken schnurgerade. Das war die Nakasendo, eine der fünf Hauptstraßen, die durch ganz Nippon führten, vom südlichsten Punkt bis hoch in den Norden. Diese verband Kyoto mit Edo, quer durchs Kiso-Gebirge. Hier, entlang des Biwa-Sees war alles still und menschenleer. Das kannte Mitsukoshi schon von vielen anderen Krisengebieten, durch die er und Meister Vanderveer auf ihren Reisen gekommen waren. Den Weg nach Yasu hatten sie vor vielen Jahren zuletzt beschritten.

Als er endlich die Stadtgrenze erreichte, wirkte der Ort wie ausgestorben. Die Bewohner schienen verschwunden zu sein. An einem Baumpfahl entdeckte Mitsukoshi eine Bekanntmachung mit dem Zeichen Takayamas. Also war Yasu offensichtlich bereits in die Hände des Fürsten gefallen. Mitsukoshis Herz raste, als sie in die geisterhaft leere Stadt einritten. Keine Wachen zu sehen, keine Besatzungstruppen. Irgendwo brannten Häuser; man konnte es von der Hauptstraße nicht sehen. Ein gelblicher Dunst hing über den Dächern der Stadt und in der Luft hing ein beißender, harziger Geruch.

»Verdammt!«, fluchte Mitsukoshi.

Auf der Schwelle eines Gasthauses lag ein Mann mit dem Rücken an der Wand und einer Sakeflasche in der

Hand. Er wälzte sich in Dutzenden leerer, zerbrochener Flaschen und prostete Mitsukoshi zu.

»Wo lebt hier ein Arzt?«, rief Mitsukoshi dem Mann zu.

Als Antwort kam nur ein Lallen.

»Verdammt, Mann, wo finde ich hier einen Arzt?«

»Isch – isch brauch' keim Arscht!«, lallte der Mann zurück.

»Aber ich, Mann!«

»Kanpai!« Danach schlief der Mann ein, die Sakeflasche fiel ihm aus der Hand und rollte davon in den Straßenstaub.

Mitsukoshi kontrollierte schnell den Sitz der Obi, dann ritt er weiter entlang der Hauptstraße, in der Hoffnung, irgendwo das Schild eines Arztes zu finden. Er fand sogar zwei, doch beide Heiler waren geflohen, ihre Türen verrammelt. Für einen Moment überlegte Mitsukoshi, sich mit Gewalt Zutritt zu verschaffen, aber er wusste ohnehin nicht, was er mit der Medizin, die er eventuell vorfinden würde, anfangen sollte. Und die Obi waren vermutlich im Moment genauso gut wie jeder andere Verband. Kazumis Körper hing völlig entspannt auf seinem Rücken, sie gab keinen Mucks von sich.

Mitsukoshi blieb vor einer verlassenen Herberge stehen. Ganz langsam rutschte er aus dem Sattel und drückte die Eingangstür auf, die sofort nachgab. Im oberen Stockwerk gab es saubere Zimmer und Mitsukoshi bettete Kazumi auf einen weichen Futon. Er legte sie auf die Seite, damit der Pfeil sich nicht noch weiter in ihren Körper bohrte. Kazumi verlor immer noch Blut. Mitsukoshi eilte davon in die Küche und durchsuchte die Vorratskammern nach etwas Essbarem. In einem Topf fand er ein paar Handvoll Reis, die noch genießbar waren. Die

Feuerstelle war kalt, also hatten sich die Wirtsleute mindestens vor über einem Tag abgesetzt. Draußen vor der Tür polterten Reiter die Hauptstraße entlang. Mitsukoshi huschte zu den vorderen Fenstern und lugte hinaus. Takayama-Truppen, sie ritten nordwärts ohne anzuhalten. Vermutlich zur Burg. Hatte Yasu überhaupt eine Burg? Mitsukoshi konnte sich nicht daran erinnern, aber das spielte jetzt auch keine Rolle.

Er überlegte angestrengt. Wenn Yasu bereits eine Geisterstadt war, schrumpfte die Chance erheblich, woanders in der Region einen Arzt zu finden. Vermutlich blieb Mitsukoshi nur eine einzige Möglichkeit – er musste versuchen, sich bis nach Kyoto durchzuschlagen. Dort gab es bestimmt viele Ärzte. Er kehrte zu Kazumi zurück und flößte ihr vorsichtig etwas kühles Wasser ein. Sie kam langsam wieder zu sich und lächelte ihn tapfer an. Damit sie etwas Nahrung zu sich nehmen konnte, formte er kleine Reisbällchen, die er ihr mit spitzen Fingern auf die Zunge legte.

»Ihr müsst noch eine Weile durchhalten, Fürstin. Wir sind in Yasu, aber hier ist niemand mehr. Ich bringe Euch direkt nach Kyoto. Das dauert nicht lang, dort finden wir einen Arzt, ganz bestimmt.« Mitsukoshi beugte sich zu Kazumi herunter, soweit es ging.

»Haru…«, hauchte sie. Sie hustete Bröckchen geronnenen Blutes, der zarte Körper erbebte.

»Euer Vetter verteidigt Burg Hikone. Er hat Eure Stelle eingenommen. Sorgt Euch nicht, alles wird gut.«

Kazumi nickte kaum merklich und schloss die Augen.

Mitsukoshi deckte sie sorgfältig zu. Hier, nicht weit vom Seeufer entfernt, konnten die Nächte kühl sein. Er baute sich ein Lager gleich daneben. Dann huschte er hinunter und versorgte das Pferd, das er in den Stall hinter dem Haus geführt hatte. Anschließend verrammelte er die Vordertür und kehrte zu Kazumi zurück. Lange noch lag er wach neben ihr, während das silbrige Mondlicht durch die niedrigen Fenster auf ihr blasses Gesicht schien.

Mitten in der Nacht wachte er auf. Kazumi klapperte mit den Zähnen, Schüttelfrost ließ ihren ganzen Körper erzittern. Schnell schlüpfte Mitsukoshi zu ihr unter die Decke und versuchte vorsichtig, den eiskalten, schlanken Körper mit seinem eigenen zu wärmen. An Schlaf war in dieser Nacht nicht mehr zu denken.

Als es dämmerte, brachen sie wieder auf. An diesem Tag kamen sie gut voran. Der Gaul hatte große Reserven, auch wenn er zwei Personen tragen musste. Mittags ließ Mitsukoshi das Pferd auf einer Wiese grasen, dann ging es weiter. Sie umrundeten den Berg Kasatori auf halber Höhe und Mitsukoshi fand die Schlucht mit dem Pfad hinüber nach Kyoto auf Anhieb. Mehrere Bauernhöfe entlang des Weges waren ebenfalls wie ausgestorben, auch hier hatten wohl Takayamas Horden getobt. Kaum hatten sie den Pass hinter sich gelassen, hörte Mitsukoshi wieder den gewohnten, teilweise rhythmischen Lärm von tausenden marschierenden Soldaten.

Das Tal verbreiterte sich zu einer Ebene. Mitsukoshi lenkte das Pferd entlang der Baumgrenze an der Nordseite, wo er schnell im Dickicht in Deckung gehen konnte, sollte es nötig werden. Ein kleiner, gerade mal mannshoher Torii leuchtete blutrot und frisch lackiert zwischen den tief herunterhängenden Fichtenzweigen. Ein Schrein! Vielleicht gab es hier Mönche, die Kazumi helfen konnten. Mitsukoshi trat dem Pferd in die Seiten und lenkte es den schmalen Trampelpfad entlang. Doch die

Hoffnung zerfiel wie Herbstlaub im Winter. Der Schrein war eher winzig, hier gab es kein Kloster, keine Mönche. Sanft bettete Mitsukoshi Kazumi auf dem weichen Waldboden.

Die Zeit lief ihm davon.

Er fühlte nach Kazumis Pulsschlag und erschrak.

Es dauerte einen langen Augenblick, bis er sich eingestand, dass das Leben bereits aus der schönen jungen Frau gewichen war. Ihr schmales Gesicht mit den fein geschwungenen, blassen Lippen war kalkweiß, aber entspannt.

Mitsukoshi fühlte nichts mehr. Er war viel zu erschöpft, um sein klopfendes Herz zu beruhigen. Er hockte neben Kazumi und bohrte ohnmächtig seine Fäuste in den Waldboden. Ihm war in diesem Moment alles egal, er hatte verloren. Der uralte Dämon Tod, leichter als eine Feder, kälter als der tiefste See im Winter und schwärzer als die Seele eines Kindermörders hatte ihn heimtückisch besiegt.

Mitsukoshi ordnete sanft Kazumis Kimono. Ein dünnes Goldkettchen hing um ihren schlanken Hals. Er zupfte das Kettchen hervor, an seinem Ende baumelte ein kleines, goldglänzendes Kreuz. Jetzt war Mitsukoshi irritiert. Wie kam Kazumi an das Symbol des Dainichi? Hatte sie sich heimlich dieser fremden Religion zugewandt? Dieses Rätsel würde er nun nicht mehr lösen können. Der Schrein war kein geeigneter Ort, Kazumi zur letzten Ruhe zu betten. Dieser Wald war bereits von einer Gottheit belegt; Mitsukoshi musste einen anderen Ort finden. Er hüllte Kazumi in einen Leinensack, den er beim Durchstöbern der Satteltasche entdeckt hatte, band sie am Sattel fest und lief nebenher. Er musste einen Ort finden, der Kazumis Glauben entsprach – der nicht durch

Shinto oder Buddhismus geprägt war, einen neutralen Ort. Der Kampf, den Mitsukoshi in seinem Innersten austrug, zwischen ohnmächtiger Verzweiflung und dem eiskalten Hund – wie Sensei Vanderveer bei Übungsduellen Mitsukoshis kühles Abwarten der gegnerischen Angriffe stets zu bezeichnen pflegte – hatte ihn mehr erschöpft als die körperliche Anstrengung, Kazumi auf seinem Rücken zu tragen.

Mitsukoshi lenkte das Pferd in den kühlen Schatten des Waldes. Er wollte kein Risiko eingehen, am Ende doch noch nachrückenden Truppen Takayamas in die Arme zu laufen. In gestrecktem Galopp donnerten mehrere Dutzend Reiter in den Farben des Hauses Takayama auf der gegenüberliegenden Seite des Tales entlang. Mitsukoshi vermutete so manchen Bekannten unter den Reitern, mit denen er vor nicht langer Zeit die Unterkunft geteilt hatte. An den knatternden Bannern konnte er in der Entfernung nur ausmachen, dass die Truppe zur Reserve gehörte. Die Reiter kamen aus dem Osten, vermutlich von dem Kampf um Burg Hikone, im Westen gab es nur eine einzige große Stadt, die als Ziel dienen konnte: die Hauptstadt, Sitz des Kaiserhauses und des Shoguns. Also hatte die Offensive bereits begonnen, Fürst Takayama hatte keine Zeit verloren. Der Kampf um Burg Hikone diente nur dazu, einen möglichen Verbündeten des Shoguns auszuschalten. Mitsukoshis Gedanken galoppierten wie die Reiter, die langsam am Horizont verschwanden. Er überlegte in einem Anflug von Zynismus, dass er Fürst Nagao ja eigentlich neben sich führte. Er hoffte, dass Harukage in der Maske des Fürsten und mit Hilfe seiner erfahrenen Heeresführer standhielt. Dass obendrein der unheimliche Gaijin vermutlich entkommen war, war besonders ärgerlich.

Mitsukoshi schüttelte wild seinen Kopf, aber die düsteren Gedanken verblassten nur langsam. Er konnte nicht länger mit Kazumis Leiche durch die Landschaft spazieren. Also band er sie los und trug sie, immer noch in Gedanken, durch ein Dickicht. Auf einmal stand er auf einer malerischen Lichtung. In einem kleinen Teich quakten Frösche um die Wette, untermalt vom Sägen zahlloser Zikaden. Vielleicht etwas laut, aber idyllisch, fand Mitsukoshi. Dies war ein idealer Ort, um von Kazumi Abschied zu nehmen.

Er versuchte, sich an die Erzählungen seines Meisters zu erinnern, über die Riten des fremden Gottes Kristos, genannt Dainichi. Unterm Strich unterschieden die sich eigentlich nicht grundsätzlich von denen des Shinto. Hauptsache, ein Grab war für alle Welt sichtbar, damit nachkommende Generationen einen festen Platz fanden, um der Toten zu gedenken.

Vorsichtig legte Mitsukoshi den Leinensack mit Kazumis Körper auf dem weichen Moos ab. Mit dem Schwert schlitzte er die obere Moosschicht auf und schaufelte mit beiden Händen den darunterliegenden, lockeren Sand beiseite. Es dauerte eine Weile, bis er mit dem Ergebnis zufrieden war. Bevor er Kazumi zur letzten Ruhe bettete, öffnete er noch einmal den Sack und betrachtete sie.

Der Tod hatte keine Macht über ihre Schönheit.

Seufzend und nur zögerlich schloss Mitsukoshi den Sack wieder. Bevor er das Grab zuschaufelte, beschwerte er den Sack mit zahlreichen, schweren Steinen, die er am Waldrand einsammelte. Kein Tier des Waldes sollte in der Lage sein, Kazumis ewigen Schlaf zu stören. Und um zu verhindern, dass sie gar nicht erst Witterung aufnehmen konnten, füllte er Lücken mit Schlamm vom Teich auf. Der Schlamm würde unter dem Moos trocknen und mit der Zeit einen steinharten Deckel bilden, hoffte Mitsukoshi. Schließlich bedeckte er den kleinen Hügel wieder mit mehreren Lagen Moos.

Die Sonne senkte sich zum Abend und Mitsukoshi löste sich nur schweren Herzens von dem Ort. Am Waldrand drehte er sich um und betrachtete ein letztes Mal die unauffällige Erhebung. »Ich werde wiederkehren«, versprach er sich selbst. Dann schluckte ihn das dunkle Unterholz.

Mitsukoshi verbrachte die Nacht im Schutz einer mächtigen Eiche, umringt von dichten Büschen. Zwischen den armdicken Wurzelausläufern wuchs eine Lage weichen Mooses. Seine Träume in dieser Nacht waren wild. Als ihn das kecke Morgenkonzert der Vögel aus dem Schlaf riss, hatte er den weichen Moosteppich fast gänzlich zerrieben. Lärm kam rasch näher, füllte die Luft. Die Vögel schwärmten erschrocken aus den Baumwipfeln hoch. Mitsukoshi schüttelte sich den Schlaf aus dem schweren Schädel. Das Pferd, das er an einem Baumstamm angebunden hatte, war fort. Mitsukoshi hatte keine Zeit, sich darüber zu ärgern. Die Luft vibrierte vom Getöse vieler Reiter, sehr vieler Reiter – untermalt vom Stampfen tausender Füße und dem Knattern zahlloser Banner und Truppenwimpel. Alles nicht sehr weit weg, vermutlich auf der anderen Talseite, wo auch gestern die Reiterhorde entlanggestürmt war. Möglicherweise war Burg Hikone doch noch gefallen. Oder Harukage war standhaft geblieben und Daimyo Takayama hatte sich nicht länger mit der Belagerung der Burg aufhalten wollen, schätzte Mitsukoshi. Nun ärgerte er sich, nie richtig zugehört zu haben, wenn Sensei Vanderveer von der Strategie holländischer Schiffe in Seegefechten und von Kämpfen unbekannter Königreiche auf der anderen Seite der Welt berichtet hatte. Aber irgendetwas war von dem Taktikunterricht dennoch hängengeblieben, sonst hätte er sich vermutlich nicht so schnell einen Reim auf den frühmorgendlichen Lärm machen können.

Mitsukoshi verließ die Deckung und erklomm einen kleinen Hügel vor ihm, von dem er eine gute Übersicht hatte. Er hatte richtig vermutet. Der größte Teil des Heeres war unterwegs und das in schnellem Marschtempo. Der Boden unter Mitsukoshi vibrierte. Die Männer sahen noch frisch aus, also gehörten sie vermutlich nicht zu der Truppe, die versucht hatte, Burg Hikone einzunehmen. Der Laufschritt der Lanzenträger wurde begleitet von den althergebrachten Reimgesängen, die das Lauftempo bestimmten. Auch die Bogenschützen hielten damit das Tempo. Nebenher polterten Hunderte von Samurai auf ihren ledergepanzerten Pferden entlang, etwas langsamer gefolgt von Dutzenden Kanonen, vorangezerrt von brüllenden Ochsengespannen. Hinterdrein zuckelten noch langsamer Versorgungsgespanne, Zelttransporter und kleinere Kanonen aus Messing, die, von einzelnen Pferden gezogen, über den breitgetrampelten Pfad rumpelten. Staub wehte in riesigen Schwaden über das Tal.

Einer der Karren erregte ganz besonders Mitsukoshis Aufmerksamkeit. Aus der Entfernung war deutlich im Dunst die hohe, düstere Gestalt des Gaijin und seiner blaugewandeten Begleiter zu erkennen, die sich krampfhaft an den Sitzen ihres Gefährts festzuhalten schienen. Mitsukoshi knurrte leise. Da war der Kerl schon wieder. Wo der Fremde auftauchte, lauerte Unheil hinter jedem Baum. Ein kalter Schauer lief ihm den Rücken hinab. Was war, wenn Fürst Takayama ein Bündnis mit dem Gaijin eingegangen war und nun die Bogenschützen mit den feuerspeienden Knüppeln ausgerüstet waren? Den reichlich ungenauen Kanonensalven konnten selbst ungeübte Fußtruppen ausweichen, aber den feuerspeienden Knüppeln des Fremden bestimmt nicht. Mitsukoshi ahnte, dass diese Schlacht ein unsägliches Blutbad geben würde. Falls der Shogun nicht genügend Truppen zusammenziehen konnte, um sie dem Gegner entgegen zu werfen, sah es schlecht aus für den Ausgang der Schlacht. Mitsukoshi konnte nicht warten, bis die Truppen außer Reichweite waren. Das Schicksal mischte sich mal wieder zur rechten Zeit ein. Ein Trupp Ashigaru kam hinterhergelaufen. Die Männer trugen zwar unübersehbar ungewohnte Lanzen, aber keine Uniformen. Also mussten es zwangsrekrutierte Bauern sein. Mitsukoshi wetzte los. Es gelang ihm, zu der ohne Formation dahinstolpernden Gruppe aufzuschließen. In der bunten Truppe fiel er gar nicht auf. Nach etwa zweihundert Schritten ließ er sich an einer günstigen Stelle zurückfallen und rollte in einen Graben.

Eine neue Gruppe Reiter näherte sich.

Rasch sprang Mitsukoshi auf und hetzte hinüber zur gegenüberliegenden Seite des Tales, wo er hinter einer mächtigen Esche Deckung nahm. Eilig zog er sich hinauf und hockte sich auf einen der niedriger hängenden, armdicken Äste.

Ein Dutzend Reiter folgten dem Haupttross. Den Tieren hing die Zunge aus dem Hals und auch die Reiter schienen ziemlich erschöpft zu sein. Alle Reiter dieses Trupps trugen Schwarz. Das waren Shinobi, die bereits eine ziemlich lange Reise hinter sich hatten. Einer der Reiter hielt genau unter der Esche, während die anderen weiterritten.

Mitsukoshi konnte sein Glück kaum fassen.

Der Reiter, ein reichlich beleibter, offenbar älterer Mann, stieg ächzend ab und streckte seine müden Beine. Dann richtete er in aller Ruhe Sattel und Zaumzeug. Als er gerade wieder auf den Gaul aufsteigen wollte, fiel Mitsukoshi direkt auf ihn herab und schlug ihn bewusstlos.

Rasch schaute er sich um, aber das Glück hatte ihn noch nicht verlassen. Niemand hatte den Überfall bemerkt. Mitsukoshi verbeugte sich respektvoll vor dem Ninja, bevor er ihn entwaffnete. Schwert und Wakizashi waren von guter Qualität, doch Mitsukoshi hatte keine Verwendung dafür und warf sie deshalb in hohem Bogen in den Wald. Er befreite das Tier vom Kopfschmuck und schnitt mit dem Kozuka ebenfalls die verräterischen Abzeichen vom Sattel. Dem Pferd schien das alles ziemlich egal zu sein. Es rupfte unverdrossen büschelweise Gras und kaute zufrieden darauf herum. Mitsukoshi schwang sich in den Sattel und hieb dem Pferd die Hacken in die Seiten. Wenn der Ninja wieder zu Bewusstsein kommen würde, wäre Mitsukoshi schon längst außer Sichtweite.

Gegen Mittag fand er eine halb zerfallene, unbewachte Brücke. Mitsukoshi sprang vom Pferd und untersuchte die Packtaschen. »Na, was auch sonst!«, murmelte Mitsukoshi, als er einen vollen Beutel mit winzigen Giftampullen und Katayaki in den Packtaschen entdeckte – die übliche Ausrüstung eines Ninja. Verblüfft zog er außerdem ein Tekagi und ein Kaginawa ans Licht. Kletterkralle und Wurfanker würden eventuell noch nützlich sein und wanderten in seinen Umhängebeutel. Mit dem Gift und dem eventuell ebenfalls vergifteten Gebäck konnte er nichts anfangen. Auch wenn es sehr verlockend war hineinzubeißen, warf er sie fort.

Am Morgen des Gempuku war Mitsukoshi so aufgeregt wie schon lange nicht mehr. Zwei Wochen zuvor waren er und Meister Vanderveer in einem alten Kloster am Berg Shinbo eingetroffen und Mitsukoshi nahm, wenn auch nur widerwillig, an den Zen-Übungen der anderen Schüler teil.

»Zen-Übungen machen mich noch wahnsinnig«, beschwerte er sich beim Sensei. »Mu-shin ist doch alles Humbug. Diese Leere, dieses ›Nicht-Sein‹ lässt sich doch nicht mit bloßem, stundenlangem Starren ins Nichts erreichen. Alle Adepten hier sind doch nicht ganz richtig im Kopf! Wie bitteschön, leert man seinen Kopf, Sensei, wie soll das gehen? Ich kann doch nicht meine Gedanken abstellen. Außerdem ist mir die Erleuchtung völlig gleichgültig.«

Vanderveer lächelte geduldig. »Das ist im Shinto nicht viel anders. Für einen Bushi geht es dabei nicht um Gefühle oder das Denken an sich, sondern nur um den sittlichen Charakter, den Kriegerstolz.«

Mitsukoshis kratzte sich den halbrasierten Schädel und verstand nichts außer dem Wort ›Bushi‹. Seine Haare waren mittlerweile so lang gewachsen, dass er einen Chonmage, einen Zopf, binden konnte.

An diesem Nachmittag legte Mitsukoshi seinen Yomyo, seinen Kindernamen, ab. Meister Vanderveer setzte ihm einen Eboshi aufs Haupt und schenkte ihm neben einem neuen Haori den traditionellen Stempel mit seinem eingravierten Namen. Meister Vanderveer hatte sich ganz genau über die Zeremonie erkundigt und rechtzeitig heimlich alle Vorbereitungen getroffen.

»Dein Nanori sei nun Mitsukoshi Shinji, unter diesem Namen werde ich dich von nun an rufen.« Meister

Vanderveer rang sich eine Verbeugung ab. »Und wehe dir, du vergisst deinen Namen«, flüsterte er. »Dann heißt du nur noch Holzkopf.«

Mitsukoshi überhörte die letzte Bemerkung des Alten und freute sich über die Geschenke.

Fürst Takayama tat so gut wie jeder Knochen im Leibe weh. Hätte er doch auf seine Berater gehört und nicht darauf bestanden, den Aufmarsch auf seinem Pferd sitzend persönlich zu überwachen. Aber es war wichtig, dass die Männer ihn sahen. Jetzt hockte er in seinem Zelt auf mehreren weichen Kissen und blickte müde mit halb geschlossenen Augen durch den Zelteingang hinaus. Nach der letzten Zählung versammelten sich da draußen gerade über dreißigtausend Mann. Seit hundert Jahren wohl eines der größten Heere, die das Land je gesehen hatte. Den Kundschaftern nach bestand das Heer des Shoguns nur aus etwas mehr als der Hälfte an Kriegern, doch war von diesen Truppen nichts mehr zu sehen. Gestern waren sie geschlossen abgerückt. Auf der anderen Seite der Stadt waren sie nicht eingetroffen. Irgendwo entlang der Stadtmauer waren sie in der Versenkung verschwunden.

Die Spione berichteten davon, dass die Straßen Kyotos mit Flüchtlingen überquollen. Takayama lächelte hämisch. Waren seine Kanonen erst mal nah genug an die Stadt herangekommen, war der Rest nur eine Frage der Zeit. Wenn die ersten Mauern zu Staub zerfielen, würde dahinter Panik ausbrechen und für seine Truppen wäre es ein Leichtes, in die Stadt einzudringen. Dass der Shogun sich noch in der Stadt befand, war gewiss. Vom Kaiser konnte man das nicht so sicher behaupten. Es wurde berichtet, dass der Tenno sich seit einer Weile in Kamakura oder sogar in Edo aufhielt und angesichts der Lage auch so schnell nicht wieder zurückkehren würde. Fürst Takayama war das nur recht. Ein Problem weniger, das er im Auge behalten musste. Doch die verschwundenen Truppen des Shoguns bereiteten ihm ein ungutes Gefühl. Inzwischen hatte er Dutzende Kundschafter verloren. Ein paar vorgeschobene Posten sicherten den Informationsfluss, da wurde jeder Mann gebraucht.

Von den Schmiedekarren drang metallisches Klingeln und Scheppern herüber. Der Fremde hatte den Waffenschmieden gezeigt, wie sie diese Röhren fertigen mussten, aber die Ausbildung der Bogenschützen und der Samurai an den neuen Waffen lief nur schleppend. Fürst Takayama entrollte ungeduldig eine Schriftrolle, die ihm vorgelegt wurde. Knapp fünfhundert Schießprügel meldete der Waffenmeister einsatzfähig. Wenn das mal stimmte. Zur Not konnte man die Dinger auch noch als Keule benutzen. Aber wenn sie wirklich funktionierten, hatte der Gegner keine Chance. Das hatte der Fremde eindrucksvoll vorgeführt, was Fürst Takayama drei Dutzend Untertanen gekostet hatte. Leider reichte die Magie nur gerade mal einen halben Steinwurf weit, um wirklich Wirkung zu zeigen. Eine der neuen chinesischen Bronzekanonen traf immerhin auf fast zweihundert Schritte.

Es war eine einfache Rechnung: Für den Preis einer der Kanonen konnte Takayama etwa dreißig Exemplare der Wunderwaffen bauen lassen. Sein Schatzmeister hatte seit Tagen nicht mehr geschlafen und wandelte von morgens bis abends wie in Trance die Reihen der Kanonen entlang und zählte wieder und wieder die Waffen durch. Ein großer Teil des fürstlichen Vermögens rollte in gepanzerten Karren mit, bewacht von Dutzenden Männern seiner Leibgarde. Erst vor ein paar Tagen war eine neue Lieferung neu geprägter Goldmünzen eingetroffen. Das hatte den Fürsten veranlasst loszuschlagen, trotz der Warnungen seiner Berater.

Den armen Gaul aus gestrecktem Galopp abzubremsen, war gar nicht so leicht. Beinahe fand sich Mitsukoshi kopfüber im Graben liegend wieder. Das Tier schnaubte wild und zerrte an den Zügeln, aber schließlich fügte es sich seinem Reiter. Mitsukoshi sprang ab und band es an einen Strauch, über den sich das hungrige Tier gleich hermachte.

Er stand am Rande eines kleinen Wäldchens. Weit war er nicht gekommen, kaum mehr als dreitausend Schritte nordwestlich von Kazumis Grab. Das Schauspiel, das sich Mitsukoshi bot, war so beeindruckend wie unheimlich. Das Häusermeer Kyotos war noch ein ganzes Stück entfernt, aber im Dunst gerade so zu erkennen. Ein stetiger Strom von Flüchtlingen zwängte sich rumpelnd über die Brücke des sich träge dahinziehenden Kamo wie durch ein Nadelöhr in das Häusermeer der Vorstadt hinein. Schwer beladene Karren, auf denen die Flüchtlinge all ihre Habe geladen hatten, verstopften die einzige Straße, die nordwärts zu dem mächtigen, südlichen Stadttor führte. Dutzende Soldaten wuselten wie gepanzerte Mistkäfer um die Karren herum, völlig überfordert von dem Ansturm der Massen. Für die sonst ausführlichen Kontrollen, die nie ohne ein paar zufällig fallengelassene Münzen vorangingen, blieb wohl keine Zeit mehr. Hier und da wurde sporadisch eine Lanze in einen Strohballen gestochen, aber die meisten Gespanne wurden einfach durchgewunken. Über der Szene hing eine Traube aus Lärm in der staubig wabernden Luft. Blökende Ochsen, hysterisch wiehernde Pferde, brüllende

Kleinkinder, kreischendes Geflügel in turmartig gestapelten Käfigen, Geschrei und Gezeter, das hin- und herwogte, verebbte, um gleich darauf mit doppelter Lautstärke erneut aufzubrausen.

In diesem Chaos sollte es eigentlich gelingen, unauffällig in die Stadt einzudringen. Zu ärgerlich, dass Mitsukoshi seine Komoso-Verkleidung nicht mehr besaß. Mit einem unbekannten, herrenlosen Samurai legten sich die Torwachen vermutlich nicht an, selbst wenn sie in der Überzahl waren.

Südwestlich der Brücke, wo sich der Kamo und der Uji mit dem Katsura-gawa vereinigten, hatte Fürst Takayama sein Feldlager aufgeschlagen. Dutzende Männer waren gerade dabei, auf einer Anhöhe das Fürstenzelt und den umlaufenden, mannshohen Sichtschutz mit dem Mon des Hauses Takayama zu errichten. Mitsukoshi ließ den Kopf hängen. Dort würde er nie nah genug an Takayama herankommen. Er musste einen anderen Weg finden.

Hoffentlich kannte der Shogun auch schon die neuen Waffen, die der finstere Fremde ins Land brachte. Der oberste Heeresführer hatte seine Augen und Ohren angeblich überall, hieß es. Was aber, wenn nicht? Dann würden die Truppen des Shoguns gnadenlos abgeschlachtet und damit wäre das Schicksal Kyotos und seines Shogunats besiegelt. Nichts könnte Takayama dann noch aufhalten, sich ganz Nippon unter den Nagel zu reißen.

Tausende von Mannschaftszelten bedeckten die Ebene bis zum Horizont. Der Strom aus Reitern und Fußvolk, der sich lautstark aus dem Tal dahinter ergoss, dauerte an. Fürst Takayama hatte wohl vor, diesmal auf Nummer sicher zu gehen, wenn er solch einen massiven Angriff vorbereitete. Unterhalb des Hügels wurden rumpelnd

Dutzende monströser chinesischer Bronzekanonen in Position gebracht. Nun – die waren eine wirkliche Gefahr, nicht nur für die Stadtmauern. Aber nicht auf diese Entfernung, schätzte Mitsukoshi. Also sollten die Fußtruppen vermutlich erst einmal genügend Raum freikämpfen, damit die Kanonen näher an die Mauern herangebracht werden konnten. Dann erst würde die Stunde der Kanoniere anbrechen.

Letztendlich lief es auf eine Belagerung hinaus, denn von den Truppen des Shoguns war so gut wie nichts zu sehen. Lediglich ein paar Beobachter, die sich ungeschickt und vergeblich hinter viel zu dürren Büschen zu verbergen suchten, waren auf beiden Seiten unübersehbar im Gelände verteilt. Vielleicht hielt der Shogun sein Heer auf der anderen Seite der Stadt verborgen, nur darauf wartend, dass sich Fürst Takayama ein Blöße gab, um dann umso gnadenloser zuschlagen zu können.

Mitsukoshi musterte die umliegenden Berge. Die Hauptstadt war von drei Seiten von hohen Bergen eingekesselt. Vielleicht verbarg sich das Heer in den Wäldern oberhalb der Stadt. Bei der flimmernden Luft war das kaum auszumachen. Alle diese Überlegungen waren Zeitverschwendung, sagte er sich. Ihm blieb keine Wahl, er musste so schnell es ging in die Stadt gelangen und den Shogun warnen.

Der Flüchtlingsstrom schien langsam auszudünnen, Mitsukoshi musste sich beeilen. Er schwang sich wieder auf das Pferd, jagte den Hang hinunter und polterte über die Brücke. Als er einen der letzten Ochsenkarren erreichte, der gerade die Brücke überquert hatte, sprang er ab und drückte einem verblüfft dreinschauenden Bauern die Zügel des Pferdes in die Hand. »Ein Geschäft. Ich bekomme einen Sitzplatz auf Eurem Karren und Ihr mein Pferd. Das könnt Ihr in der Stadt für gutes Geld losschlagen.«

Der Bauer mit der riesigen Zahnlücke starrte ihn mit offenem Mund an, sagte aber nichts. Hastig tastete er die Muskeln des Pferdes ab und zog ihm das Gebiss auseinander.

Der Gaul hatte vermutlich bessere Zähne als sein neuer Herr, dachte sich Mitsukoshi grinsend.

Der Bauer zog noch schnell Sattel und Decke mit dem Zeichen Takayamas herunter und warf alles achtlos beiseite. Die Gräben rechts und links des plattgetrampelten Pfades waren fast hüfthoch übersät mit Unrat und zahllosen Dingen, derer sich die Flüchtenden, aus welchen Gründen auch immer, kurzerhand entledigt hatten.

Mitsukoshi griff sich einen fast neuen Strohhut und klopfte den Staub aus einer mottenzerfressenen Wolldecke, die er rasch über seine Schultern warf. So dick eingehüllt, war kaum zu erkennen, wer sich darunter verbarg. Er nahm seine Waffen ab und kletterte auf den Karren. Hinter ihm kauerten auf der überladenen, schwankenden Ladefläche eine Frau mittleren Alters und zwei kleine Kinder, die ihn, an ihre Mutter geklammert, mit starren, großen Augen und einer Mischung aus Angst und Neugier beäugten. Mitsukoshi lächelte den Kindern zu, die aber wurden von der Frau schützend festgehalten und zeigten keine weitere Reaktion. Mitsukoshi schob seine Waffen griffbereit unter die Ladung.

Der Bauer trieb die beiden Ochsen an, aber die ziemlich abgemagerten Tiere hatten kaum noch Kraft in ihren gedrungenen Beinen. Die Familie hatte wohl schon eine ziemliche Strecke hinter sich gebracht. Protestierend blökte das Hornvieh bei jedem Peitschenhieb auf.

Am Wegrand lag der aufgedunsene Kadaver eines Rindes im Schlamm, die Zunge hing dick und blau aus dem Maul. Ein übler Gestank hüllte den Tross ein.

Eine hektisch wirkende Gestalt in der schlichten Uniform einer Torwache kam herangestiefelt, vorsichtig mit der Lanze stochernd seinen Weg prüfend. Der rundliche Mann hatte sich ein bedrucktes Seidentuch vor das Gesicht gebunden, aber das half wohl nicht viel. Er warf nur heftig zwinkernd einen kurzen Blick auf die Wagenladung, dann winkte er das Gefährt hektisch durch und widmete sich dem nächsten Karren.

Der Bauer hieb erneut mit der Peitsche auf die bereits blutigen Rücken der beiden Ochsen ein, der Karren rumpelte hinter den anderen entlang des breiten, matschigen Pfades auf das Tor zu. Dort reihten sie sich in die Schlange der Wartenden ein. Die meisten Häuser rechts und links des von zahllosen Rädern und Hufen knöcheltief zermalmten Pfades waren zerstört. Zahlreiche Brände hüllten den Tross in beißenden Rauch. Niemand machte Anstalten, die Feuer zu löschen. Langsam, ganz langsam kamen sie dem riesigen Tor näher, hinter dem sich die hoch aufragende, fünfstöckige Pagode des Toji-Tempels erhob, die schon von weitem sichtbar war und deren bronzene Spitze in der Sonne schimmerte. So weit, so gut, sagte sich Mitsukoshi und behielt den Kopf gesenkt. Mit stoischem Gleichmut wartete die Menge eingelassen zu werden. Nur jeweils ein Karren wurde durchs Tor gewunken. Ein dumpfer Knall, gefolgt von einem hohen, sirrenden Geräusch ließ alle hochblicken. Mitsukoshi erkannte die Gefahr.

»Alles in Deckung!«, brüllte er und warf sich auf die Frau und die Kinder.

Über ihnen biss eine Kanonenkugel ein Loch in das Stadttor. Es regnete Steinbrocken und Splitter, ein Balken zerschlug eine Karrendeichsel, eine andere brach einem Ochsen das Rückgrat.

Mitsukoshi schüttelte die Steinchen und den Staub von seinem Rücken. »Alles gut«, beruhigte er den winselnden Bauernnachwuchs. »Bumm! Hahaha!«, scherzte er und strubbelte sich lachend den Staub aus dem Gesicht.

Die Blagen hörten auf zu winseln und starrten ihn ungläubig an. Die Frau versteckte ihren Kopf immer noch zwischen den Knien.

Dieses unerwartete Anzeichen des bevorstehenden Kampfes beschleunigte die Vorgänge erheblich. Hysterisch drängelte und quetschte sich nun gleichzeitig alles und jeder durch das riesige Tor. Kaum hatte der Vorderteil des Karrens es hindurch geschafft, griff Mitsukoshi seine Waffen, sprang ab und mischte sich rasch unter die Menschenmenge, die sich in die Straße dahinter ergoss. Er schaute nicht zurück und behielt den Kopf eingezogen. Hinter der nächsten Straßenecke entledigte er sich der Kopfbedeckung und der Decke und legte beides neben einem Bettler nieder.

Mitsukoshi war die Hauptstadt nicht unbekannt. Damals, so erinnerte er sich, war der erste Eindruck überwältigend gewesen. Die zahllosen, schmucken Häuser, die prächtigen Schreine und nicht zuletzt der riesige, schwer bewachte kaiserliche Palast auf der anderen Seite der Stadt, dessen Umfriedung man sich auf gerade mal hundert Schritte weit nähern konnte, bevor man von den zahllosen Wachen abgefangen wurde. Jetzt quollen die Straßen über vor Flüchtlingen, selbst in den schmalsten Nebenwegen und Gassen lungerten oder streiften Menschen herum.

Mitsukoshi wusste, dass die Stadt gerade mal fünftausend auf viertausend Schritte maß. Alle Straßen und Wege waren im rechten Winkel zueinander errichtet, an vielen Stellen waren mehrfach verwinkelte, völlig identisch aussehende Straßenzüge angelegt worden, um Eindringlinge zu verwirren. Burg Nijo, der neue Palast des Shoguns, war irgendwo im Westteil der Stadt zu finden, nur – wo genau? Egal, er musste sich nur irgendwie westwärts bewegen, irgendwann würde er wieder auf die Stadtgrenzen stoßen.

Leichter gesagt als getan. Sich durch diese Menschenmassen hindurchzuzwängen kostete viel Zeit. Nach hundert Schritten verbreiterte sich die Gasse zu einer belebten, schnurgeraden Straße, die nordwärts führte, an der Hunderte von Geschäften und Gasthäusern, Theatern, Teestuben und Freudenhäusern mit grellen Wimpeln und großen Schriftbannern um Kundschaft buhlten. Überall lungerten Männer herum, vor allem vor den Noren an den Eingängen der Sake-Brauereien und der Freudenhäuser, und wurden unablässig von Wachen vertrieben.

»Nicht stehen bleiben! Weitergehen! Immer weitergehen! Einfach die Straße entlang!«

Die stierende Menge stob wie eine Flutwelle auseinander, als eine Gruppe Maikos im Kielwasser einer älteren, ganz in Grau gekleideten Frau die Straße entlanggetrippelt kam, die unablässig etwas vor sich hin brabbelte und gebieterisch mit einem goldgewirkten Fächer hin- und herwedelnd Platz für ihre Schützlinge einforderte. Die prächtigen Seidenkimonos in sommerlich gelben Farbtönen und die grellweiß geschminkten Gesichter der jungen Frauen mit den kirschroten, spitzen Lippen unter tiefschwarz glänzenden Frisuren wirkten erschreckend deplatziert inmitten der drängelnden Menge zerlumpter, schmutziger Bauerngestalten, die sie mit offenen Mündern angafften. Der Geiko-Nachwuchs versuchte beim Anblick der starrenden, wispernden Meute mit aller Kraft die professionelle Haltung und Würde zu bewahren. Hinter den vorgehaltenen Fächern wurde deutlich vernehmbar hell gekichert, was sich bei jedem Schritt mit dem Bimmeln der winzigen Glöckchen vorne an ihren grellroten Sandalen mischte. Schnell bogen sie in eine der schmalen Gassen ab, leuchtend und unbeschwert wie eine Schar frisch geschlüpfter Entchen. Der Eindruck verstärkte sich noch, als ein Sonnenstrahl vorwitzig über die Kimonos der Mädchen huschte.

Auch Mitsukoshi verlangsamte seinen Schritt und ertappte sich dabei, den klingelnden, jungen Frauen hinterherzugaffen. So etwas hatte er noch nie aus der Nähe gesehen, das kannte er nur aus den meist prahlerisch aufgeblasenen Erzählungen anderer Samurai. Geishas betraten die Burg Fukashi immer nur unbeobachtet über den Hintereingang und verließen sie auch über den gleichen Weg.

»Die müssen sich doch jetzt langweilen«, murmelte Mitsukoshi, als er darüber sinnierte, dass ihr Herr nun doch für eine ziemliche Weile nicht mehr nach Burg Fukashi zurückkehren würde. Was taten Geishas eigentlich, wenn sie nicht ihren Fürsten oder dessen Gäste mit Gesang und Tanz unterhielten? Vielleicht dichteten sie neue Haiku. Oder übten das Spielen auf dem Shamisen und dem Koto.

Mitsukoshi schüttelte sich den Unsinn aus dem Kopf. Für so etwas hatte er überhaupt keine Zeit. Er musste schnellstens den Weg zur Burg Nijo finden. Da – ein Torii! Wo ein Torii stand, gab es auch ortskundige Mönche. Mitsukoshi huschte unter dem zinnoberroten Holztor hindurch und stand vor einem überschaubaren Schrein. Er verzichtete auf das Reinigungsritual und betrat direkt das Kondo, wo er auf zwei Mönche traf, die ihm den Weg zu Burg Nijo weisen konnten. In der kleinen Grünanlage, in die der Schrein eingebettet war, herrschten Stille und Ruhe, ganz im Gegensatz zu den Straßen der Hauptstadt draußen vor dem Torii.

Je weiter Mitsukoshi nach Norden kam und sich dem Kaiserlichen Palast näherte, umso verstopfter waren die Straßen und Gassen. Hier standen sich die Ochsengespanne gegenseitig auf den Hufen. Es war überhaupt kein Platz vorhanden, um die Tiere auszuspannen. Der Lärm des muhenden und blökenden Hornviehs war unerträglich. Tausende Flüchtlinge hatten sich im Straßengraben oder zumindest im Schatten niedergelassen, es war kaum ein Durchkommen möglich. Es würde Tage dauern, die Straßen wieder leerzubekommen.

Vielleicht beschleunigt Fürst Takayama das ja auf seine Weise, dachte Mitsukoshi grimmig. Er konnte sich gut ausmalen, wie die Takayama-Truppen mit den feuerspeienden Waffen des Fremden durch die Gassen zogen und Tod und Verderben verbreiteten. Bei dem Gedanken zuckte er zusammen. Dieses Blutbad wollte er sich nicht vorstellen, ganz abgesehen davon, dass es nicht im Geringsten ehrenvoll war, Unschuldige niederzumetzeln und dann noch auf diese dämonische Art und Weise. Genau das musste er dem Shogun begreiflich machen!

Mitsukoshi fand eine kleine Brücke über ein schmales, träge dahinziehendes Flüsschen und hoffte, anhand des Sonnenstandes zumindest in die richtige Richtung zu laufen. Er stieß auf einen kleinen Marktplatz; auch der war mit Ochsenkarren vollgestellt. Hier hatten die Besitzer es immerhin geschafft, die Tiere zu dem Fluss hinunterzuführen. Mitsukoshi stolperte im Zickzack zwischen den dampfenden Hinterlassenschaften der Tiere hindurch.

Vor sich entdeckte er einen mehrstöckigen Tenshu über die Hausdächer hinausragen. Er musste schon ganz nah sein. In diesem Teil der Stadt waren die Gebäude wesentlich größer, die weiß gekalkten Mauern höher und die Tore prächtiger ausgestaltet. Die kunstvollen, teilweise vergoldeten Namensschilder sagten Mitsukoshi nichts. Hier und da ragten Baumkronen über die Mauern. Mit Schwung bog er um eine Hausecke und wäre fast in einen breiten, dunklen Wassergraben geplumpst.

»Was ...?«

Dumme Frage. Die Burg war durch einen rund hundert Fuß breiten, tiefschwarzen Wassergraben vom Rest der Stadt getrennt. Der Wind kräuselte mit leichten Böen die Wasseroberfläche. Mitsukoshi blickte sich rasch um. Auf der anderen Seite erhob sich hinter einer mächtigen, steilen Mauer aus gewaltigen Felssteinen ein beeindruckender Tenshu mit mehreren Stockwerken. Sehr viel mehr war nicht zu erkennen.

Mitsukoshi lief los. Er hatte eine schmale Brücke mit einem kleinen Tor entdeckt. Dem gegenüber stand ein Wachgebäude, vermutlich besetzt. Mitsukoshi zählte seine Schritte. Bei fünfhundert war er an der Ecke des Burggrabens angelangt, der hier im rechten Winkel abknickte. Mitsukoshi sah in einiger Entfernung eine etwas größere Brücke mit einem prächtigen, leuchtend weißen Tor. Davor standen Wachen, gleich rund ein Dutzend, also war hier kein einfaches Durchkommen möglich. Der Graben endete wieder in einem rechtwinkligen Knick. Sollte das etwa bedeuten, dass die Burg rundum mit einem Wassergraben eingefasst war? Nach einem Umlauf fand Mitsukoshi seine Vermutung bestätigt. Zwei ineinander geschachtelte Rechtecke, das äußere etwa hundert Schritte länger, an jeder Ecke ein Wachhaus, vier Brücken mit zahlreichen Torwachen, davon drei im größeren Teil.

Mitsukoshi blickte entlang der hohen Mauerkrone. Vermutlich verbargen sich dort auch noch Bogenschützen. Mit schwerem Belagerungsgerät sollte es nicht schwerfallen, diese Mauern zu überwinden.

Die Wachen um Einlass zu bitten, war Zeitverschwendung, das war klar. Es blieb keine andere Möglichkeit, er musste irgendwie den Graben überqueren und diese Mauer überwinden. Wäre er erst einmal so weit gekommen, würde er improvisieren müssen. Ein leises Glucksen schlüpfte Mitsukoshi bei der Erkenntnis seines Wahnsinns über die Lippen. Hatte ihm die Sonne, die unbarmherzig auf ihn herabglühte, das Gehirn vernebelt? Er durchwühlte seinen Umhängebeutel und lachte schon wieder leise. Er besaß noch das Tekagi und das Kaginawa, die er dem Ninja abgenommen hatte. Perfekt. Jetzt musste er nur noch den Graben überwinden.

Mitsukoshi kehrte zurück zum Schrein und suchte sich ein schattiges Plätzchen zum Ausruhen. Dies würde eine lange Nacht werden. Die beiden Mönche, die ihm vorher den Weg gezeigt hatten, waren verschwunden. Ein älterer Mönch, vermutlich der Oberpriester, saß in der Haupthalle im Gebet vertieft, umringt von hunderten Gläubigen. Mitsukoshi näherte sich ihm respektvoll und wartete, bis der Mönch mit dem Nembutsu geendet hatte. Zu seiner Enttäuschung konnte der alte Mann ihm nicht verraten, wie es hinter den Mauern von Burg Nijo aussah, er hatte seinen Schrein seit vielen Jahren nicht mehr verlassen. Die Erwähnung der Belagerung quittierte der Mönch nur mit einem Kopfschütteln. Die Stadt hatte schon so oft gebrannt und war immer wieder aufgebaut worden. Und wer wusste schon, ob der Tenno seinen Sitz nicht bald nach Edo verlegen würde, wo er sich ohnehin die meiste Zeit des Jahres aufhielt, so wie derzeit auch.

Mitsukoshi vernahm diese Neuigkeiten mit Genugtuung. Wenn der Kaiser nicht in der Stadt war, fiel er aus der Gesamtrechnung heraus. Das würde die Handlungsweise des Shoguns vermutlich beeinflussen. Hoffentlich zum Guten. Eingerollt unter einer schattigen Eiche baute sich Mitsukoshi ein Lager und schlief bald ein.

Eine helle Glocke rief die Mönche zum Abendgebet und riss ihn aus einem traumlosen Schlaf. Die Sonne war bereits untergegangen. Hastig stillte er seinen Durst an der Quelle des Schreins. Aus der Haupthalle erklang das sonore, monotone Nembutsu der Mönche. Immer mehr Gläubige hatten sich vor dem Schrein versammelt und verstopften die Wege.

Mitsukoshi drängelte sich durch zum Torii und kehrte im Zickzack zur Burg zurück. Die Straßen waren noch voller als zuvor. Überall brannten Lagerfeuer und tausende Schatten tanzten an den hohen, gekalkten Mauern. So war es leicht für Mitsukoshi, den Weg zur Burg wiederzufinden.

Er verbarg sich hinter einem Busch, unter dem er nach kurzer Überlegung seine Waffen vergrub und beobachtete den Wechsel der Wachen. Immer zwei Lanzenträger schlurften gelangweilt entlang des Grabens bis zum Wendepunkt an der nächsten Ecke und kehrten dann schlurfend zurück. Also gab es acht Wachen, die aber nach einer Weile nicht mehr auf gleicher Höhe liefen. Mitsukoshi schätzte, beim übernächsten Richtungswechsel der vier Wachen in Sichtweite würde die Lücke so groß sein, dass er ungesehen den Graben überqueren konnte. Er passte den richtigen Moment ab und huschte über den schmalen Weg hinüber zum Graben, legte die Kletterkrallen an und hob seinen Tragebeutel über den Kopf. Das Wasser war eiskalt. Mit den Beinen rudernd brauchte er nicht lange, um die hundert Fuß durch den pechschwarzen Tümpel zurückzulegen. An der Mauer fanden seine Füße unter Wasser Halt und es gelang ihm, das Seil mit den Enterhaken über seinen Kopf zu schwingen. Das Seil war gerade lang genug und es war rutschig, aber mit den Krallen war es leicht, in den Rillen zwischen den massiven, glitschigen Mauersteinen Halt zu finden. Mitsukoshi hielt inne und schmiegte sich an die Mauer. Jetzt brauchte er ein wenig Glück. Der Mond war inzwischen aufgegangen, doch der harte Schatten des Mauervorsprungs verschluckt seine Gestalt.

Es dauerte einige Zeit und mehrere Pausen, dann stand Mitsukoshi auf der Mauerkrone, leicht seitlich vom hoch aufragenden Tenshu und unterdrückte seinen hechelnden Atem und sein Zittern. Er lauschte. Ganz entfernt waren zarte Klänge eines Kotos zu hören. Na so was. Niemand stand Wache auf der Mauerkrone. Mitsukoshi nahm die Kralle ab und verstaute sie gemeinsam mit dem Wurfanker wieder in der Tasche. Eine Treppe erleichterte den Abstieg. Vor ihm konnte er im Halbdunkel unbestimmte Formen wahrnehmen. Bäume, Büsche, mehr Mauern.

Mitsukoshi stutzte.

Was war das denn?

Er stand da und rang mit seiner Fassung.

Vor ihm erstreckte sich ein finsterer Wassergraben, der sich auf den ersten Blick nicht sonderlich von dem unterschied, den er gerade überwunden hatte. Mitsukoshi schüttelte sich ungläubig das Wasser aus den Haaren und der Kleidung. Schritte näherten sich. Er sprang hinter einen Busch in Deckung.

Zwei Wachen liefen auf dem kiesbedeckten Weg entlang.

Das Spiel wiederholte sich.

»Das gibt's doch gar nicht! Wer kommt auf so eine perfide Idee!«, grummelte Mitsukoshi. Jeden Busch und jeden Strauch als Deckung ausnutzend, umrundete er auch die innere Burg, vorsichtig den patrouillierenden Wachen ausweichend.

Der Turnus der Wachen war hier kürzer, die Honmaru, die innere Burg, war ja auch kleiner. In dem Tenshu flackerte im obersten Stock hämisch lockend eine Kerze. Die innere Wallanlage hatte zwei Brücken, eine auf der West- und eine auf der Ostseite. Mitsukoshi hatte überhaupt keine Lust, auch noch durch den zweiten Graben zu schwimmen sowie die innere Mauer zu erklimmen. Zwei stabile Tore abseits des Grabens weckten seine Neugier.

Nach einer Weile ereignisloser Beobachtung ging Mitsukoshi kurzerhand direkt darauf zu. Der mächtige Portalflügel ließ sich leicht in seiner Angel bewegen. Keine Wachen in Sicht. Im Mondlicht waren mehrere flache Gebäude zu erkennen, aufgereiht entlang eines geschwungenen, nackten Teiches. Mitsukoshi zuckte zusammen, als eine Ente erschrocken vor dem heimlichen Besucher aufflog. Eine Tür öffnete sich und Lichtstreifen fielen in den Garten. Hinter einem Busch versteckt, konnte Mitsukoshi nur ein rundes Gesicht erkennen, das im Dunkeln aufleuchtete, hin- und herschaute und gleich wieder im Haus verschwand. Die Tür blieb offen stehen. Dampf wallte hoch. Die Küche.

Er schlüpfte durch eine noch nicht ganz fertiggestellte Mauer und umrundete die Gebäudeansammlung, bis er vor der Rückseite des Ostportals stand. Vier Wachen hockten in der Dunkelheit um eine Öllampe herum, Lanzen griffbereit, nasebohrend, gähnend und viel zu träge, um die tanzenden Mücken zu erlegen. Das kam Mitsukoshi bekannt vor. Nachtwachen mit Schweigegebot waren todlangweilig. An den Endpunkten hatten die Nachtwachen aus Langeweile mit ihren Lanzen so viele Kerben in das Holz gehackt, dass die Schreiner regelmäßig neue Pflöcke und Bretter einsetzen mussten, sehr zum Ärger des Kommandanten. Hier spielte sich wohl Ähnliches ab.

Mitsukoshi kehrte zum inneren Wassergraben zurück und versuchte sein Glück bei dem Portal an der Nordseite. Die Seitenmauern des Tores waren ebenfalls noch gar nicht fertiggestellt, man konnte es einfach umgehen. Die Gebäude auf dieser Seite dienten ebenfalls zur Versorgung der Burg: Getreide, Sake, Reis, außerdem Pferde, Schweine und Hühner. Auch der nördliche Teil der äußeren Burganlage erinnerte eher an einen Park mit kleinen Teichen und kunstvoll arrangierten, aber winzigen Bäumen und Sträuchern, was aber im Mondschein nur erahnbar war.

Zwei Gebäude in der Anlage weckten Mitsukoshis Aufmerksamkeit. Eines davon schien aufgrund seiner Größe ein Versammlungsraum zu sein, der auf den kleinen Schmuckgarten hinausblickte; vielleicht, um Gäste zu empfangen oder für die Teezeremonie. Das andere war wesentlich kleiner, vielleicht wurden hier Gäste untergebracht. Da aber nur eine halb schlafende, ziemlich lautstark gähnende Wache vor dem Haus hockte, wurde das Haus eventuell gerade nicht benutzt.

In diesem Moment erinnerte sich Mitsukoshi daran, dass er ein Lager für die Nacht finden musste. Der Ni-nomaru, der äußere Hof, war wirklich nicht sehr groß und ganz egal, wo er sich hinter einem Baum oder einem Strauch verstecken würde, irgendwann würde eine Wache über ihn stolpern. Das Vorhaben, in dieser Nacht doch noch in den Haupthof vorzustoßen, verwarf er nun. Er brauchte Zeit, um die Situation zu überdenken. Bis dahin war die Nacht vorbei. Bei so einer kleinen Wachmannschaft konnte er auch nicht einfach eine der Wachen beseitigen und deren Platz einnehmen. Dies waren bestimmt ausgesuchte Leibgardisten, da kannte jeder jeden.

Langsam reifte ein dreister Plan in ihm heran. Unbewaffnet wie er war, bildete er ganz offensichtlich für die Wachen keine Gefahr und somit auch nicht für den Hausherrn. Nun stand Mitsukoshi hinter dem bewachten Gästehaus. Die Lösung lag auf der Hand – er musste sich selbst einladen. Noch bevor er richtig darüber nachgedacht hatte, setzten sich seine Beine von ganz allein in Bewegung. Vielleicht ließ die einsetzende Müdigkeit Mitsukoshi nachlässig werden – als er auf den umlaufenden Gang trat, ertönte ein lautes Quietschen.

Mitsukoshi fror mitten in der Bewegung ein.

Er war im wahrsten Sinne des Wortes in die Falle gelaufen.

Kein Wunder, dass all diese Gebäude umlaufende überdachte Gänge hatten. Deshalb brauchte man auch nur so wenige Wachen. Der Erbauer dieser Anlage hatte wirklich an alles gedacht. Sämtliche Gänge waren mit Nachtigall-Böden gesichert. Ganz egal wohin man trat, es ertönte ein durchdringendes, krächzend-zwitscherndes Quietschen von Metall auf Metall. Von dieser genialen Erfindung hatte ihm Meister Vanderveer einmal berichtet. Auch er hatte bei seinen Entwürfen stets so hässlich quietschende Gangböden eingeplant.

Mitsukoshi überlegte fieberhaft. Es würde nur Augenblicke dauern, bis eine Wache um die Ecke gerannt kam, also musste er die Flucht nach vorn antreten. Seine Shinobi-Ausbildung half ihm dabei. Er ließ sich blitzschnell auf alle Viere nieder und kroch auf Finger- und Zehenspitzen so schnell es ging bis zur nächsten Tür. Hastig schob er sie auf und schloss sie wieder hinter sich. Er hatte nicht zu lange gezögert.

Draußen wurde es laut. Stimmen waren zu hören, polterndes Quietschen von einem halben Dutzend Füße, Laternen schimmerten durch die Papierwände.

Mitsukoshi zerrte den nächsten Wandschrank auf. Zusammengerollte Futons – perfekt! Hastig zog er einen davon auf die Tatamimatten. Im nächsten Schrank fand er die passende Decke und eine Nackenrolle. Er schleuderte seine Sandalen in die dunkle Zimmerecke und schlüpfte schnell unter die Decke. Gerade noch rechtzeitig.

Nach einem weiteren, seufzenden Quietscher wurde die Seitentür vorsichtig und lautlos aufgeschoben. Ebenso vorsichtig wurde eine der Laternen hereingehalten.

Scheinbar schlaftrunken drehte sich Mitsukoshi zu den Störenfrieden um, blinzelte und gähnte demonstrativ. »Was – was ist denn?«, nuschelte er wie im Halbschlaf. »Was soll denn die Störung? Greifen die Takayama-Truppen an?« Er rieb sich die Augen und kratzte sich den Schädel. »Es war ein langer Tag, muss dieser Krach sein?«

Nach einer hastig geflüsterten Entschuldigung verschwand erst die Laterne, dann wurde die Tür wieder geschlossen. Quietschend entfernten sich die Wachen wieder. Mitsukoshi grinste noch, als er einschlief.

Die Nacht war kurz, Mitsukoshi erwachte wie immer beim ersten Hahnenschrei. Er brauchte ein paar Augenblicke, um sich daran zu erinnern, wo er war und wie er dorthin gelangt war. Schnell räumte er den bequemen Futon zurück in den Wandschrank und klaubte seine Sandalen auf. Seine Kleidung war inzwischen einigermaßen getrocknet. Jetzt eine Tasse Tee, eine Miso-Suppe oder ein möglichst großes Stück Reiskuchen hätte er nicht abgelehnt, sein Magen knurrte unüberhörbar. Die nächsten Schritte hatte er noch gar nicht richtig durchdacht, es blieben nicht viele Möglichkeiten.

Wenn gar nichts anderes geht, Augen zu und durch! Sensei Vanderveers Weisheiten klangen rückblickend irgendwie beruhigend verrückt. Mitsukoshi behielt seine Augen lieber offen.

Er atmete noch einmal tief durch, öffnete die Fronttür und machte einen beherzten Schritt vorwärts. Die Dielen unter seinen Füßen quietschten wie Katzen, denen man den Hals umdrehte. Vor ihm auf dem Rasen hockte eine Wache auf einer Bank und zuckte bei dem Lärm zusammen. Die Wache starrte ihn an, als sähe sie einen Geist. Dann rappelte sich der Mann hoch.

Mitsukoshi ließ ihm keine Zeit, lange nachzudenken. »Wo gibt es denn hier was zu beißen?«, fuhr er den Mann an, der ganz verdattert zum Küchengebäude hinüberzeigte. »Ich hoffe, das Bad ist angeheizt. So kann ich dem Shogun ja wohl nicht unter die Augen treten.«

Ohne eine Reaktion abzuwarten, stiefelte Mitsukoshi auf dem Rasen neben dem Brettergang zur Küche hinüber. Eine große Dampfwolke quoll aus der offenen Tür, als er sich näherte. Zwei Männer waren gerade dabei, Reis zu wässern. Sie blickten nur kurz hoch. Mitsukoshi sog begierig den aromatischen Duft ein. Unter einem großen Backofen prasselte ein munteres Feuer. Mitsukoshi entdeckte einen Tragekorb voller gebrochener Fladenbrotstücke und bediente sich. Das Brot dampfte noch und schmeckte wunderbar. Die beiden Köche protestierten nicht. Anscheinend waren sie es gewohnt, dass ziemlich abgerissene Fremde in ihrer Küche auftauchten und sich bedienten. Mitsukoshi trat vor das Gebäude, fröhlich mampfend. Die Sonne hing noch hinter dem Horizont, alles war in ein leichtes Graublau getaucht.

»Tja, wenn nicht jetzt, dann nie.« Mitsukoshi umrundete das Küchengebäude und durchschritt das unbewachte Seitentor, das den äußeren Hof vom Haupthof trennte. Niemand folgte ihm. Bei Tageslicht über den Wassergraben zu schwimmen oder die innere Mauer zu erklimmen war völlig abwegig. Also verscharrte Mitsukoshi hastig die Kletterkralle und den Wurfanker hinter einem frisch gepflanzten Busch. Dann ging er direkt auf die nächste Brücke zu. Dass ihn die Wachen hier aufhielten, damit hatte er gerechnet. Diese Männer waren aus anderem Holz geschnitzt, das merkte man sofort.

»Halt! Wer seid Ihr und wie ist es Euch gelungen, hier einzudringen?« Der Tonfall sprach für sich selbst.

Mitsukoshi drehte sich einmal um sich selbst. »Ich habe wichtige Neuigkeiten für den Shogun, die keinen Aufschub dulden. Wie Ihr seht, bin ich unbewaffnet.«

»Was?«

Mitsukoshi wiederholte seinen Satz Wort für Wort, als spräche er mit einem unbedarften Kind.

Die Wachen schauten sich gegenseitig fragend an. Damit hatten sie wohl zu so früher Stunde nicht gerechnet.

»Ach so, ich habe drüben im Gästehaus übernachtet. Ich wollte den Shogun gestern Nacht so spät nicht mehr stören«, löste Mitsukoshi dreist das Rätsel auf.

»Wie nett von Euch«, spottete einer der Wachmänner, der Uniform nach ein Hauptmann. »Im Gästehaus, ja?«

Ein Kopfnicken genügte, und einer der Soldaten spurtete los. In Begleitung anderer Wachen kehrte er eilends wieder zurück.

»Wer ist das?« Der Wachmann zeigte auf Mitsukoshi, der sich gelassen ans Geländer der Brücke lehnte.

Die anderen Wachen wussten es nicht.

»Er behauptet, er habe im Gästehaus übernachtet.«

»Das stimmt, dort haben wir ihn gestern Nacht gesehen«, bestätigte einer der Männer.

»Und?«

»Und – was?«

»Ich frage noch einmal: Wer ist das? Und warum hat er im Gästehaus übernachtet?«

Mitsukoshi beobachtete, wie die Halsschlagader des Hauptmanns anschwoll. »Das können die Männer nicht wissen«, mischte er sich immer noch gelassen ein.

Die Männer nickten erleichtert. »Das können wir nicht wissen.«

Das war zu viel für den Hauptmann. »Bin ich denn nur von Dummköpfen umgeben?«, explodierte er.

»Das hoffe ich doch nicht«, kommentierte Mitsukoshi. »Lasst Ihr mich nun endlich vor den Shogun treten? Die Zeit drängt.«

Der Hauptmann wischte den frechen Einwurf mit einer Handbewegung beiseite. »Nichts da. Wir haben Anweisung, niemanden in die Burg einzulassen.«

»Und wie stellt Ihr Euch das vor? Soll ich auf die Mauer klettern und dem Shogun zubrüllen, was ich ihm zu melden habe?«

Der Hauptmann musterte Mitsukoshi kritisch. »Mit Mauerkletterei scheint Ihr Euch wohl auszukennen.«

Mitsukoshi winkte ab. »Das hier ist alles Zeitverschwendung. Schickt einen Mann hinein und wartet auf Anweisungen. Ich empfehle Euch, Eure Schritte zu beschleunigen.«

Der Hauptmann zögerte noch kurz, dann wetzte einer der Wachleute los.

Diesmal dauerte es eine Weile, dann kehrte er im Laufschritt mit einem älteren, etwas korpulenten Soldaten in einem leichten Waffenrock wieder, der ihm schnaufend folgte und erst mal ausgiebig nach Luft schnappen musste.

Mitsukoshi richtete sich instinktiv auf. Das war einer der Generäle des Shoguns. Die Augenklappe und die tiefen Narben im Gesicht sprachen Bände. Er rang sich eine respektvolle Verbeugung ab. Noch bevor der Wachhauptmann das Wort an den General wenden konnte, kam ihm Mitsukoshi zuvor. »General, ich komme mit wichtigen Neuigkeiten für den Shogun.«

Der Hauptmann köchelte auf kleiner Flamme. »Wir haben diesen Mann aufgehalten, bevor er weiter in die Burg vordringen konnte. Niemand weiß, wer er ist und woher er kommt.«

Der General wischte sich über die Stirn. »Nun – er hat es bis vor dieses Tor geschafft. Wie, ist nun wohl unerheblich.«

»Er hat im Gästehaus übernachtet.«

»Das habe ich auch schon. Bis jetzt habe ich noch nichts gehört, was gegen ihn spricht.«

»Vielleicht ist er ein Attentäter.«

»Wie? Ich sehe an dem Mann keine Waffen. Habt Ihr denn schon in seinen Beutel gesehen?«

Der Hauptmann war mit wenigen Schritten bei Mitsukoshi, der ihm freiwillig seinen Umhängebeutel übergab.

»Eine Metallröhre, das ist alles. Steckt darin etwa die Nachricht, die Ihr dem Shogun bringen wollt?«

Mitsukoshi schüttelte den Kopf. »Ich wüsste nicht, was das einen einfachen Soldaten anginge. Das sind Nachrichten, die nur den Shogun interessieren dürften.« Hastig schob er nach: »Oder seine Generäle.«

Der General erhob sich schnaufend. »Das wird mir jetzt zu bunt. Setzt ihn fest und bringt ihn zur Mittagsstunde in den Audienzraum.«

Der Hauptmann verbeugte sich hastig.

Mitsukoshi ärgerte sich. Das lief jetzt nicht so, wie er es sich erhofft hatte. Aber immerhin, er würde in die Nähe des Shoguns gelangen, dann würde er weitersehen.

Die Wachen nahmen ihn in die Mitte und führten ihn zu einem Anbau gleich neben dem Tor. Der Raum roch muffig. Das lag vor allem daran, dass er fensterlos war. Die Tür ließen die Männer offen stehen, um ihn wohl im Blick zu behalten.

Mitsukoshi hockte sich auf eine schmale Bank und harrte aus. Zum Glück hatte er schon etwas im Magen.

Lang musste er nicht warten, da stand der General wieder schnaufend in der Tür. »Los, mitkommen.«

»Hier wird es aber schnell Mittag«, spottete Mitsukoshi und biss sich im gleichen Moment auf die Zunge.

Mit gleich vier Wachleuten und ihren langen Lanzen im Rücken folgte er dem humpelnden Veteranen entlang eines geschwungenen Pfades zu einem beeindruckenden, länglichen Gebäude, an dessen Dachfirst das Futatsubiki, das Mon des Ashikaga-Klans, golden in der Morgensonne leuchtete. Der Rest der inneren Burg war bis auf den hoch aufragenden Festungsturm eher schlicht gestaltet. Alles wirkte wie gerade begonnen und noch lange nicht fertiggestellt. Ein länglicher, geschwungener

Teich ähnelte eher einem ausgetrockneten Tümpel, eingerahmt von verdorrtem Schilfgras. Nur wenige Zierbüsche und niedrige, kümmerliche Kamelienbäume sorgten für ein wenig Grün. Hinter einem breiten Aufmarschplatz entdeckte Mitsukoshi das westliche innere Tor, das offenbar nicht bewacht wurde.

Sie betraten die Audienzhalle, an dessen Längsseite ein Bambusgerüst hochwuchs.

»Warte hier«, brummte der General.

Mitsukoshi ließ sich gleich neben dem Eingang nieder, die Wachen bezogen vor der Tür Stellung. Seine Augen gewöhnten sich langsam an das dämmrige Licht im Saal. Er stutzte, denn mit dem, was er sah, hatte er nicht gerechnet.

Der Audienzraum war etwa dreißig Schritte lang und ein Dutzend breit. Damit ähnelte er dem in der Burg Fukashi. Aber hier endeten auch schon die Gemeinsamkeiten. Noch nie in seinem Leben hatte Mitsukoshi so viel Gold in einem Raum gesehen. Alle Wände rundum und die Decke waren auf goldenem Grund mit den prächtigsten Zeichnungen und Verzierungen bedeckt, die er je erblickt hatte. Dort rangen finstere Dämonen mit leuchtend weißen und roten Drachen, imposante Krieger maßen sich im Kampf mit den Mächten der Finsternis. Szenen aus bekannten Sagen, Märchen, Kabuki- und No-Stücken reihten sich aneinander. Zarte, zerbrechlich real wirkende Reiher schwebten über Landschaftsszenen, die direkt dem Nirwana zu entstammen schienen. Natürlich fehlte auch der mächtige Fuji-san nicht. Nur wenige Öllampen reichten, um die berauschende Pracht in allen Schattierungen aufleuchten zu lassen. Mitsukoshi war sprachlos. Die Künstler, die diesen Audienzraum geschaffen hatten, wussten sehr wohl um die Wirkung ihrer

Schöpfung. Inmitten dieser Pracht irritierte eine freie Fläche. Ein großer Teil der Gemälde fehlte. Mehrere Quadratfuß waren bar jeder Verzierung, einfach leer, als ob das Werk noch nicht vollendet war. Mitsukoshi konnte seinen Blick gar nicht mehr von diesem leeren Fleck wenden.

Der General kam hereingehumpelt, ihm folgte eine hagere Gestalt in einem goldgesäumten, dunkelblauen Kimono, der Mitsukoshis Tragebeutel wie angewidert am ausgestreckten Arm vor sich hinhielt. In der Mitte des Raumes ließ die Gestalt den Beutel einfach fallen. Die Metallröhre in dem Beutel polterte auf die spiegelblank gewienerten, fast schwarzen Dielen.

Nun füllte sich der Raum rasch mit Kriegern. Mehrere Samurai in voller Rüstung nahmen zu Mitsukoshis Linken entlang der Wand Platz, darunter mehrere Generäle und Hauptmänner. Gleich sechs Leibwachen positionierten sich sprungbereit vor der kleinen Empore am Ende des Saales.

Das Ritual kam Mitsukoshi bekannt vor. Es entsprach der Audienz auf Burg Fukashi oder Burg Hikone, nur war hier alles eine Spur pompöser und eindrucksvoller.

Bis jetzt hatte noch niemand ein Wort von sich gegeben. Ein kleiner Gong ertönte und Mitsukoshi zog unwillkürlich die Schultern ein. Der Moment war gekommen.

Shogun Ashikaga Yoshiharu, der zwölfte Shogun des Hauses Ashikaga trat ein. Er trug einen leuchtend grünen, goldverzierten Omeshi mit weit ausgestellten Schultern und einem breiten, lichtgrünen Obi. Alles verharrte in einer respektvollen Verbeugung, bis der Oberste General aller Generäle seinen Platz auf der niedrigen Empore eingenommen hatte. Sein schmales, kantiges Gesicht zeigte keine Regung. Der Zeremonienmeister stieß mit seinem Stab kurz auf den Boden.

»Hört, hört! Die Audienz ist eröffnet. General Takahashi hat um diese Zusammenkunft gebeten und wird nun den Grund dafür bekanntgeben.«

Das klang eher wie ein Befehl als eine rituelle Floskel. Hier am Hofe des Shoguns schien ein anderer Tonfall zu herrschen, so schien es Mitsukoshi, der es nun auch wagte, aufzublicken.

Der alte Krieger quälte sich langsam hoch und humpelte zu Mitsukoshis Tragebeutel hinüber, den er mit einem Fuß anstieß. »Wir haben einen Gast. Seltsamerweise hat ihn niemand eingeladen, wie es scheint. Doch ist er hier – er sitzt da drüben. Mein Fürst, ich habe das Gefühl, dieser Morgen scheint noch interessant zu werden.«

Der Blick des Shoguns ruhte nun auf Mitsukoshi, dessen Pulsschlag deutlich zunahm und dem seltsam warm wurde.

Der General fuhr fort: »Nun, ich hatte bereits Gelegenheit, mit dem ›Gast‹ zu sprechen und ich muss sagen, dieses Gespräch war etwas verwirrend. Dieser junge Mann behauptet, im Besitz wichtiger Informationen zu sein, die nur für Eure Ohren bestimmt seien, mein Fürst. Ich habe keinen Grund gefunden, an dieser Behauptung zu zweifeln. Er hat es geschafft, in die Burg einzudringen und im Gästehaus zu übernachten, ohne von den Wachen entdeckt oder daran gehindert worden zu sein. Angesichts der allgemeinen Situation habe ich zunächst darauf verzichtet, die Wachen dafür zur Verantwortung zu ziehen. Der Mann ist unbewaffnet, er trägt lediglich eine Schriftrolle bei sich. Ich habe sie mir bereits angesehen und bin auf weitere Rätsel gestoßen. All diese Umstände bewogen mich dazu, dieses Treffen einzuberufen.«

Ein sonores, deutlich im ganzen Raum zu vernehmendes »Hm« war die einzige Reaktion des Shoguns.

Mitsukoshi hielt sich instinktiv zurück.

Der Hagere ging hinüber zu dem Beutel, hob ihn angewidert auf und schüttelte die Metallröhre heraus, die auf die Dielen klapperte. Dann bückte er sich erneut umständlich und hob geziert die Röhre auf, trug sie hinüber zum Shogun, öffnete sie, entnahm die Schriftrolle und breitete sie vor seinem Herrn aus. Shogun Ashikaga stierte intensiv auf das Schriftstück. Doch schnell erlosch sein Interesse.

»Und?«

General Takahashi humpelte den langen Saal entlang, bis er vor Mitsukoshi stand. »Und?«, bellte er, als wäre Mitsukoshi schwerhörig.

Der räusperte sich, bevor er antwortete. »Fürst, General. Ich weiß es nicht.«

»Was?« Der General verschluckte sich fast.

»Ich weiß nicht, was in dieser Schrift steht. Ich bin nur ein einfacher Samurai, kein Schriftgelehrter. Ich hatte gehofft, hier am Hofe des Shoguns jemanden zu finden, der das Geheimnis des Schriftstücks ergründen kann.«

»Was?«, wiederholte der General ungläubig.

Mitsukoshi spürte, dass der richtige Moment gekommen war. Er stand auf, was sofort eine Reaktion der Leibwache zur Folge hatte. Mitsukoshi war fast einen Kopf größer als General Takahashi. »Bis vor Kurzem gehörte ich zur Garde auf Burg Fukashi.«

Gemurmel hallte von den goldenen Wänden wider.

»Ich habe mich von Fürst Takayama losgesagt, denn

ein Dämon hat seinen Geist verwirrt. Dieser Dämon ist sehr real, er läuft auf zwei Beinen und er hat einen Namen. Ich bin gekommen, um Euch vor diesem Dämon zu warnen.«

General Takahashi starrte Mitsukoshi an, als hätte er einen Verrückten vor sich.

»Der Dämon hört auf den Namen Xaverius. Er stammt von der anderen Seite der Welt«, fuhr Mitsukoshi fort.

Der Zeremonienmeister trat zum Shogun und flüsterte ihm etwas zu.

Die Stimme des Shoguns war fest und spöttisch. »Der hat vor gar nicht langer Zeit an der gleichen Stelle gestanden wie du jetzt.«

Das verschlug Mitsukoshi fast die Sprache. »Dann – dann wisst Ihr ja, wovon ich spreche«, stotterte er.

»Du meinst diese kleinen Kanonen? Nettes Spielzeug.«

Mitsukoshi war wie vor den Kopf geschlagen. Er hatte mit allen möglichen Schwierigkeiten gerechnet, aber nicht mit diesen. »Und was geschieht nun? Was werdet Ihr unternehmen?«

»Unternehmen? Nichts. Takayama wird wieder abziehen. Die Stadt ist uneinnehmbar.«

Mitsukoshis Herz schlug deutlich schneller. »Takayama hätte fast Burg Hikone mit nur einer Handvoll Männer eingenommen. Die Wirkung der neuen Waffen ist überwältigend.«

»Na, na. Wir wollen mal nicht übertreiben«, mischte sich General Takahashi ein.

»Mit allem Respekt, General«, wagte Mitsukoshi zu widersprechen. »Jeder, der so eine Feuerkanone mit sich trägt, tötet ohne jede Anstrengung und mit einem Augenblinzeln auf einen Schlag zehn Mann oder mehr. Da draußen stehen bereits vielleicht rund dreißigtausend Mann. Wenn nur ein Zehntel davon versteht, mit den neuen Waffen umzugehen, verliert Ihr innerhalb eines Augenblicks mehr als ein Drittel Eurer Männer.«

»Wir haben genug Bogenschützen ...«

»Die werden gleich nach den Fußtruppen niedergemacht, das liegt doch auf der Hand«, ereiferte sich Mitsukoshi.

»Hört ihn Euch an. So ein junger Bursche will uns erzählen, wie man eine Schlacht schlägt«, spottete General Takahashi.

»Nein, das ist nicht meine Absicht. Ich frage mich nur, ob Ihr schon selbst eine dieser dämonischen Waffen ausprobiert habt und überhaupt erkannt habt, was man damit anrichten kann. Jeder halbwegs fähige Bauerntölpel, der einen Knüppel schwingen kann, ist damit jedem Samurai, jedem Reiter, jedem Bogenschützen überlegen. Und das ohne jede Ehre, ohne Gewissen, ohne jegliche Verpflichtung gegenüber eines Lehnsherrn. Der Waffe ist es egal, gegen wen sie gerichtet wird.«

Schweigen senkte sich wie ein Leichentuch von der goldenen Decke.

»Deshalb haben wir uns auch nicht weiter mit diesem bizarren Ausländer abgegeben. Er war uns zu fremd und sein Geschenk zu laut. Zu mehr als Feuerwerk taugte es sowieso nicht«, brummelte der General.

Mitsukoshi konnte es kaum fassen. Der alte Krieger konnte natürlich nicht zugeben, dass er nichts verstanden hatte.

»Und was ist das dann hier?«, unterbrach der Shogun die Stille und zeigte auf die Schriftrolle.

»Mein Sensei stammte ebenfalls von der anderen Seite der Welt. Diese Schriftrolle hat er mir vererbt. Ich hoffe, dass darin ein Hinweis verborgen ist, wie man dieser Gefahr am besten begegnen kann.«

General Takahashi winkte spöttisch ab. »Humbug. Nach ein paar Scharmützeln ist alles vorbei.«

Mitsukoshi wandte sich direkt an den Shogun. »Ich stimme dem General zu.«

»Na also«, brummelte General Takahashi und wandte sich ab.

»Nach ein paar Scharmützeln ist wirklich alles vorbei, denn dann ist von Euren Truppen nichts mehr übrig. In den Straßen werden sich die Leichen bis zu den Dachfirsten stapeln. Alles wird in einem gewaltigen ›Feuerwerk‹ – wie der General es nannte – untergehen und monatelang brennen, bis nur noch ein riesiger Haufen Asche übrig bleibt.«

Zum ersten Mal stutzte General Takahashi. Er nickte den Wachen zu. »Raus mit dem Burschen. Schade um die verlorene Zeit.«

In Mitsukoshi flackerte das Feuer, das ihn bis dahin angetrieben hatte. Er dachte an den Kampf um Burg Hikone, das brennende Kloster, an Kazumi, wie sie in seinen Armen gestorben war. Und nun dieses erbärmliche Schauspiel. Er hatte versagt. Schon wieder. Hilflose Ohnmacht hüllte seinen Geist in Taubheit.

Draußen vor der Audienzhalle stand er blinzelnd in der Sonne und ließ sich von der Wachmannschaft herumschubsen. Ihm war völlig egal, was nun mit ihm geschah. Schlafen – ja, lange schlafen wäre jetzt wunderbar. Vielleicht brachten die Wachen ihn ja zum Gästehaus zurück. Benommen merkte Mitsukoshi gar nicht, dass die Männer genau dies taten. Mit einem letzten Schubser landete er auf den Tatami, auf denen er zuvor noch die Nacht verbracht hatte. Ausgelaugt sackte er zusammen. Was sollte er jetzt nur tun?

Erinnerung

Im vierten Jahr der Wanderschaft kamen Vanderveer und sein Schüler im Frühjahr in die Nähe von Mitsukoshis Heimatdorf. Der druckste erst eine Weile herum, bis er mit dem Wunsch herausrückte, seine Eltern zu besuchen.

Meister Vanderveer war skeptisch, aber schließlich ließ er sich breitschlagen. »Nun gut, ein paar Tage Pause werden uns gut tun. Ich brauche sowieso Zeit und Muße, die Baupläne für Daimyo Tanaka zu überarbeiten. Außerdem hatte ich gestern Nacht eine Idee für ein neues Kloster. Ich glaube, es ergibt Sinn, einen Ort zu erschaffen, wo alle Religionen unter einem Dach zusammenkommen können, um sich auszutauschen.«

Als die beiden endlich das Tal mit Mitsukoshis Heimatdorf erreichten, standen sie vor einem halb abgebrannten Kornfeld, auf dem noch schwere Ähren ungeerntet herunterhingen.

»Hier stimmt was nicht«, stellte Mitsukoshi alarmiert fest. Sein Schritt beschleunigte sich, Meister Vanderveer hatte Mühe, mit seinem Schützling Schritt zu halten.

Das Dorf sah erschreckend aus. Bei der Hälfte der Häuser waren die Dächer eingestürzt und ringsum wild zugewuchert.

Mitsukoshi begann zu rennen.

Er stürmte entlang des ausgetrockneten Bachbetts den kleinen Hügel zum Hof seiner Eltern hinauf. Von den blühenden Kirschbäumen schneite es schneeweiße und rosa Blütenblätter, die hinter ihm hochwirbelten. Als er die Kuppe erreichte, knickte Mitsukoshi vor Schreck mit den Knien ein, stolperte und landete im Staub.

Von seinem Elternhaus und der Scheune ragten nur noch verkokelte Eckpfosten in den graublauen Him-

mel. Der Aschehaufen dazwischen war fast mannshoch mit Unkraut und vergilbtem Weizen überwachsen. Mitsukoshi blieb ein Aufschrei im Halse stecken.

»Oh – Jesus«, murmelte Vanderveer neben ihm, der ihn schließlich schwer atmend eingeholt hatte. Der alte Mann schlug vor Schreck ein Kreuz.

Mit bleischweren Beinen erhob sich Mitsukoshi und taumelte wie in Trance zu der Ruine hinüber. Nur noch der verwaiste Hühnerstall war stehengeblieben.

»Was …?« Mitsukoshi starrte seinen Meister an. Sein Kopf sperrte sich gegen die Wahrheit. »Was zur Hölle …?«, brach es aus ihm heraus.

»Ach, Junge, ich weiß es nicht!« Das war das erste und letzte Mal, dass der schrullige Holländer ihn ›Junge‹ nannte.

Sie durchkämmten hastig das gesamte Dorf, jeden Hof, jeden Schuppen. Nichts. Die Bewohner waren offensichtlich schon vor vielen Monden verschwunden. Vanderveer hockte sich erschöpft unter eine schattige Eiche, während Mitsukoshi im Laufschritt die gesamte Gegend absuchte. Er rannte von Haus zu Haus. Das kleine Dorfheiligtum und der Friedhof am Waldrand waren ebenfalls von der Natur zurückerobert worden.

»Sie sind alle fort – oder tot«, erstattete Mitsukoshi seinem Meister Bericht.

Der Alte erhob sich mühsam. »Wir wissen nicht, was passiert ist. Hast du irgendwo Leichen entdeckt?«

»Nein, nichts. Die drei einzigen Häuser, die noch stehen, sind völlig leergeräumt.« Mitsukoshi schnippte mit den Fingern. »Meine Großeltern!«

»Was ist mit denen?«

»Vielleicht sind sie alle dort!«

»Ist das weit entfernt?«

»Nein, Ihr bleibt am besten hier, Sensei, und ich laufe schnell hin!«

Vanderveer nickte und hockte sich wieder hin.

Mitsukoshi rannte los, durchquerte den kleinen Wald, umrundete die zugewucherten Reisfelder seines Vaters und wetzte hinüber durchs nächste Tal und den Berg hinauf. Sein Herz schlug wie wild, als er sich dem Berghof näherte.

Auch hier das gleiche Bild: hoch wucherndes Gras, Felder, die seit mindestens einem Jahr nicht mehr abgeerntet worden waren und das geliebte Haus seiner Großeltern mittendrin, mit weit offenstehenden Türen und Fenstern. Der Wind hatte eine Menge Laub und Dreck hineingeweht und in den geräumigen Zimmern verstreut. Der Winter hatte dem Haus mit Schnee und Tauwetter schwer zugesetzt. Boden und Zwischenwände waren verschimmelt oder zerrissen und es war völlig leergeräumt, wie die anderen Häuser im Dorf. Nur ein alter Wasserkessel lag bei der Feuerstelle und in einer Ecke stapelten sich zerrupfte Tatami. Ein Teil des Strohdachs war auf der Rückseite heruntergerutscht. Überall in der Scheune und dem weiten Hinterhof blühte wilde Gerste.

Mitsukoshi plumpste unter dem Vordach auf die verrottenden Dielen. Er fühlte sich hilflos. Keine Spur von seinen Eltern, seinem kleinen Bruder oder seinen Großeltern. Er durchsuchte die Trümmer ein zweites Mal. Nirgendwo waren Spuren von Waffen zu sehen. Auf dem zugewachsenen Boden waren alle Abdrücke der beiden Ochsen und der vielen anderen Tiere seiner Großeltern von Wind und Wetter ausgelöscht. Auch alle Werkzeuge zur Feldarbeit waren verschwunden, die Scheune war bis auf einige stinkende Fuder Heu leer.

Auf dem Weg zurück ins Dorf biss Mitsukoshi die Zähne zusammen. Wenn er eines von seinem Meister in den letzten Jahren gelernt hatte, war es die Erkenntnis, dass Trauer und Freude das Denken behinderten. Als er wieder vor seinem Sensei stand, hatte er bereits mehrere mögliche Erklärungen durchgekaut. »Auch der Hof meiner Großeltern ist verlassen. Wie leergefegt.«

»Keine Leichen?«

»Nein, ich habe nichts dergleichen entdeckt.«

»Dann waren sie vermutlich noch am Leben, als sie fortgezogen sind.«

Mitsukoshi überlegte angestrengt, ob diese Vermutung zutreffen konnte, aber er fand kein Argument, was dagegen sprach. »Es muss vor über einem Jahr geschehen sein. »Das könnte hinkommen«, nickte Sensei Vanderveer. »Was schlägst du jetzt vor?«

Mitsukoshi war von der Frage ein wenig überrumpelt. Noch nie hatte der Sensei ihn um einen Vorschlag dieser Art gebeten. »Wir ziehen weiter wie geplant, vielleicht erfahren wir im nächsten Ort, was geschehen ist«, schlug er vor.

Vanderveer nickte erneut. »Das wäre auch mein Vorschlag. Irgendjemand muss ja wissen, wo deine Familie abgeblieben ist.« Der Alte erhob sich mühsam. »Dieser verdammte Krieg verlangt viel zu viele Opfer, wenn du mich fragst. Selbst in meiner Heimat ist auch nach dem längsten Gemetzel irgendwann mal Schluss. Aber hier …«

Den ganzen Sommer lang durchquerten sie fast die gesamte Provinz, aber sie fanden nicht die kleinste Spur von Mitsukoshis Eltern, seinen Großeltern oder seinem kleinen Bruder.

Die Tür wurde aufgeschoben, ein kahler Kopf schaute herein. »Dich habe ich mir aber ganz anders vorgestellt.«

»Nun, dich habe ich mir gar nicht vorgestellt«, murmelte Mitsukoshi geistesabwesend.

Der Fremde trat ein und blickte sich um. »Hübsch. Hier drin war ich noch nie.«

»Ich vorher auch nicht. Man gewöhnt sich daran.«

»Ich bin Udagawa Sumitero, erster Hofastrologe des Shoguns.« Der Kahlkopf verbeugte sich formvollendet.

»Mitsukoshi Shinji, letzter Schüler des Vanderveer Cornelis.«

»Ich weiß«, lächelte der Kahlkopf geheimnisvoll.

»Woher? Das habe ich bisher noch niemandem hier erzählt.«

»Das steht in der Schriftrolle.«

»Was?«, fragte Mitsukoshi verblüfft.

Udagawa zog die Metallröhre unter seinem Kimono hervor, der über und über mit winzigen Sternen und Monden bestickt war und entrollte das Pergament. »Hier rechts unten.«

Mitsukoshi schaute genau hin. Es stimmte, dort stand in winzigen Lettern: »Diese Schrift gehört Shinji Mitsukoshi, meinem Schüler. Cornelis Maurits Vanderveer.« Das hatte Mitsukoshi bisher noch gar nicht bemerkt. Ein winziger Funken Hoffnung blitzte in ihm auf. »Könnt Ihr auch den Rest lesen?«

»Nein, all diese Zeichen sind mir größtenteils unbekannt, die Sprache erst recht.«

»Das ist Holländisch«, erläuterte Mitsukoshi. »Mein Meister war Holländer.«

» Ein Ausländer?«

Mitsukoshi nickte. »Er war ein Meister vieler Künste; der Mathematik, der Sternkunde, der Alchemie, der Metallurgie. Er hat auf seinen Reisen viele Religionen studiert und …«

»Moment«, unterbrach der Alte, »Sternkunde?«

»Ja, er kannte alle Sterne am Himmel mit Namen und zeigte mir, wie die Sternzeichen in seiner Heimat heißen und was sie bedeuten.«

»Ach, bedeuten sie denn dort etwas anderes als hier bei uns?«

»Davon weiß ich nichts. Ich weiß nur, wie sie im ›Niederen Land‹ heißen. Von dort stammte mein Meister.«

»Nie gehört. Liegt das jenseits von China?«

Mitsukoshi nickte. »Weit, weit weg. Mit dem Schiff viele Monate.«

Udagawa schaute skeptisch. »Und von Metallurgie verstand er auch etwas?«

»Ja, er konnte mit einem Blick sagen, ob ein Schwert ein gutes Schwert war oder ob der Schmied gepfuscht hatte.«

»Kann das nicht jeder Samurai?«

»Ja, aber er war nur ein Mönch, ein Gelehrter.«

»Ein Mönch – ja, warum auch nicht«, grübelte Udagawa. »Ich möchte einen Vorschlag machen.« Er senkte seine Stimme zu einem Flüstern. »Der Shogun legt Wert darauf, dass dies nur seiner großzügigen Gnade zu verdanken ist.«

»Aha. Und nun?«, fragte Mitsukoshi ebenfalls flüsternd.

Udagawa räusperte sich. »Gehen wir doch hinüber in meine Werkstatt, hier haben die Wände Ohren.«

»Ach – wirklich?« Mitsukoshi rollte das Pergament wieder zusammen und steckte die Rolle in die Hülle.

»Pass gut darauf auf«, empfahl Udagawa, während er die Tür öffnete. »Eventuell hängt unser aller Schicksal davon ab.«

»Das hoffe ich doch nicht.«

Sie spazierten an den verblüfft dreinschauenden Wachen zurück in den inneren Burghof, umrundeten die Audienzhalle und erklommen die Stufen zum Tenshu. Der untere Teil des massiven Turms war in die innere Mauer integriert und bestand aus den gleichen, riesigen Flusssteinen. Das massive Tor stand sperrangelweit offen, eine schmale Treppe führte an der Seite in obere Etagen. Die Basis des Turms war vollgestopft mit allerlei seltsamen Gerätschaften und Objekten, von denen Mitsukoshi nicht im Entferntesten ahnte, wozu sie dienten. Nur wenige kamen ihm bekannt vor, wie eine stabile Waage, Fässer und Bottiche, die man sonst für das Brauen von Sake oder zum Reiskochen benutzte. Hier waren sie mit stinkenden Flüssigkeiten gefüllt, die einem den Atem raubten, trat man zu nahe an sie heran.

»Vorsicht ist hier unten angebracht. Vieles ist ungesund, wenn nicht tödlich, oder man bekommt hässliche Pickel davon, wenn man zu lange hineinstarrt.«

Die Reihenfolge fand Mitsukoshi genauso drollig wie diesen Udagawa, der ihn irgendwie ein wenig an seinen Meister erinnerte. Er reichte Udagawa die Schriftrolle, der sie sorgfältig an einer Tafel befestigte und zwei große Kerzen davor entzündete. Die nächste Zeit verbrachte der Alte damit, vor dem Pergament hin- und herzuhuschen, auf die Knie zu gehen oder auf Zehenspitzen sorgfältig die Ränder abzusuchen. Mitsukoshi fand das Schauspiel am Anfang noch unterhaltsam, dann wanderten seine Gedanken ab. Er konnte nicht verhindern sich auszumalen, wie der Shogun und seine Generäle aus Unkenntnis die ganze Stadt ins Verderben stürzten. Dass er hier mit diesem seltsamen Sterndeuter im Turm saß, war nur ein winziger Hoffnungsschimmer.

»Also«, sprach der wunderliche Astrologe schließlich, »ein Teil der Symbole ist chinesischen Ursprungs, etwa die Hälfte ist mir unbekannt, hier und da steckt etwas Japanisches dazwischen. Das hier«, er tippte auf die Zeichnung in der Mitte des Blattes, »sieht aus wie ein Fass. Ein ziemlich flaches Fass mit einem Deckel. Ich habe erst gedacht, es wäre ein Rad, aber dafür ist es zu dick. Es hat einen Durchmesser von vielleicht etwa sechs Fuß und ist knapp drei Fuß hoch.«

»Das ist aber ein seltsames Fass.«

»Darin könnte man noch nicht einmal vernünftig Reis waschen oder Sake ansetzen. Vielleicht haben die Leute auf der anderen Seite der Welt Verwendung dafür. Das hier am Rand, das könnte ein Fassreifen sein. Wenn ich richtig liege, steht dieses Zeichen für Metall.« Er tippte auf ein verschnörkeltes Symbol, das nur aus wenigen Strichen bestand. »Es gibt überall auf dem Papier ähnliche Zeichen, vielleicht bedeuten sie alle etwas Ähnliches, also verschiedene Metalle.«

Mitsukoshi wunderte sich über die raschen Schlussfolgerungen, die der Alte zog. Nun, er war ein Gelehrter wie Meister Vanderveer. Vielleicht gab es ein geheimes Wissen, was die beiden Männer verband.

»Hm«, fuhr Udagawa fort. »Das hier ist eine Auflistung – sieh hier.«

»Diese Winkel, Striche und Kurven bedeuten Zahlen«, erläuterte Mitsukoshi.

Udagawa schlug sich mit der Hand an die Stirn. »Aber sicher, warum habe ich nicht gleich daran gedacht! Los, schauen wir einmal, was du von deinem Meister alles gelernt hast!« Er ging hinüber zu einem vollgestopften Regal, blies den Staub fort und kehrte mit einer Wachstafel und einem Griffel wieder.

Mitsukoshi stöhnte innerlich auf. Das erinnerte ihn doch zu sehr an endlose Einheiten, die er unter seinem Sensei hatte büffeln müssen, wo er doch lieber mit dem Schwert geübt hätte. »Also«, begann er leicht gequält, »diese Zahlen ...« Er begann die Zahlenzeichen von der Tafel zu kopieren und schrieb die entsprechenden japanischen Werte darunter.

Die Augen des alten Mannes wurden immer größer. »Ja – ja! Ich verstehe! Aber was bedeuten diese Zahlen in dieser Liste?«

»Das sind Gewichtsangaben. Dieses Symbol hier bedeutet ›Pfund‹, etwa zwei Hände voll.«

Udagawa runzelte die hohe Stirn. »Hände voll was? Reiherfedern? Reis? Blei?«

Mitsukoshi schnippte mit den Fingern. »Nasser Sand.«

Der Gelehrte stutzte. »Gut, immerhin etwas. Also ist das eine Liste mit vielen Händen voller nassem Sand.«

»Oder ihrem entsprechendem Gewicht.«

»Gut. Nehmen wir mal an, wir liegen damit richtig. Was hat dein Meister denn da aufgelistet?«

Mitsukoshi zeigte auf ein Symbol. »Das habe ich schon mal gesehen. Das ist das Zeichen für Metall.«

»Das hatten wir schon. Was heißt das darunter wohl?«

Das nächste Symbol war verschmiert mit einem fingerbreiten, gelblichen Schnodder. Udagawa bückte sich und presste seine Nase auf das Pergament, zog den Kopf rasch wieder zurück und nieste.

Mitsukoshi wunderte sich nur über den Alten.

»Das ist genial! Dein Meister war ein schlauer Mann!«, prustete Udagawa los, immer noch niesend. »Los, riech mal.«

Zögernd näherte sich Mitsukoshis Nase der Schrift. Er hatte sich in den letzten Wochen an den muffigen Geruch des Papiers schon gewöhnt. Der fingerbreite, gelbliche Streifen über dem unbekannten Symbol biss in seiner Nase. »Ich kenne den Geruch …« Nachdenklich runzelte er die Stirn. »Das riecht wie die heißen Quellen, wo wir einmal Rast gemacht haben. Das war ein langer Weg zu einem Kloster im hohen Norden. Es war furchtbar kalt dort.« Mitsukoshi schüttelte sich bei der Erinnerung an diesen ekelhaften Winter.

Udagawa nickte. »Solche Quellen gibt es auch hier in der Nähe, in den Bergen. Das ist Schwefel.« Udagawa schlug sich erneut mit der Hand gegen die Stirn. Er schob Mitsukoshi beiseite und schnüffelte das ganze Papier ab. »Also, wenn mich mein Geruchssinn nicht täuscht …« Er ging mit schnellen Schritten quer durch den niedrigen Raum zu mehreren kleineren Bottichen und öffnete einen nach dem anderen. Dann hielt er inne und dreht sich langsam zu Mitsukoshi um, der leicht verdattert immer noch vor dem Pergament stand. »Ich weiß jetzt, was da steht«, verkündete der Alte mit tonloser Stimme und ließ die Schultern hängen.

»Und – was ist es?«, fragte Mitsukoshi ungeduldig.

»Feuerwerk.«

»Was? Wieso Feuerwerk?«

Udagawa kehrte zu der Tafel zurück und tippte auf die Liste. »Das sind die Bestandteile, die man braucht, um das brennende schwarze Pulver zu mischen. Damit stellt man Feuerwerk her oder mit größeren Mengen lädt man damit chinesische Kanonen. Damit kennt sich jeder Kanoniermeister aus. Seit vielen hundert Jahren. Ach – und ich hoffte, dein Meister hätte etwas Neues entdeckt.« Udagawa war deutlich enttäuscht.

Die beiden Männer schwiegen für eine Weile.

Der Sterndeuter wollte schon das Pergament von der

Tafel nehmen, als er innehielt. »Nun – hier stehen aber noch andere Dinge in der Liste. Was mag das nur sein?«

Eine Pause entstand.

»Schau hier, die kleine Welle hinter den Zeichen. Könnte das heißen, dass das kein Pulver ist, sondern flüssig?«

Mitsukoshi hob einen Finger. »Äh, wie soll das gehen – flüssiges Feuerwerk? Wasser brennt doch gar nicht, oder?«

»Nein, Wasser nicht, aber ... Los, komm mit!« Neues Leben blitzte in Udagawas Augen auf. Er wühlte in seinen anscheinend unerschöpflichen Regalen herum und lief mit einer Keramikflasche in der Hand nach draußen.

Mitsukoshi folgte dem Astrologen.

Auf den Treppen des Turmes goss Udagawa ein wenig von dem Inhalt der Keramikflasche aus und holte einen massiven Feuerstein aus seinem Ärmel hervor. Mit ein paar Schlägen gegen einen Metallstab fiel ein Funken auf die feuchte Treppe.

Mitsukoshi zuckte zurück, als eine züngelnde, bläuliche Flamme mit einem leisen Knall verpuffte. »Was ...?«

»Der Geist des Sake. Feuer befreit den Geist mit einem Schlag.«

»Ich habe nicht gewusst, dass in Sake ein Geist innewohnt.«

»Nicht nur in Sake«, murmelte Udagawa. Mehrere Wachsoldaten auf Streife stierten zum Turm hinüber. »Gehen wir lieber hinein. Das muss nicht jeder mitbekommen.«

Mitsukoshi stolperte dem Gelehrten hinterher.

Der stand schon wieder vor dem Pergament. »Also, wenn das hier Schwefel sein soll und das hier ...« Der Rest ging in einem fast unhörbaren Murmeln unter.

Mitsukoshi hockte sich auf einen verkokelten Mühlstein.

Udagawa drehte sich zu ihm um. »Was sagtest du, ist ein ›Pfund‹?«

»Etwa zwei Handvoll nasser Sand.«

»Oh.« Udagawa studierte noch einmal die Zahlenliste. »Das sollten wir ausprobieren.«

»Warum?«, wunderte sich Mitsukoshi.

»Wir müssen ganz sicher gehen, du verstehst?«

»Äh, nein«, gab Mitsukoshi offen zu.

Udagawa schaute ihn lange an.

Mitsukoshi kroch ein Kribbeln den Nacken hoch. Das war gespenstig. Genau diesen Blick beherrschte auch Sensei Vanderveer. »Na gut, ich habe sowieso nichts anderes vor«, fügte er sich schließlich.

»Dann los. Siehst du da drüben dieses Fässchen? Hol es her. Wir brauchen noch viele andere Dinge.«

Mitsukoshi schleppte aus einer dunklen Ecke ein etwa kniehohes, anscheinend unbenutztes Fass ins Licht.

Udagawa warf mehrere Handvoll Kerzen in eine Metallschale. »Wir müssen das Fass abdichten«, erläuterte er. Als die Kerzen geschmolzen waren, übergossen die beiden Männer das Fass von allen Seiten sorgfältig mit flüssigem Wachs. »Gut, jetzt schauen wir einmal, welches Geheimnis hinter dieser Liste steckt.«

Die nächste Zeit wuselte Mitsukoshi hinter dem alten Mann her. Der stopfte einen Trichter in das Spundloch des Fasses und kippte munter verschiedene stinkende Pulver und nicht minder ekelhafte Flüssigkeiten in den Trichter.

Mitsukoshi hörte deutlich, wie es in dem Fass blubberte und zischte. Ein atemberaubender Gestank quoll mit grünlichem Nebel aus dem Spundloch. Schnell schleppten sie das Fass zum Eingang. Hier hatten sie zwar jede Menge Zuschauer, aber das Fass stand wenigstens an der frischen Luft. Mitsukoshi fragte gar nicht erst, was der Alte da trieb. Mit der Antwort hätte er vermutlich sowieso nichts anfangen können. Das Blubbern und Zischen in dem Fass nahm deutlich zu, jetzt wo es in der prallen Mittagssonne stand.

Irgendwann hielt Udagawa inne und überlegte. Immer wieder las er die Liste auf dem Pergament und verglich sie mit seinen Notizen. »Nun, ich glaube, wir haben es geschafft.«

»Was haben wir denn geschafft?«, spottete Mitsukoshi. »Außer, dass es stinkt und blubbert? Das ist alles.«

Udagawa musterte den jungen Samurai. »Geduld ist nicht deine große Stärke, oder?«

Peinlich berührt schluckte Mitsukoshi. Udagawa hatte fast wörtlich Meister Vanderveers über die Jahre am häufigsten ausgesprochenen Rüffel wiederholt.

Der Inhalt des Fasses beruhigte sich langsam. Ein Dutzend Wachleute standen nur wenige Schritte entfernt und tuschelten. Zwei Turmwachen kamen die Treppe von den oberen Etagen herunter und verzogen sich schnell bei dem Gestank. Mitsukoshi und Udagawa hatten sich inzwischen Tücher vors Gesicht gebunden, während sie das Fass mühselig wieder in den Turmsockel hineintrugen.

»Und nun?«, fragte Mitsukoshi, während Udagawa einen dicken Korken für das Spundloch bereitlegte.

»Wir müssen es weiter kochen. Der Inhalt muss eindicken. Erst dann können wir es verschließen.«

Also wuchteten sie das Fass kurzerhand auf die Feuerstelle. Udagawa schob vorher noch eine Metallplatte unter, dann warf er frisches Holz nach. Bald prasselte ein munteres Feuerchen.

»Schmilzt das Wachs nicht über dem Feuer?«, gab Mitsukoshi zu bedenken.

»Das ist schon in Ordnung so, du wirst sehen.«

Mitsukoshi musste sich erneut in Geduld üben. Die beiden warfen immer wieder neues Holz ins Feuer. Das Fass zischte und sang leise vor sich hin, das Wachs floss auf die Metallplatte, die bald rot glühte. Dichter Qualm quoll aus der Werkstatt und zog über die gesamte Burg. Die Wachleute beäugten das Geschehen aus sicherer Entfernung. Endlich nahm das Zischen und Pfeifen in dem Fass zu.

»Ich glaube, es ist soweit!« Udagawa kippte einen Kübel Wasser auf das Feuer. Dichter Dampf quoll zischend von der glühenden Metallplatte hoch.

Irgendwie hatte Mitsukoshi den Eindruck, er durchlebte einen schlechten Traum. Mit einem leisen »Pff« fing das Fass Feuer.

Udagawa grummelte. Seine Tonlage wanderte langsam immer höher. »Ich fürchte, das ist gar nicht gut.« Das war das Letzte, was der Alte von sich gab, bevor er losrannte.

Mitsukoshi rannte hinterher. Keuchend standen sie neben den neugierigen Wachen vor der Audienzhalle. Mitsukoshi blickte zurück. Er konnte im Inneren des Turms das Fass grünlich zucken und flackern sehen. »Was ...?« Weiter kam er nicht.

Ein gewaltiger Blitz, ein peitschender Donnerhall zerrissen die Stille. Der hohe Turm zitterte, das massive Portal flog quer über den Platz. Steine in allen Größen spritzten wie ein aufgeschreckter Vogelschwarm in alle Richtungen. Einer der Wachleute wurde getroffen und fiel um. Armbreite Risse rasten blitzschnell das mächtige Mauerwerk hinauf, dann hob das Dach ab, rutschte schlingernd herunter, zerlegte sich polternd in zahlreiche Bretter, die sich wie riesige Pfeile in den Boden rammten. Ein geisterhaftes Rumpeln und ächzendes Knirschen, wie es Mitsukoshi noch nie in seinem Leben vernommen hatte, ließ die Luft erbeben. Unendlich langsam knickte der Festungsturm ein wie ein gefällter Baum. Die angsterstarrten Wachleute liefen in Panik auseinander. Steine prasselten überall auf den oberen Burghof und schlugen tiefe Löcher in die Dachschindeln. Gewaltige Mengen an Staub und Dreck spritzten hoch, als der Turm der Länge nach aufschlug. Eine riesige, grünliche Staubwolke hüllte das Drama gnädig ein.

Mitsukoshi hastete hinter dem erstaunlich beweglichen Udagawa her, der, so schnell es seine alten Knochen zuließen, zum östlichen Tor rannte. Viele der Torwachen knieten auf dem Boden, hielten sich die Ohren zu und erwarteten ihr Ende. Der Hauptmann rannte hin und her und zerrte seine Männer wieder hoch, als er Mitsukoshi erblickte, der gerade versuchte, den Staub aus seinen Lungen zu husten.

»Du!«, brüllte der Mann und ging mit gezogenem Schwert auf Mitsukoshi los.

»Halt!«, ging Udagawa dazwischen und hustete ebenfalls erbärmlich. »Lasst den Mann in Ruhe, sonst jagt er Euch auch noch in die Luft und Ihr fahrt hinab ins Schattenreich, ohne vorher vor König Enma getreten zu sein!«

Der Hauptmann stutzte und hielt inne. Sich mit einem zerlumpten Samurai anzulegen, der über solch unheimliche Fähigkeiten verfügte, schien ihm doch zu risikoreich, also ließ er von seinem Vorhaben ab, wenn auch zögerlich und wachsam.

Die gewaltige Staubwolke verwehte langsam.

Mitsukoshi und Udagawa hielten sich mit ihren Ärmeln Mund und Nase zu, als sie zur Audienzhalle zurückkehrten. Dort stand ein Dutzend Männer der Leibgarde, mehrere Generäle mit gezogenen Waffen und der Shogun höchstpersönlich und starrten auf den riesigen Haufen Schutt, der bis vor einem Moment noch ein hoch aufragenden Burgturm gewesen war.

General Takahashi drehte sich schwerfällig zu Udagawa und Mitsukoshi herum, die sich beide vor dem Shogun in den Staub warfen. »Was ist passiert?«, krächzte er.

Mitsukoshi konnte ihm die Frage nicht beantworten. Sein Gehör pfiff derart lautstark, dass er den General kaum hörte.

Udagawa hob seinen Kopf, zog sein Tuch herunter, schüttelte sich den Staub von der Glatze, hustete noch einmal und sagte mit fester Stimme: »Wir haben das Geheimnis des Pergaments ergründet!«

»Was?«

Der Hofastrologe deutete auf den Berg Steine. »Das ist das Ergebnis!«

»Was?!«, wiederholte der General schon eine Spur fassungsloser und stierte Udagawa an, als hätte er einen Wahnsinnigen vor sich.

Der Shogun trat hinzu.

Mitsukoshi behielt seine Nase vorsichtshalber im Staub. Sein Gehör kehrte allmählich wieder zurück.

Der Shogun trat mit dem Fuß gegen ein Trümmerstück. »General, habt Ihr nicht behauptet, das wäre alles nur – Humbug?«

Der General druckste herum. Frustriert versenkte er sein Schwert wieder in der Scheide. »Nun, das ist es offensichtlich nicht.«

Der Shogun blickte hinüber zu der rauchenden Ruine. »Haben wir in unserem Arsenal eine Kanone mit solch einer Wirkung?«

»Ich ... ich glaube nicht, mein Fürst«, gab General Takahashi zerknirscht zu. Seine Zähne hatte er fest aufeinander gepresst, seine Augen sprühten vor Ärger. Man konnte ihm ansehen, was er am liebsten mit dem Sterndeuter und dem schmuddeligen Samurai angestellt hätte.

Mitsukoshi hob zaghaft seinen Kopf und flüsterte Udagawa zu: »Die Schriftrolle. Was ist wohl mit der Schriftrolle?«

»Mit etwas Glück liegt sie da drüben unter den Steinen, vielleicht ist sie auch verbrannt«, zischte Udagawa zurück. »Herr, wir brauchen Hilfe«, wandte er sich lauter an den Shogun.

Dieser runzelte die hohe Stirn. »Wobei? Wollt Ihr den Rest der Burg auch noch in die Luft jagen?«

»Nein, aber wir müssen nach der Schriftrolle suchen.«

Der Shogun schaute zu dem Steinhaufen hinüber. »Ich verstehe.« Er nickte dem Zeremonienmeister zu, der sich hinter der Leibgarde versteckte.

Der rollte nur mit den Augen.

Der Shogun kehrte in die Audienzhalle zurück, in der bereits eifrige Helfer dabei waren, den Staub und Dreck der zerstörten Dachschindeln zu beseitigen.

Den ganzen Nachmittag lang räumten mehrere abkommandierte Männer aus der unteren Burg unter der Aufsicht des Sterndeuters die schweren Steinbrocken beiseite und trugen Karre für Karre Staub und Dreck davon, den sie auf dem Exerzierplatz aufhäuften. Dort hockte Mitsukoshi und durchwühlte vorsichtshalber mit einem abgebrochenen Brett den Dreck. General Takahashi stand breitbeinig vor der Audienzhalle und ließ das

Geschehen nicht aus dem Auge. Wenngleich Mitsukoshi auch bezweifelte, dass der alte Krieger auf die Entfernung mit seinem einzigen Auge überhaupt etwas sah.

Bis jetzt hatte das Durchwühlen des Schutts noch nicht viel Verwertbares zutage gefördert. Ein paar verbogene Instrumente aus Messing, ein völlig platt gedrückter Trichter aus dünnem Zinnblech, eine halb verbrannte Strohsandale. Die schwitzenden Männer rollten eine neue Ladung heran und kippten die Karre um.

Etwas Blinkendes in dem Haufen zog Mitsukoshis Aufmerksamkeit an sich. Vorsichtig schob er das Brett in den Dreck. Ein metallisches »Klunk« ließ sein Herz schneller schlagen. Ein Griff und er hielt die Metallröhre in den Händen, plattgedrückt und angekokelt. Hastig untersuchte Mitsukoshi den Fund. Die Röhre war leer. Na klar, sie hatten das Pergament ja auf die Tafel gespannt. Mitsukoshi schnippte mit den Fingern. Sie mussten die Tafel finden, vielleicht hing das Schriftstück noch daran.

Tatsächlich war die Suche nach einer Weile erfolgreich. Die Tafel lag zerbrochen hundert Fuß weiter im Unterholz. Das Pergament hing noch mit einer Ecke daran. Udagawa und Mitsukoshi reinigten vorsichtig das zerrissene, teilweise angebrannte Papier.

Udagawa hielt es sich direkt vors Gesicht. »Schade, einige Teile des Textes sind verlorengegangen. Wir müssen improvisieren.«

»Wie – Ihr wollt doch nicht etwa weitermachen?«, fragte Mitsukoshi erstaunt. »Haben wir nicht genug Unheil für einen Tag veranstaltet?«

Udagawa winkte ab.

Mitsukoshi stutzte. Er hätte schwören können, die gleiche Geste bei seinem Meister hundertfach erlebt zu haben.

»Das war doch nur ein kleines Experiment.«

»Was ist ein Experiment?«, fragte er kleinlaut.

»Ein Versuch. Schau hier. Das Fass auf der Zeichnung ist viel, sehr viel größer als das kleine, was wir benutzt haben.«

In diesem Moment stolperten gleich mehrere Kundschafter durch das Osttor. Sie hatten bei der Überfüllung der Stadt ihre Pferde zurücklassen und sich zu Fuß durchschlagen müssen. Sie wurden eilends in die Audienzhalle geführt.

Zu Mitsukoshis Erstaunen wurden er und der Sterndeuter ebenfalls dazuzitiert.

Das Schauspiel vom Morgen wiederholte sich, nur stand diesmal nicht Mitsukoshi im Zentrum des Interesses. Atemlos berichteten die Kundschafter übereinstimmend, dass der Aufmarsch südlich der Stadt wohl abgeschlossen sei. Die Truppen Takayamas formierten sich seit den Morgenstunden und nahmen taktisch wertvolle Positionen ein, während sie kaum auf Widerstand stießen. Mehrere Kundschafter wären bereits gefallen, weil sie kein Rückzugsbefehl erreicht hatte. In wenigen Stunden würde vermutlich der Hauptteil der Takayama-Truppen erst die Brücke über den Uji und dann die über den Kamo überqueren. Damit stünden sie innerhalb kürzester Zeit vor dem Rajomon, dem südlichen Stadttor, welches bereits durch einen dreisten Scheinangriff beschädigt worden war. Aufgrund der vielen neuen Kanonen des Feindes würde das Tor vermutlich nicht lange gehalten werden können. General Fukagawa werde dennoch bis zum letzten Mann ausharren.

Die Generäle verfielen in ein durchdringendes Gemurmel. Der Shogun wartete ab, bis einer seiner Krieger vor ihn trat. »Wir sollten den Fußtruppen Takayamas ein etwa gleich großes Kontingent Verteidiger entgegenstellen, um Fürst Takayama die Möglichkeit eines ehrenvollen Rückzuges zu ermöglichen.«

Der Shogun nickte langsam. »Sehen wir, was geschieht.«

»Das wird nicht gut ausgehen«, murmelte Mitsukoshi dem gedankenverloren nickenden Sterndeuter an seiner Seite zu.

Boten wurden mit Befehlen ausgestattet und stoben davon. Wie Mitsukoshi bereits vermutet hatte, verbarg sich der Großteil der Truppen des Shoguns in den Wäldern auf den umliegenden Bergen.

General Takahashi erhob seine Stimme. »Wir müssen Maßnahmen treffen; die Sicherheit des Kaisers hat höchste Priorität.«

»Ich dachte, der Tenno weilt zur Zeit in Edo«, wisperte Mitsukoshi erschrocken.

Udagawa schüttelte nur langsam den Kopf.

Das veränderte die Situation völlig, ahnte Mitsukoshi. Wenn Takayama die Stadt überrollte, bedeutete das eventuell auch große Gefahr für den Kaiser und den Hof. Das Treffen war schneller vorbei als geahnt. Mitsukoshi kehrte zu dem Schutthaufen zurück und stocherte lustlos darin herum. Die Helfer weigerten sich, weiterzumachen. Der Gestank aus den ausgelaufenen Bottichen biss in den Lungen und machte das Atmen so gut wie unmöglich.

Udagawa stand vor den Überresten seiner Werkstatt. »Wo waren wir? Ach ja, das kleine Fass. Ich glaube, ein großes Fass finden wir in der Küche.«

Die beiden Köche staunten nicht schlecht, als Udagawa ihnen einen ihrer größten Bottiche samt Deckel fortnahm. Vorher ließ er sie noch den Reis herausschöpfen und den Behälter gründlich ausspülen.

Mitsukoshi nutzte die Gelegenheit, um seinen knurrenden Magen zu beruhigen. Mit beiden Händen stopfte er den dampfenden, aromatischen Reis in sich hinein. Es brauchte vier Träger, um den Bottich hoch in die innere Burg zu schleppen.

»Wir brauchen einen Karren, und zwar einen stabilen«, überlegte der Sterndeuter.

Er schickte die vier Helfer fort, um einen Karren und vieles mehr zu besorgen. Der Haushofmeister war nicht begeistert. Vor den Toren der Burg hatte sich die Situation wohl herumgesprochen. Tausende Flüchtlinge, die es nur knapp in die Stadt geschafft hatte, saßen nun in der Falle. Sie kamen nicht mehr hinaus. Die Unruhe der vielen Menschen und das Gebrüll der Tiere schwappten über die hohen Mauern der Burg. Die Wachen an den Toren wurden verdoppelt.

Fernes Bollern riss Mitsukoshi aus seiner Lethargie. »Kanonen! Sie schießen mit den Kanonen! Das bedeutet, sie haben die äußeren Verteidigungslinien bereits überrannt«, stellte Mitsukoshi nüchtern fest.

»Oder sie ballern nur so ein wenig herum, um Panik zu schüren«, murmelte Udagawa und wühlte weiter im Schutt.

»Für einen Gelehrten versteht Ihr ziemlich viel vom Kriegshandwerk«, stellte Mitsukoshi fest. Mehr und mehr wuchs sein Respekt vor diesem Mann, der seinem verstorbenen Meister in manchem ähnelte.

»Ich habe auch einmal den Kriegsrock getragen, unter Ashikaga Yoshizumi. Das ist lange her. Da war Yoshiharu noch nicht der Shogun.« Udagawa hielt für einen Moment inne, dann wühlte er weiter und warf Steine und Gerümpel hinter sich.

Nach einer halben Stunde kam ein Bote gelaufen. Er blutete aus mehreren Wunden und plumpste halb ohnmächtig auf die Schwelle des Audienzraumes. Der Bote wurde hineingetragen und notdürftig versorgt. Udagawa und Mitsukoshi blieben gleich neben dem Eingang sitzen.

»Fürst«, hechelte der Bote vor Schmerzen. »Die Verteidigung hat nicht standgehalten. Nach kurzer Zeit sind sie alle gefallen, alle zweihundert. Die Takayama-Truppen benutzen erschreckende, tödliche Waffen mit Blitz und Donner. Ich habe sie selbst gesehen und bin auch getroffen worden. Der Feind hat sich danach wieder zurückgezogen.«

»Na seht Ihr, das sage ich doch. Nach ein paar Scharmützeln ist alles vorbei«, schnaubte General Takahashi selbstzufrieden.

Mitsukoshi traute seinen Ohren nicht. Er biss sich auf die Zunge, aber es half nicht. »Sie sind tot. Alle tot. Innerhalb von kürzester Zeit. Wie ich gesagt habe«, platzte es aus ihm heraus.

General Takahashi drehte sich zu dem Zwischenrufer um. »Schweig still! Du hast hier nichts zu sagen!«, krächzte er.

Mitsukoshi konnte die aufflackernde Angst in dem hin- und herirrenden Auge des alten Kriegers lesen. Er verbeugte sich tief. »Herr, selbst ein Blinder sollte die Situation jetzt erkennen. Egal, wie viele Männer Ihr aus den Wäldern hervorzaubert und dem Heer Takayamas entgegenwerft, es wird nichts nutzen. Im Nahkampf werden Eure Truppen immer unterlegen sein.«

»Pah!« General Takahashi spuckte verächtlich aus. »Dieser Grünling will uns weismachen, dass unsere Männer nicht standhaft sind.« Er polterte in Richtung Mitsukoshi los. »Das ist ihre Bestimmung, Bursche. Verstehst du das nicht?«

»Dann ist es wohl auch Eure Bestimmung, sie in den Kampf zu führen, nehme ich an«, entgegnete Mitsukoshi ruhig. Sein Herz schlug dabei bis zum Hals.

General Takahashi wandte sich wortlos brummend ab.

Der Shogun ergriff das Wort. »Ich finde auch, dass ich Euch dieser Gelegenheit nicht berauben sollte, dieses Scharmützel in Ehre zu beenden.«

Stille hing bleiern im Raum, alles starrte General Takahashi an. Der fixierte irritiert den Shogun, dann erholte er sich verblüffend schnell aus seiner Starre, verbeugte sich und eilte mit festem Schritt hinaus, gefolgt von zwei anderen Gefolgsleuten.

Der Shogun winkte seinem obersten Sterndeuter und Mitsukoshi zu, näher zu treten. Die Leibwachen legten die Hände an ihre Schwertgriffe. »Ihr beide habt heute reichlich Staub aufgewirbelt. Udagawa, alter Freund. Ich konnte Eurem Urteil immer vertrauen. Was sagen die Sterne denn dazu?«

»Mein Fürst, die Sterne sind verhüllt vom Pulverdampf der Kanonen. Ich sehe nichts Gutes darin. Wenn dieser Mann hier Recht behält und ich ahne, das tut er, dann ist ein neues Zeitalter angebrochen und wir alle müssen uns schnell anpassen, auch wenn es schwer fällt.

Fürst, erlaubt mir einen Gedanken zu Ende zu spinnen. Wenn die Fußtruppen des Feindes im Nahkampf nicht aufzuhalten sind, müssen wir sie aus der Ferne bekämpfen. Wenn uns das nicht gelingt, müssen wir zumindest verhindern, dass sie ihre Kanonen in Position bringen können. Wir müssen sie noch jenseits des Kamo stoppen.«

»Und wie? So schnell können wir keine zusätzlichen Truppen aus den nördlichen Provinzen heranführen.«

Udagawa kraulte das dünne, immer noch staubige Gestrüpp an seinem Kinn. »Nun, wir müssen den Feind von der Vergeblichkeit eines weiteren Angriffs überzeugen. Nein, nicht mit Worten, mit einem handfesten Argument. Mir schwebt da ein unschlagbares Argument vor, dass selbst einen Burgturm niederzwingt.«

Während Mitsukoshi noch überlegte, was diese Worte bedeuten sollten, wanderten die Augenbrauen des Shoguns nach oben. »Was braucht Ihr dafür?«

»Der Haushofmeister war schon so weise und hat auf meinen Wunsch hin Boten ausgeschickt. Sie besorgen das Benötigte. Es kann nur wenige Stunden dauern. Bis dahin muss General Takahashi vor dem Südtor den Gegner in Position halten.«

»Das wird er, das wird er.«

Udagawa verbeugte sich abschließend und ging hinaus, Mitsukoshi stolperte hinterdrein. Es war wie früher. Der Meister hatte eine Idee und sein Schüler versuchte, Schritt zu halten. Draußen wuchteten gerade mehrere Männer das Reisfass auf einen großen, vierrädrigen Karren.

»Meister Udagawa, verratet Ihr mir, was Ihr vorhabt?«

Udagawa blieb abrupt stehen. »Wie – du hast es immer noch nicht erraten?«, lächelte er und kraulte schon wieder sein stoppeliges Kinn. »Die Liste, die ich dem Haushofmeister gegeben habe, enthält alle Zutaten, die wir für das kleine Fass verwendet haben, nur in den Mengen, wie es auf dem Pergament aufgelistet ist. Wir bekämpfen Feuer mit Feuer. Der Weiße Drache wird den Roten bezwingen. So wie die Mongolen vor Hunderten von Jahren versucht haben, die Gestade Nippons zu erobern und gescheitert sind, wird auch Fürst Takayama scheitern. Das große Feuer wird seine Seele verzehren und dem Ganzen ein Ende bereiten.« Udagawa nickte, während

Mitsukoshi immer noch versuchte zu begreifen, was der alte Mann da beabsichtigte zu tun. »Los, lass uns etwas essen gehen. Lange werden auch die Vorräte der Burg nicht mehr reichen.«

Mitsukoshi hörte auf, nachzugrübeln, während er vor der Küche hockte und seine Zähne in ein knuspriges, zartes Hähnchen senkte. Genießerisch leckte er sich danach die Finger ab und freute sich über einen Korb mit süßem Kuchen.

Am späten Nachmittag trudelten die Boten nach und nach wieder ein. Im unteren Hof der Burg stauten sich die Karren mit Fässern, Kisten und Kästen. Udagawa eilte von einem Karren zum nächsten, hob Deckel an und machte sich Notizen auf einer Wachstafel. »Nein, nein!«, schimpfte er laut los. »Was soll ich mit Hefe?«, fuhr er einen eingeschüchterten Bauern an. Die Aufregung ebbte rasch ab, als sich herausstellte, dass die Hefe eine Lieferung für die Küche war. »Die Welt geht unter, aber wir haben nichts Besseres zu tun, als Sake zu brauen«, spottete Udagawa und lachte. »Aber Moment, warte. Vielleicht …«

Mitsukoshi erfuhr nicht, was vielleicht oder was nicht.

Der Alte hetzte weiter. »Na klar!«, dröhnte er. »Je mehr, desto besser.« Er wedelte mit dem Pergament herum. »Los, was steht hier?«

»Irgendwas spi-ri-tui«, entzifferte Mitsukoshi die wenigen lesbaren Buchstaben. »Der Geist von irgendwas.«

»Also, lass uns eine Menge Geist erzeugen.«

Jetzt wurden auch noch die beiden Köche eingespannt, die auf Anweisung ›Geist‹ herstellen sollten. Mitsukoshi hatte inzwischen aufgegeben, verstehen zu wollen, was in Udagawas Kopf vor sich ging. Das kam ihm unglaublich vertraut vor. Er war der festen Überzeugung, dass alle Männer des Wissens offensichtlich stets am Rande des Wahnsinns balancierten. Sensei Vanderveer schien heimlich im Hintergrund die Fäden zu ziehen. Bis in die Abendstunden hinein waren sie damit beschäftigt, das große Fass von innen und außen mit Wachs abzudichten und den Deckel anzupassen. Irgendwann fiel Mitsukoshi fast vor Müdigkeit um. Er konnte kaum noch seine Arme anheben. Er schaffte es noch zurück ins Gästehaus, begleitet von Udagawa, dessen unablässiges Gemurmel ihn in den Schlaf begleitete.

Früh am Morgen riss ihn erneut der Hahn aus dem Schlaf. Das Bett des Sterndeuters war benutzt, aber leer. Die Wachen vor der Tür wussten zu berichten, dass der Alte schon vor einer Weile davongestürmt war. Mitsukoshi wippte noch ein paar Mal auf den quietschenden Dielen und fand den Meister der Sterndeuter im inneren Burghof, wie er um den Karren mit dem Fass herumtanzte und Helfern Anweisungen gab, es zu füllen. Unter mehreren großen Bottichen prasselten muntere Feuer, der giftgrüne, blubbernde Inhalt kam Mitsukoshi bekannt vor. Er hielt sich vorsichtshalber die Nase zu, genauso wie zwei Generäle, die wohl nach dem Rechten sehen sollten.

Von General Takahashi gab es keine Nachricht. Zwei Stunden später war wieder das entfernte Krachen und Rummsen zu vernehmen. Die Kanoniere Takayamas verbreiteten wieder Tod und Zerstörung.

Udagawa schien mit den ›Kochkünsten‹ seiner Helfer zufrieden. »Das Fass ist schon halb voll«, wusste er mit einem Anflug von Stolz zu berichten, was von den Generälen mit einem »Aha« quittiert wurde.

»Oder halb leer, je nachdem, wie man es betrachtet.« Aber das sagte Mitsukoshi nur leise zu sich selbst.

Der Inhalt des Bottichs gurgelte inzwischen zischend vor sich hin. Der Schmied bastelte eine kleine Esse darunter, die mit Holzkohle gefüllt wurde.

Der Haushofmeister entsandte auf Wunsch Udagawas Dutzende Wachen. Unter Führung der Gesellen des Schmiedes sollten sie das kräftigste Ochsengespann auftreiben, das sich zurzeit innerhalb der Stadtmauern befand, was bei den zahllosen Tieren keine leichte Aufgabe war. Es dauerte fast den halben Tag, bis sie in Begleitung der eingeschüchterten Besitzer wieder in der Burg eintrafen. Als der Shogun von der Aktion hörte, ließ er die Flüchtlinge großzügig belohnen. Die beiden Tiere, die schließlich ausgewählt wurden, bekamen genug Futter und Wasser, um sich zum ersten Mal seit Tagen satt zu fressen.

Udagawa war mit der Wahl zufrieden. »Die werden es schon schaffen.« Er verschwand in der Schmiede, wo er Anweisung gab, einfache, lederne Schutzpanzer für die Tiere zu basteln. »Es wäre dumm, wenn sie von den feindlichen Bogenschützen zu rasch niedergestreckt würden.«

Zu rasch?, dachte Mitsukoshi, schwieg aber. Der Alte schien genau zu wissen, was er tat.

Mit jeder Stunde, die verstrich, schien Udagawa nervöser zu werden. »Das dauert alles zu lange. Wenn wir uns nicht beeilen, steht Takayama mitten in der Stadt. Dann ist es zu spät!« Udagawa beriet sich mit den anderen Generälen.

Weitere Boten eilten davon.

»Das Schicksal meint es gut mit uns«, behauptete Udagawa nachdenklich. »Ein Großteil der versteckten Truppen werden ihre Deckung auf dem Berg Arushiyama verlassen, den Katsura-gawa überqueren und sich vor dem westlichen Stadttor postieren, ohne in den Kampf einzugreifen. Takayama wird vermeiden wollen, seine Truppen aufzuteilen, um dieses Heer anzugreifen. Wir werden ihn in eine Falle locken und ihm das Rajomon so attraktiv machen, dass er gar nicht anders kann.«

Die Worte des Sterndeuters wurden immer rätselhafter, stellte Mitsukoshi fest.

Die Sonne wanderte quer über das Firmament. Udagawa überwachte, wie sich das Fass nach und nach mit dem giftgrünen, blubbernd zischenden Inhalt füllte, bis es drohte überzulaufen. Bei offenem Deckel ließ er die atemraubende Suppe ohne Pause durchrühren. Nacheinander sanken die Helfer ohnmächtig nieder. Als die Paddel, mit denen normalerweise Reis umgerührt wurde, in der leuchtend grünen Pampe stehenblieben, verkündete Udagawa zufrieden: »Wir sind soweit! Das muss reichen.«

Schnell wurde der Deckel mit Stroh, Fäden und Werg eingepasst, vorsichtig festgeklopft und mit Seilen verzurrt. Erst als der zischende, grüne Dampf aus dem Spundloch nachließ, hämmerte Udagawa den Korken mit vorsichtigen Hammerschlägen hinein. Vorher ließ er ein kleines Loch in den Korken bohren, aus dem leise pfeifend immer noch Dampf entwich.

Mitsukoshi war inzwischen hundeelend von dem Gestank, am liebsten hätte er sich gleich neben die Helfer gelegt, die immer noch nach Luft rangen und sich übergaben. Ihm war schleierhaft, woher der Alte die Kraft nahm, diesem unirdischen, ekelhaften Gestank zu widerstehen.

Acht Männer schoben den Karren mit dem vollen Fass durch das nun geöffnete Westtor über die Brücke und über den äußeren Wassergraben, wo die beiden Ochsen bereits warteten.

Erinnerung

Mitsukoshi biss seine Zähne aufeinander, so fest es ging. Dreimal war er nachts aus dem Schlafsaal geschlichen, in die Vorratskammer eingedrungen und hatte bei völliger Dunkelheit nach etwas Essbarem gesucht und er war zum dritten Mal dabei erwischt worden. »Ich habe halt Hunger, was soll ich denn dagegen machen? Verratet mir das mal, Meister.«

»Schweig lieber still, Shinji. Dein Geplapper macht alles noch schlimmer. Wir sind hier zu Gast und ehrenwerte Gäste stehlen kein Essen.«

Mitsukoshi stöhnte lautlos. Diese Predigt hatte er fast wörtlich bereits zweimal über sich ergehen lassen. Dieses Kloster war wie ein Gefängnis und Meister Vanderveer spielte freiwillig den Kerkermeister. Das war das größere Rätsel, das kleinere war, wie man mit einer kargen Mahlzeit, einer Schale klarer Suppe am Tag überleben sollte. Das war ja schlimmer als zuhause in einem Hungerwinter. Meister Vanderveer schien nichts dabei zu empfinden, er lebte ja sowieso nur vom Lesen, dem nächtlichen Starren an den sternübersäten Himmel und seiner geliebten Mathematik.

Ein Jahr war es her, dass ihm der Sensei den Namen Mitsukoshi angehängt hatte. Die anderen Schüler hielten ihn deshalb für arrogant und dünkelhaft. Erst letzte Woche hatten sie ihn mit vereinten Kräften ohne Vorwarnung in den eiskalten Bach geschubst. Fünf gegen einen, wie erbärmlich feige. Doch Mitsukoshi hatte geschwiegen und die anderen Jungen mit abgrundtiefer Verachtung gestraft. Innerhalb weniger Tage trugen die beiden ältesten Klosterschüler jeder ein blaues Auge davon. Nach einer peinlichen Befragung der beiden durch den Abt musste Mitsukoshi Rede und Antwort stehen *und stellte sich einfach dumm. Damit kam er bei Sensei Vanderveer aber nicht weit.*

»Du hast nur noch Flausen im Kopf, nichts als Unsinn. Diese sinnlose Gewalt ... Los, verschwinde, geh mir aus den Augen!«

Nun war der Moment gekommen, wo für Mitsukoshi das Fass überlief. Er hielt es nicht länger aus. »Meister, ich danke Euch für alles, was Ihr mir beigebracht habt, aber es wird für mich Zeit, meinen eigenen Pfad zu gehen.« Lange hatte Mitsukoshi an diesem Satz gefeilt. Er war zu der Erkenntnis gekommen, dass er es schnell und schmerzlos machen musste. So mochte es der Sensei am liebsten. »Zackzack!« war in den letzten Monaten zu einem seiner häufigsten Sprüche geworden. Also wollte Mitsukoshi auch zackzack Abschied nehmen.

Der Alte musterte seinen Schüler schweigend.

Der bekam langsam einen roten Kopf.

»Du bist dir ganz sicher dabei?«, fragte der Alte schließlich.

Sie saßen in dem schattigen Hain oberhalb des Klosters mit einem fantastisch weitreichenden Blick über die See. Hier hatte Mitsukoshi viel Zeit verbracht, selbst im Winter, und hatte Schiffe beobachtet, hatte sich dabei vorgestellt, dass dort tief unter den hohen Klippen lauter Piratenschiffe vorbeizogen. Mitsukoshi kannte die Geschichten der raubeinigen, narbengesichtigen Wako, die von ihren Verstecken auf den Inseln aus das Chinesische Meer unsicher machten. Weit weg im Norden war im Nebel die legendäre, sturmumtoste Insel Sado zu erahnen.

»Ja, ich bin sicher.« Das klang zwar alles andere als sicher, musste aber im Moment genügen.

Meister Vanderveer zog eine kleine Schriftrolle aus seinem Ärmel. »Hier, das wirst du vielleicht gebrauchen können. Es ist ein Brief an den Leiter des Kashima Shinto Ryu. Dorthin solltest du deine Schritte lenken. Ich selbst habe dort einige Sommer verbracht und viel gelernt.«

Mitsukoshi nahm die Schriftrolle zögerlich entgegen und schaute skeptisch drein.

»Nein, nicht was du denkst, Shinji. Die Schule ist bekannt für ihre Kampfkünste. Dort kannst du alles über die hohe Kunst des Schwertkampfs lernen. Absolut alles.« Sensei Vanderveer pflückte einen Tannenzapfen von einem niedrig herabhängenden Zweig, warf ihn über seine Schulter in die Luft, machte einen schnellen Schritt zur Seite und zerschlug ihn ohne zu blinzeln mit seinem Stab, noch bevor der Zapfen auf dem Boden aufschlug. Die Splitter regneten das schroffe Kliff in die Tiefe hinab, wo die Wellen wütend gegen die Klippen donnerten.

»Ich verstehe«, murmelte Mitsukoshi verblüfft.

»Das wäre mal was ganz Neues«, spottete der Alte. »Und jetzt geh. Du wirst eine Woche brauchen, bis du dort eintriffst.« Vanderveer drehte sich zum Wasser um und blieb dort stehen, bis die Sonne unterging.

Die Tiere wurden ziemlich unruhig, als sie den beißenden Gestank bemerkten, der sie nun einhüllte. Sie waren nur durch massiven Einsatz von Stock und Peitsche zu bewegen, sich überhaupt in Bewegung zu setzen.

»Wir hätten sie nicht füttern dürfen«, ärgerte sich Udagawa, als die beiden Ochsen selbst auf ein saftiges Grasbüschel nicht reagierten, das ihnen direkt vor die sabbernden Mäuler gehalten wurde.

Die Leibgarde des Shoguns gab sich Mühe, die überfüllten Straßen freizumachen. Die Menschenmenge ergriff aber von allein die Flucht, als sie das rumpelnde, luftverpestende Gefährt erblickten. Zu Mitsukoshis Verwunderung erreichten sie so in kurzer Zeit das südliche Tor. Gerade als sie es passieren wollten, kamen Kundschafter angeritten, um Bericht zu erstatten. Das Heer war wie geplant vom Berg Arushiyama herabgestiegen, hatte den Katsura-gawa überquert und blockierte dort die einzige Brücke und das westliche Stadttor.

Hundert Reiter und zweihundert mit Lanzen notdürftig ausgestattete Ashigaru stießen zu dem seltsamen Tross. Die Pferde witterten den höllischen Gestank und waren kaum zu beruhigen. Sie wurden vorausgeschickt, um eventuellen Widerstand bereits übergesetzter Hilfstruppen Takayamas zu brechen

Die Ochsen zerrten stoisch den Karren durch knöcheltiefen Schlamm mitten durch die fast völlig ausgebrannte, südliche Vorstadt. In dem Ruinenfeld standen nur noch wenige einigermaßen intakte Häuser. Als der Konvoi endlich das letzte Haus erreichte, blickte Mitsukoshi hinüber zum gegenüberliegenden Berg, der durch die vielen Lagerfeuer in Flammen zu stehen schien. Der Anblick war so beängstigend wie atemberaubend.

»Schau genau hin, so etwas wirst du vermutlich in deinem Leben nicht mehr so oft sehen«, orakelte Udagawa, als sie hinter den zerfetzten Wänden einer ehemaligen Herberge in Deckung gingen.

Mitsukoshi schaute betrübt Richtung Südosten, wo Kazumi in dem kleinen Wäldchen ruhte. »Und was nun?«, fragte er flüsternd, als ob der Feind ihn aus dieser Entfernung hören könnte.

Udagawa streckte einen seiner knochigen Zeigefinger

aus. »Wir schaffen den Karren auf die Brücke – als Willkommensgeschenk.« Er gab den Reitern einen Wink.

Der Ochsenkarren setzte sich wieder rumpelnd in Bewegung.

Auf der anderen Seite des Flusses war deutlich Bewegung hinter Büschen und niedrigen Bäumen zu sehen. Die Reiter preschten voran über die breite Brücke und schnappten sich die davonrennenden Kundschafter, bis ein Hagel aus Pfeilen sie stoppte. Sofort kehrten die restlichen Reiter zurück.

»Das dürfte sie ziemlich verwirren. Die Zeit, bis Fürst Takayama davon erfährt und darauf reagiert, sollte reichen«, murmelte Udagawa.

Erneut bewunderte Mitsukoshi das taktische Wissen des Alten. Der Karren rumpelte inzwischen unaufhaltsam in Richtung Brücke. Mitsukoshi sah, dass das Feuer in der kleinen Esse unter dem Fass immer noch brannte. Die beiden Gehilfen des Schmiedes warfen unablässig weitere Holzkohlebrocken in das Feuer. »Darf ich raten – das Fass kocht über und dann …«

Udagawa nickte. »Das habe ich mir so gedacht. Nicht besonders elegant oder ehrenhaft, aber umso wirkungsvoller.«

Mitsukoshi erstarrte. In diesem Moment verschmolzen Meister Vanderveer und dieser Sterndeuter zu einer Person.

Jenseits des Kamo kam Bewegung auf. Eine Menge Fußtruppen rannten über die Ebene, Lanzen im Anschlag.

Udagawa hieb mit der Hand gegen die halbzerfallene Wand. »Zu früh, zu früh, verdammt!«, fluchte er leise. »Sie wollen vermutlich verhindern, dass wir bis zum Uji vordringen und ihnen dort den Weg versperren. Sie ahnen nicht, dass wir das gar nicht vorhaben«, grummelte er.

Der Karren mit dem Giftfass näherte sich leicht schwankend der Kamo-Brücke, die wesentlich breiter und größer war als die über den Uji im Vorland. In dem Moment, als Takayamas Vorhut über die Uji-Brücke polterte, hatte das ›Geschenk‹ die Brücke über den Kamo erreicht. Etwa in der Mitte der Brücke warfen die beiden Gehilfen des Schmiedes ihre Säcke mit der Holzkohle in das Feuer und rannten nach vorn, um die Ochsen auszuspannen, was ihnen nicht sofort gelang. Einer der Samurai ritt beherzt auf die Brücke und kappte mit einem Hieb die Zügel. Mit einem letzten Schlag aufs Hinterteil trabten die Ochsen über die Brücke und wanderten auf der anderen Seite ins Unterholz, als ob sie ahnten, was geschehen würde. Vermutlich waren sie einfach froh, dem unheimlichen Gestank zu entkommen.

Die Gardereiter des Shoguns zogen sich außer Sichtweite hinter die Ruinen zurück.

Die beiden Schmiede kamen keuchend angelaufen und wurden von Udagawa entlassen, was die beiden sich nicht zweimal sagen ließen.

Mitsukoshi ertappte sich dabei, dass er an den Fingernägeln kaute.

Auf dem Karren schlugen die Flammen hoch.

»Zu früh, zu früh«, wiederholte Udagawa, knackte mit den Fingergelenken und hieb mit der knochigen Faust auf den Boden.

Takayamas Fußtruppen hatten angehalten. Weitere Männer folgten nach und nahmen ebenfalls Aufstellung.

»Na endlich.« Jetzt schien Udagawa zufrieden.

Mitsukoshi rätselte, warum. Dann konnte er es erkennen. Aus dem Staub schälte sich die erste Hundertschaft

Reiter und trabte über die Uji-Brücke, gefolgt von Dutzenden Ochsengespannen, die Kanonen schleppten.

»Es geht los. Sie wollen ihre Kanonen in Position bringen, schau!« Udagawa wies auf den Berg, wo sich eine Kanone nach der anderen in Bewegung setzte.

»Fürst Takayama hält sich für einen schlauen Mann«, urteilte neben Udagawa General Takahashi, der inzwischen dazu gestoßen war.

»Das sehe ich auch so«, nickte General Fukagawa.

»Wie lang ist die Brücke?«, fragte Udagawa auf einmal.

»Vielleicht sechzig, siebzig Schritte.«

»Und wie breit?«

»So etwa dreißig, vierzig Fuß«, schätzte General Fukagawa.

Mitsukoshi konnte am Gesicht des Sterndeuters ablesen, wie er vor sich hinrechnete.

»Wir dürfen den richtigen Zeitpunkt nicht verpassen. Was wiegt wohl schwerer? Der Verlust von Samurai oder von Kanonen?«

»Kanonen«, grummelte Takahashi ohne zu zögern.

»Kanonen«, nickte General Fukagawa zustimmend.

Mitsukoshi hörte lieber weg. Solche Gespräche erschienen ihm zwar notwendig, aber irgendwie herzlos.

»Sie kommen!«, rief einer der Samurai der Leibgarde.

Langsam setzten sich Takayamas Fußtruppen in Bewegung, leicht erkennbar an den Sashimono. Die Standarten schaukelten in zahllosen Reihen. Etwa hundert Lanzenträger überquerten rennend die Kamo-Brücke, ohne sich um den rauchenden Karren zu kümmern. Die Menge umflutete das vor sich hin köchelnde Gefährt und bezog nur rund zweihundert Schritte vor der Ruine Stellung, in der Mitsukoshi und die anderen in Deckung verharrten.

»Was jetzt?«, fragte er leise.

»Wir warten.«

Mitsukoshi musterte die Gesichter der beiden erfahrenen Krieger neben sich. So richtig mutig und ehrenhaft sahen sie nicht gerade aus.

»Reiter und Kanonen«, meldete jemand halblaut, der im abgebrannten oberen Stockwerk Posten bezogen hatte. Die Fußtruppen wichen zur Seite aus, als die ersten Reiter den stinkenden Karren umrundet hatten und die Kanonen heranrumpelten.

»Die werden sich wundern, dass hier keiner auf sie wartet«, flüsterte General Takahashi.

»General, sie *werden* sich noch wundern. Außerdem – wir sind doch ein würdiges Empfangskomitee, oder?« Udagawa lächelte und entblößte ein paar gelbliche Zahnreihen, so schütter wie sein Haar. Er verbeugte sich vor Mitsukoshi. »Mein junger Freund, es war mir eine Ehre. Ich verlasse dich nun, wünsch uns Glück.«

Mitsukoshi erstarrte mit offenem Mund. Damit hatte er nun gar nicht gerechnet.

Udagawa schlüpfte auf der Rückseite des Gebäudes durch die eingefallene Wand und verschwand.

Vorsichtig stach Mitsukoshi zwei Löcher durch die mit Washi bespannten Reste eines Shoji und linste hinaus. Ganz weit links in seinem Blickfeld konnte er für einen Augenblick die gebückte Gestalt des Sterndeuters erblicken, wie sie sich zwischen Büschen und Bäumen zum Fluss durchschlängelte und hinter der Böschung verschwand. Da die Reiter auf der abgewandten Seite über die Brücke trabten, um dem Karren auszuweichen, konnten sie den Alten vermutlich nicht sehen. Den etwa drei Dutzend Reitern folgte ein langer Tross Kanonen. Mitsukoshi blinzelte krampfhaft, um in dem aufsteigenden

Staub noch etwas zu erkennen. »Da – er hat die Brücke erreicht«, meldete er den anderen.

Im Dunst war zu erkennen, wie der Sterndeuter sich mit erstaunlicher Geschicklichkeit unter der Brücke von einer Kreuzstrebe zur nächsten hangelte, bis er unterhalb des Karrens angekommen war. Ohne zu zögern zog er sich die Brücke hinauf, stieg eilig auf den Karren und wurde im gleichen Moment hinterrücks von mehreren Pfeilen durchbohrt.

Mitsukoshi wollte seinen Blick abwenden, aber er konnte nicht. Sein Puls raste wie seine Gedanken. Als er ebenfalls losrennen wollte, sah er noch, wie der Alte den Korken aus dem Fass riss und mit letzter Kraft eine Handvoll brennende Holzkohle hineinstopfte, seine Kimonoärmel brannten lichterloh. Dann fiel er rücklings mit ausgestreckten Armen vom Karren herunter.

Den beiden altgedienten Kriegern neben Mitsukoshi entrang sich ein gemeinsames Stöhnen.

Dann setzte die Zeit aus und der Weltenkreis stand still.

Die Zeit des Drachens war gekommen.

Das Biest atmete tief ein. Mitsukoshi schmeckte deutlich Blut, als er sich auf die Zunge biss. Er spürte nur noch, wie der feurige Atem des Drachens ihn von den Beinen hob und quer durch die Ruine warf. Sehen konnte er es nicht mehr, denn ein gleißender Blitz stürzte ihn in abrupte Dunkelheit. Halb blind und taub rappelte er sich wieder hoch und kroch zum Fenster zurück.

Dort, wo der Karren gestanden hatte, war nichts mehr. Die Brücke war bis auf ein paar verstümmelte Stützbalken verschwunden. Eine gigantische Säule aus wirbelndem Feuer, Wasser, Dampf und Rauch stieg senkrecht und mit Macht in den blauen Himmel, riss Kanonen,

Tiere und Reiter mit sich. Mitsukoshi hätte schwören können, dass er in der monströsen, immer weiter aufstrebenden Wolke das hämisch grinsende Antlitz eines Oni aufblitzen sah. Ein höllischer Feuersturm walzte über die Ruinen der Vorstadt und riss die Überreste auseinander. General Takahashi wurde wie die umliegenden Dächer einem Herbstblatt gleich taumelnd davon geweht. Sein kurzer Flug endete auf einem geborstenen Dachbalken, der ihm von hinten durch die Brust fuhr. Sein Schwert bohrte sich unter ihm in den Boden. Gleich darauf schlugen krachend überall am Ufer die ersten Kanonen ein und trafen viele der Reiter, die die Explosion umgefegt hatte. Dann regnete es Körperteile von Mensch und Tier auf beiden Uferseiten vom Himmel, gefolgt von Unmengen brennenden Holzes. Die Ruinen brannten lichterloh, der träge dahinfließende Kamo färbte sich braunrot. General Fukagawa schlug immer noch hysterisch mit seinem Schwert um sich. Blut spritzte ihm aus Augen und Nase.

Mitsukoshi taumelte aus den Überresten der Herberge. Wie nach einer monströsen Schlacht lagen überall leblose Körper in großer Zahl, von Takayamas Fußvolk hatte so gut wie niemand überlebt. Mitsukoshi stolperte mehrfach über Leichen. Sein Gesicht brannte wie Feuer, seine Haare und sein Haori kokelten dampfend. Über der Szene hing ein furchtbarer Gestank von verbranntem Fleisch und der grünen Giftbrühe.

Fort, nur fort von hier.

Das war Mitsukoshis einziger Gedanke.

Die Macht der Götter herauszufordern war gar keine gute Idee, davon war er nun überzeugt. Solche Macht war ein Vorrecht der Götter, nicht der Menschen.

Mitsukoshi hörte, wie sich Reiter näherten. Er warf

sich mit letzter Kraft in eine Ruine, die nicht brannte. Das waren vermutlich Männer General Fukagawas. Sie würden die letzten Überlebenden des Feindes von ihrem Leid erlösen. Mitsukoshi wollte vermeiden, versehentlich für einen Takayama-Mann gehalten zu werden, er trug ja weder Banner noch Farben.

Er wusste nicht, wie viel Zeit vergangen war, als er wieder erwachte. Sein Schädel dröhnte und sein Gesicht schmerzte höllisch, wenn er es vorsichtig berührte. Die Dämmerung hatte eingesetzt. Ein Teil der Ruinen um ihn herum brannte immer noch. Mit schwankendem Schritt machte sich Mitsukoshi auf den Weg zurück zum Rajomon.

Er hatte Glück, dass ihn die Torwache nicht vorsichtshalber mit Pfeilen durchlöcherte, als er endlich schlurfend und schwankend dort eintraf. Jeder Knochen, jeder Muskel, jede Sehne schien von einem riesigen Wildschwein gründlich durchgekaut und wieder ausgespuckt worden zu sein. Erschöpft hockte er sich im Torbogen hin und wartete. Es dauerte nicht lange, dann traten zwei Wachen zu ihm. Einer stieß ihn mit seinem Lanzengriff an.

»Hey, lebst du noch?«

»So gerade noch«, gab Mitsukoshi offen zu. »Habt ihr General Fukagawa retten können?«

»Was?«

»Ich will wissen, ob ihr General Fukagawa retten konntet. General Takahashi ist tot.«

Die Wachen stutzten, einer rannte davon und kehrte mit einem Hauptmann zurück. »Da sitzt er. Er trägt keine Farben.«

»Den kenne ich, der ist am Nachmittag hier durchgekommen. Los Männer, tragt ihn hinein!«

Gestützt von den beiden Wachen schlurfte Mitsukoshi erleichtert durch das Tor.

»Was ist passiert?«, erkundigte sich der Hauptmann.

»Da war diese, diese ... als ob der Himmel einstürzt. Meinen Männern schlottern jetzt noch alle Glieder.«

Mitsukoshi nickte langsam, wie im Traum. »Der Himmel ist eingestürzt, Hauptmann, ich war dabei.«

Die Männer schleppten ihn in die Wachstube und reichten ihm eine Schale Wasser, die Mitsukoshi hinunterstürzte, wenn auch unter Schmerzen. Der Hauptmann kam mit einer Kerze und leuchtete Mitsukoshi ins Gesicht.

»Ihr seid ziemlich verbrannt, Mann! Ihr solltet schnell einen Heiler aufsuchen!«

»Was ist geschehen? Ich meine, nachdem der Himmel einstürzte? Was ist mit dem Feind?«

Der Hauptmann winkte ab. »Die haben sich bisher nicht blicken lassen, ihnen wird wohl die Lust vergangen sein.«

»Ich muss dem Shogun Bericht erstatten.«

Der Hauptmann lief hinaus. Er kehrte mit zwei Wachen zurück, die Mitsukoshi hochhoben und zu einem leichten, zweirädrigen Karren trugen. Vorsichtig wurde er auf der Ladefläche abgelegt und der Karren so schnell es ging durch die Massen bugsiert.

Mitsukoshi blickte immer noch halb taub in den tiefblauen Himmel, in dem einige Sterne blinkten. Ob die Ahnen wohl diesen blutigen Befreiungsschlag guthießen? Vielleicht wurde heute Nachmittag dadurch Schlimmeres verhindert. Er hoffte es.

Mit jeder Bodenunebenheit schlug Mitsukoshis Hinterkopf auf die harten Bretter auf. Nach kurzer Zeit wurde er ohnmächtig.

Er erwachte auf dem bequemen Futon im Gästehaus des Shoguns. Das Nachtlager des Sterndeuters war verschwunden. Unsichtbare dienstbare Geister sorgten für ein Quäntchen Normalität in diesen Zeiten. Mitsukoshis Kopf war mit einer Binde umwickelt. Darunter juckte es gewaltig, aber er traute sich nicht, den Verband zu lösen. Er vernahm den unverkennbaren, leicht beißenden Duft einer Heilsalbe. »Die Nase funktioniert also wieder, immerhin«, grummelte er. Jemand hatte sich viel Mühe gegeben, sein ganzer Körper war eingewickelt. Außerdem hatte ihn jemand in eine neue, bequeme Kosode gesteckt. Neben dem Futon lagen ordentlich gefaltet ein Yukata und ein schlichter, grauer Kamishimo mit dem aufgedruckten Mon des Ashikaga-Klans. Auch einen grauen Hakama mit den vorgeschriebenen sieben Falten und einen eleganten Nishijin-Obi fand er. Und sogar ein Paar neue, edle Zori aus Schlangenhaut waren bereitgelegt. So wertvolle Kleidung hatte Mitsukoshi noch nie besessen. Die breiten Schultern des Kamishimo waren etwas ungewohnt, aber bequem.

Als er vor die Tür schwankte, scheuchte das Quietschen der Bretter die Wachen auf. Die Männer geleiteten ihn zum Osttor der inneren Burg, die Wachen dort führten ihn ohne Verzug direkt in die Audienzhalle. Zu Mitsukoshis Verwunderung wartete dort der Zeremonienmeister, eingenickt an einer Säule lehnend und dezent schnarchend. Mitsukoshi nahm vorsichtig Platz und wartete. Nichts geschah. Die Sonne ging bald auf. Er räusperte sich und der Schläfer erwachte.

Erschrocken rappelte sich der Mann hoch und lief davon.

»Euch auch einen guten Morgen«, murmelte Mitsukoshi und betastete vorsichtig seinen schmerzenden Kiefer.

Mehrere Leibwachen stürmten polternd herein und

nahmen ihre Plätze ein, einige der Männer gähnten verstohlen.

Der Shogun kam mit eiligem Schritt hereingeweht und ließ sich auf der Empore nieder. Er streckte sich ebenfalls.

Mitsukoshi versuchte sich trotz der Schmerzen zu verbeugen.

»Was ist geschehen?«

Diese knappe Frage verlangte eine ausführliche Antwort. Mitsukoshi räusperte sich, sein Hals brannte fürchterlich. Vor lauter Husten brachte er kaum einen verständlichen Satz heraus.

Der Shogun winkte ungeduldig einem Lakaien zu. Der verschwand und kehrte mit einem Krug Wasser wieder.

Vorsichtig benetzte Mitsukoshi seine Lippen, bevor er einen Schluck nahm. Es half nicht viel.

Der Shogun horchte angestrengt, aber er verstand immer noch nichts, also winkte er ungeduldig Mitsukoshi zu, näher zu kommen. Diesmal reagierten die Leibwachen nicht, als der direkt vor ihnen Platz nahm.

Halb flüsternd berichtete Mitsukoshi von den haarsträubenden Ereignissen, wie es ihnen gelungen war, dem Dämon Tod eine reiche Ernte zuzuspielen und wie unzählige tapfere Männer den Weg ins Gokuraku angetreten waren.

Der Shogun schwieg.

Lange.

Mitsukoshi fürchtete bereits, der Fürst wäre eingeschlafen, aber Ashikaga musterte Mitsukoshi nachdenklich.

»Ihr seid ein außergewöhnlicher junger Mann. Fürst Takayama hält übrigens die Stellung, aber er hat einen

Unterhändler geschickt. Das ›Feuerwerk‹ hat ihn wohl beeindruckt.«

»Wie geht es General Fukagawa?«, erkundigte sich Mitsukoshi.

Der Shogun schüttelte nur den Kopf. »Er hat sich heute Nacht zu seinen Ahnen gesellt. Freiwillig.«

»Das tut mir leid.«

»Das sollte es nicht. Es war ihm vorbestimmt. Ihr wart der richtige Mann zur richtigen Zeit am richtigen Ort. Da ist kein Platz für Mitleid. Wie fühlt Ihr Euch?«

»Mein Kopf ist noch an seinem Platz, immerhin.«

»Ich wünsche, dass Ihr als mein Unterhändler mit Fürst Takayama sprecht.«

Mitsukoshi zögerte. Das kam jetzt unerwartet. »Fürst, ich bin nicht sicher, ob ich schon in der Lage bin, Fürst Takayama gegenüberzutreten.«

»Ach, das wird schon gehen. Ich habe das Gefühl, ich kann mich voll und ganz auf Euch verlassen.«

Der Zeremonienmeister trat hinzu und stellte einen Kasten neben Mitsukoshi hin.

Ohne mit der Wimper zu zucken, bemerkte der Shogun: »Eigentlich verdient Ihr einen Ehrentitel wie Ittosai – der nur einen Streich benötigt. Als Zeichen dafür empfangt aus meiner Hand dieses Katana. Es stammt aus Sakai, aus der Schmiede Meister Masamunes. Es ist seit vielen Jahren im Besitz unseres Klans.«

Mitsukoshi öffnete den mit rotem Samt ausgeschlagenen Kasten aus poliertem Nussbaum. Darin lag ein Daisho mit einer schwarzen, polierten Scheide und einem prächtigen Tsukamaki, geflochten aus weißer Schlangenhaut. Das passende Hamidashi und dessen Scheide trugen die gleichen Farben. Mitsukoshi wog das Schwert in der Hand und zog die Klinge aus der Scheide. Ein kurzer

Blick genügte. »Ein Soshu Kitae? Das ist zu viel der Ehre.«

»Nein, ist es nicht. Wenn Ihr gewillt seid, in dieser wichtigen Sache meine Farben zu tragen.«

Mitsukoshi räusperte sich. »Es ist mir eine Ehre.«

Der Shogun nickte zufrieden. »Wenn der Heiler Euch untersucht hat, könnt Ihr gleich aufbrechen.«

»Allein?«

»Nein, natürlich nicht.« Der Shogun lächelte. »Ihr werdet von meiner Garde und meinen Heerführern begleitet.«

Mitsukoshi legte das Schwert wieder in den Kasten und verbeugte sich. Er wartete, bis sich der Shogun und seine Leibwachen entfernt hatten. Ein Diener trug ihm den Kasten hinterher.

Etwa ein Dutzend Arbeiter waren unter Bewachung inzwischen damit beschäftigt, die Überreste des Tenshu abzutragen.

Im Gästehaus warteten bereits ein Heiler und mehrere Diener, um ihn zu entkleiden und zu untersuchen. Der Arzt war einigermaßen mit Mitsukoshis Zustand zufrieden. Die Diener steckten ihn in einen edlen Seidenkimono, einem Unterhändler des Shoguns angemessen und bändigten mit viel Öl und einem feinem Kamm seine Haare zu einem hochgebundenen Zopf. Mitsukoshi fügte sich schweigend. Diese ›Verkleidungen‹ kannte er schon. Das war einer der unausweichlichen Begleiterscheinungen von höfischer Politik, mit denen man sich abfinden musste. Wenn man es genau betrachtete – selbst der Shogun unterwarf sich bis zu einem gewissen Grad diesem Diktat. Und wenn schon der General aller Generäle sich daran hielt ...

Die verbliebenen vier Generäle des Shoguns warteten geduldig vor dem Gästehaus, bis Mitsukoshi bereit war.

Eine Eskorte aus zwei Dutzend Samurai der Leibgarde führte die Gruppe zum Westtor und schlug eine Schneise durch die überfüllten Straßen. Vor dem Tor standen dicht an dicht die Truppen des Shoguns und langweilten sich. Lautstarkes Gemurmel begleitete die Gruppe beim Durchschreiten der Menge, bis sie schließlich vor einer Reihe angepflockter Pferde standen.

Mitsukoshi akzeptierte den ihm zugewiesenen Gaul ohne Vorbehalt. Das Tier war gutmütig und der schmale Sattel bequem.

Im Galopp ging es unter den begeisterten Hochrufen der Truppe über die schwer bewachte Brücke über den Katsura-gawa. Hinter der Brücke schwenkte die Gruppe südwärts, bis sie nach Überqueren einer schmalen Furt auf die ersten Lagerfeuer des Feindes stießen. Dort wurden sie ohne Behinderung durchgelassen und galoppierten den Hügel hinauf, bis sie vor Takayamas Feldlager standen. Innerhalb des hellvioletten Maku, der leicht im Wind wallte, wartete der Fürst bereits mit seinen Beratern sitzend vor seinem Zelt. Fünf weitere Plätze in der Runde waren vorbereitet.

Mitsukoshi betrat mit den vier Generälen den Kreis. Er hatte schon damit gerechnet, dass ein weiterer Gast dem Treffen beiwohnen würde, düster, schwarz und still.

Der Fremde kraulte seinen hässlichen Bart und lauschte dem Übersetzer, der sich hinter ihm duckte.

Bevor er Platz nahm und sein Schwert links von sich ablegte, flüsterte Mitsukoshi den anderen zu: »Achtet auf diesen blassen Fremden mit der riesigen Nase. Ein Kirogo, ein Kulissenschieber, ein wahrhaftiger Meister der Heimlichkeiten und der Intrige, eher eine menschliche, falsche Schlange. Er hat Takayama mit den neuen Waffen versorgt.«

Geduldig wartete Mitsukoshi die Teezeremonie ab, die dem Gespräch unweigerlich vorausging. Die ganze Zeit ließ er den Fremden nicht aus den Augen, der unverwandt und finster zurückstarrte.

Takayama sah noch schlechter aus, als ihn Mitsukoshi in Erinnerung hatte. Die glasigen Augen steckten tief in ihren Höhlen, seine fahle Haut war gelblich verfärbt und sein Bart wirkte zerzaust und verfilzt. Während der Teezeremonie kleckerte er unablässig auf seinen Kimono, der mit Flecken übersät war. »Dich kenne ich doch!«, brummelte er auf einmal lautstark. »Du bist doch dieser Bursche, der das Geheimnis seines Meisters ergründen wollte!«

Mitsukoshi zögerte. Er wusste nicht genau, ob die Etikette es ihm erlaubte, direkt dem Fürsten zu antworten. Genau genommen hatte Takayama ja gar keine Frage gestellt. Außerdem war er mit dem Ritual von Frage und Antwort in so einer Situation nicht so vertraut, wie sein Auftraggeber es vielleicht vermutete. Also beließ Mitsukoshi es bei einer angedeuteten Verbeugung. Zu seiner Verblüffung mischte sich der Fremde ein.

»Was hat dir der dreckige Holländer denn nun vermacht?«, tönte der Übersetzer etwas zu stark gekünstelt.

»Das habt Ihr gestern aus erster Hand bewundern dürfen.« Das klang einigermaßen selbstbewusst, wenn auch ein wenig patzig.

Die Augen des Fürsten weiteten sich. »Was? Ihr wart das?«

Mitsukoshi bemerkte den Wechsel in der Anrede wohl. »Ich war so frei, den unehrenhaften Vorteil Eurer Truppen auf dem Feld ein wenig zu beschneiden.«

Die Antwort des Fremden war ein Zischen. Er war wirklich ganz offensichtlich eine Schlange.

»Außerdem habt Ihr nur einen Bruchteil dessen gesehen, was mir mein Meister hinterlassen hat.«

»Das beeindruckt mich nicht. Da unten wartet eines der größten Heere, das je versammelt wurde, nur auf meinen Befehl und die Stadt fällt.«

»Erst mal müsst Ihr über den Fluss gelangen und wie man gestern sehen konnte, ist das ein vergebliches Bemühen. Ihr könnt noch so viele Brücken bauen, Euch werden die Männer schneller ausgehen, als Euch lieb sein wird. Auf allen anderen Seiten der Stadt warten die Truppen des Shoguns nur darauf, Euer Heer zwischen sich zu zerreiben.«

»Ich habe immer noch mehr Männer als der Shogun.«

Mitsukoshi wartete ein paar Atemzüge mit dem nächsten Satz. »Vielleicht hilft es Euch, die Sinnlosigkeit dieses Unternehmens zu erkennen, wenn wir Euer mühsam zusammengewürfeltes Heer übergehen und stattdessen, sagen wir, diesen Hügel vollständig einebnen. Natürlich ohne Vorankündigung. Wie wir das machen, habt ihr ja gestern beobachten können. Und das war nur eine kleine Vorführung der Macht, die wir inzwischen beherrschen. Wir wissen, wie man den Drachen von der Kette lässt. Ihr nicht.«

Takayama öffnete den Mund, sagte aber nichts. Es hatte ihm glatt die Sprache verschlagen.

Mitsukoshi fuhr ungerührt fort: »Ich frage mich, warum Euch wohl Euer neuer Freund aus fernen Landen nicht vor der Macht des Drachens gewarnt hat? Denn er weiß bestimmt davon, dass die Zeit der Heere nun vorbei ist. Aber – darf ich raten – er hat als Gegenleistung für sein Geschenk Eure Seele eingefordert. Jetzt müsst Ihr jeden Moment damit rechnen, dass Euer Ende naht, egal wo auch immer Ihr Euch verkriecht.«

Die Generäle um Mitsukoshi blickten sich erstaunt an. Damit hatten sie nicht gerechnet.

Mitsukoshi überlegte fieberhaft, ob er den Bogen überspannt hatte. Er räusperte sich ein letztes Mal, bevor er laut und deutlich sagte: »Fürst, es ist vorbei. Jedes weitere Wort ist überflüssig. Kehrt einfach schnell zurück zu Eurem Sohn auf Eure Burg oder wir lassen den Drachen frei und er wird Euch den Kopf abbeißen.« Nach kurzer Pause nahm Mitsukoshi sein Schwert und legte es rechts von sich ab. Ein deutlicheres Zeichen gab es im Rahmen der Etikette wohl kaum, vermutete er. Jedenfalls hatte Meister Vanderveer ihm dies einmal versucht, beizubringen. Auch wenn alle Anwesenden bewaffnet waren, in dieser Runde hatte Mitsukoshi nichts mehr zu befürchten. Niemand würde es nach diesen Worten jetzt noch wagen, ihm ein Haar zu krümmen. Mit aller Kraft, die seinen geschundenen Gliedern noch innewohnte, unterdrückte Mitsukoshi beim Heben der Teetasse an die Lippen ein Zittern.

Währenddessen begann zwischen Fürst Takayama und dem Übersetzer des Fremden ein wildes Getuschel, bis der Fremde aufsprang, sich in seinen Umhang hüllte und davonstob; sein Übersetzer stolperte hinterdrein. Niemand machte Anstalten, die finstere Gestalt aufzuhalten, niemand beachtete ihn.

Fürst Takayama erhob sich, so auch Mitsukoshi und seine Begleiter. »Diese Zusammenkunft war sehr aufschlussreich. Teilt dem Shogun mit, er wird in Kürze mit meiner Entscheidung rechnen können.« Damit zog sich Fürst Takayama mit dem letzten Quäntchen Würde in sein Zelt zurück.

Den Weg zurück in die Stadt legte Mitsukoshi mit gesträubten Nackenhaaren und pochendem Herzen zurück. Er strengte sich an, Ruhe zu bewahren und Gelassenheit zu zeigen. Nur widerwillig bildeten die vielen Soldaten Takayamas eine Gasse. Das Gefühl, von tausenden, angriffslustigen Feinden umringt zu sein, die nur mit größter Selbstbeherrschung an sich hielten, war unbeschreiblich. Die Garde behielt die ganze Zeit die Hände auf den Schwertgriffen.

Nach einer Weile hatte die Gruppe das äußerste Lagerfeuer hinter sich gelassen und das mit trockenen Sätteln. Mitsukoshi atmete laut aus, als die zweite Brücke in Sicht kam. Auf der anderen Seite wurden sie schon erwartet. Hier wiederholte sich das Spiel, nur waren die Gesichter der Soldaten eher neugierig als feindlich. Im Stillen wunderte sich Mitsukoshi über die Begeisterung der zahllosen Bauern. Eigentlich konnte es ihnen doch so gut wie egal sein, wer sie dazu zwang, eine Waffe in die Hand zu nehmen. Unterm Strich würden sie die Rechnung bezahlen müssen; im ungünstigsten Falle mit ihrem Leben.

Vor dem Westtor stieg die Gruppe wieder von ihren Pferden und lief die kurze Strecke bis zur Burg. Der Schuttberg des Tenshu war schon fast abgetragen. Die Audienzhalle war kühl. Zwei Lakaien wedelten mit riesigen Fächern Luft hinein. Die Sonne malte durch die Löcher im Dach große, glühende Flecken auf die polierten Dielen.

Es dauerte eine Weile, bis der Shogun mit seinen Generälen und Beratern erschien. Mitsukoshi rätselte, welche anderen, höchst wichtigen Staatsgeschäfte es geben musste, die den Shogun davon abhielten, sich sofort nach dem Ergebnis der Verhandlungen zu erkundigen. Vielleicht interessierte es ihn auch nicht besonders oder er wusste es schon, oder – und daran knüpfte Mitsukoshi seine Hoffnungen – der Fürst war sich sicher, dass sie vorteilhaft ausgegangen waren. Das zeugte von großem

Vertrauen in seine Männer oder großem Leichtsinn, was eher unwahrscheinlich war, denn Leichtsinn bedeutete in Konsequenz den sicheren Tod.

Der Rangfolge nach erstattete einer der Generäle nach dem anderen, was geschehen war.

Nachdem er seine Ansprache an Takayama zum fünften Mal angehört hatte, war die Reihe an Mitsukoshi. »Fürst, ich habe dem nichts hinzuzufügen. Ich weiß, dass so eine Erpressung nichts Ehrenhaftes an sich hat, aber es schien mir die einzige Möglichkeit, schnell zu einem Abschluss zu gelangen.«

»Das ist Euch wohl gelungen. Meine Kundschafter haben mir gerade berichtet, dass Takayama begonnen hat, seine Zelte abzubrechen.«

Die Generäle, die Mitsukoshi begleitet hatten, nickten sich aufmunternd zu. Alle anderen murmelten zustimmend.

Nur Mitsukoshi schwieg.

Der Shogun musterte den stillen jungen Mann lange. »Ihr habt Eurem Shogun einen großen Dienst erwiesen. Was schlagt Ihr vor – wie sollen wir unsere neue Waffe am besten einsetzen?«

Mitsukoshi ließ seinen Blick von einem General zum anderen wandern. In ihren Augen funkelte schwarzes Feuer. Es ging alles viel zu schnell. Wenn Takayama aufgegeben hatte, würde es nicht lange dauern und der nächste Größenwahnsinnige würde versuchen, Kyoto oder gleich das ganze Land zu erobern. Mitsukoshi verbeugte sich tief. »Gar nicht.«

Das Gemurmel erstarb abrupt.

»Wie kommt Ihr denn darauf?« Der Tonfall des Shoguns war eisig.

»Nun, Meister Udagawa war derjenige, der das Rätsel

des Pergaments gelöst hatte. Ich habe ihm nur dabei geholfen. Ich könnte nicht sagen, was Udagawa da im Einzelnen zusammengerührt hat, obwohl wir das Ergebnis kennen.«

Der Zeremonienmeister entrollte das Schriftstück und übergab es Mitsukoshi, der seinen Blick darüberwandern ließ. Die vielen Schriftzeichen, Zahlenkolonnen und winzigen Skizzen verschwammen vor seinen Augen. Ein Glucksen entrang sich seiner Brust. »Feuerwerk, mein Fürst. Feuerwerk! Ihr müsst lediglich dafür sorgen, dass die gestrigen Geschehnisse sich fest in die Erinnerung der Menschen einprägen und Ihr werdet diese furchtbare Waffe nie mehr benötigen. Veranstaltet einfach jedes Jahr an diesem Tag ein großes Feuerwerk und stiftet einen Tempel, dann werden die Menschen sich immer daran erinnern.« Mitsukoshi knüllte das Papier zusammen und warf es in eine der Feuerschalen neben sich, noch bevor ihn jemand daran hindern konnte.

Knisternd verpuffte das Pergament in einer grünen Rauchwolke. Ein ätzender Gestank breitete sich im Raum aus. Der Zeremonienmeister sprang mit Verzögerung in Richtung der Feuerschale und stolperte über seinen Kimono. Er schlug hart mit dem Kinn auf dem Boden auf und verlor das Bewusstsein.

Der Shogun reagierte überhaupt nicht. »Feuerwerk, soso.«

Zwei Lakaien kamen hereingelaufen und schleiften den Zeremonienmeister hinaus.

Der Shogun erhob sich. »Trotzdem – wir sind Euch zu großem Dank verpflichtet. Ich würde Euch einen Platz an meinem Hof oder in meiner Garde anbieten, auch wenn Ihr noch jung seid. Aber ich habe das Gefühl, dass Ihr noch nicht am Ziel Eures Weges angekommen seid. Wenn Ihr glaubt, es erreicht zu haben, kehrt zurück und wir werden über Eure Zukunft sprechen.«

Dann geschah etwas Unerhörtes. Bevor er den Raum verließ, verbeugte sich der Shogun vor Mitsukoshi, der noch über die Worte des Fürsten nachdachte. Mehr als ein Dutzend Augenpaare schienen Mitsukoshi zu durchbohren, als er sich, immer noch leicht verwirrt, erhob und nach draußen schlich.

Ein unruhiges Gemurmel hing in der Luft, der Lärm der vielen Flüchtlinge wurde vom Wind über die Mauern getragen. Mitsukoshi kletterte die Mauer hinauf und lauschte dem lebendigen Atem der Stadt.

Weitere Kundschafter kamen durch das Osttor hereingestürmt, zügelten ihren Schritt und richteten ihre Kleidung, bevor sie die Audienzhalle betraten. Nicht lange und sie kehrten zurück ins pralle Sonnenlicht, um gleich wieder davonzulaufen.

Einer der Generäle, die bei dem Treffen mit Fürst Takayama dabei gewesen war, kam um die Hausecke marschiert und erklomm die Mauer. »Fürst Takayama ist fort. Er hat einen großen Teil seiner Truppen zurückgelassen, die nun führungslos umherirren.«

»Was geschieht mit ihnen?«

Der General zuckte mit den Schultern. »Die werden schon von allein verschwinden und in ihre Heimat zurückkehren. Wenn nicht, helfen wir nach. Die Flüchtlinge, die im Moment noch die Straßen verstopfen, werden wir wohl mit sanfter Gewalt hinauswerfen müssen.«

»Ah, deshalb der Lärm«, nickte Mitsukoshi.

Der General trollte sich.

Mitsukoshi blieb auf der Mauer sitzen und versuchte,

seine immer noch angespannten Nerven zu beruhigen, was bei dem Krach nicht so einfach war. Er überlegte, dass er wohl besser bis zum nächsten Morgen mit seiner Abreise warten sollte.

Kurz nach Sonnenaufgang wurde er von einem Diener geweckt, der ihn zum äußeren Tor begleitete. Dort wartete ein anderer Lakai mit einem gesattelten, schneeweißen Hengst. Der Sattel und das Zaumzeug waren mit geflochtenen Goldfäden verziert.

»Für mich?«, fragte Mitsukoshi erstaunt.

Der Lakai verbeugte sich wortlos und verschwand.

Die Stadt war immer noch voller Flüchtlinge, die aber freiwillig vor dem Samurai auf dem prächtigen Pferd beiseitetraten.

Mitsukoshi nahm das Westtor und den gleichen Weg, den er schon zu den Verhandlungen geritten war. Zu seiner Verblüffung war das gesamte Takayama-Heer verschwunden. Er ritt durch ein Feld rauchender Lagerfeuer, zerfetzter Zelte und zurückgelassener Kanonen, die in der Sonne glänzten.

Eine längliche, nagelneue Kiste weckte Mitsukoshis Neugier. Er stieg ab und trat mit der Ferse gegen den Kistendeckel. Die Kiste war mit Stoff ausgekleidet und enthielt vier Exemplare der neuen Waffe. Mitsukoshi nahm eine heraus und schaute sich das Teufelsgerät endlich einmal aus der Nähe an. Es war schwer, das lag vor allem an der Metallröhre, die aus dem grob geschnitzten Holzprügel herausschaute. Auf dem Holz waren das Emblem Takayamas und der Schriftzug einer Schmiede in Sakai eingebrannt. Angewidert und verbittert zerschlug Mitsukoshi den Schießprügel an einem Baumstumpf. Ihm war die Sinnlosigkeit seines Tuns bewusst, dennoch fühlte es sich gut an.

Mit jedem Schritt durch das Dickicht wurde Mitsukoshis Herz schwerer. Niedrig hängende Zweige schlugen ihm ins Gesicht, aber er spürte es kaum. Das Grün der Lichtung schimmerte zwischen den hohen Bäumen hindurch. Als er sie schließlich erreichte, blieb Mitsukoshi stehen. Ein leichter, warmer Nieselregen setzte ein, pladderte auf seinen Kopf und tröpfelte an seiner Nase entlang auf den Boden.

Mitsukoshi schloss die Augen.

Vor diesem Moment hatte er sich den ganzen Weg lang ein wenig gefürchtet. Nun drohte er, diesem Gefühl nicht mehr Herr zu werden.

Sein Puls pochte in seinen Ohren. Eigentlich gab es keinen Grund für das flaue Gefühl in seinem Magen. Nach den Erlebnissen der letzten Tage konnte selbst ein ausgewachsener, hinterlistiger Oni Mitsukoshi nicht mehr beeindrucken.

Mitsukoshi fragte sich, was Sensei Vanderveer wohl zu Kazumi gesagt hätte. Vermutlich nicht viel. Der Meister hatte von Frauen stets Abstand gehalten, von starken, mächtigen Frauen vermutlich ganz besonders.

Er riss sich aus seinen Gedanken und betrat die Lichtung. Das Schilfgras rund um den stark geschrumpften, kleinen Teich war schon vergilbt. Kein Grillenzirpen, kein Froschkonzert hing diesmal in der Luft, nur der Duft von wildem Jasmin, der von der Blüte ausging, die sich über dem Grab erhob.

Stille hüllte ihn ein.

Als er an dem kleinen Grabhügel angekommen war, kniete er nieder und dachte an die wunderschöne, junge Frau, die darin ruhte und von der niemand jemals erfahren würde, mit welchem Mut und welch außergewöhnlichem Geschick sie das Schicksal eines mächtigen Fürstentums gelenkt hatte. In diesem Moment nahm sich Mitsukoshi vor, Kazumis Geschichte für die Nachwelt festzuhalten und in alle Fürstentümer zu streuen.

Er erhob sich und ging wenige Schritte in den Wald hinein. Dort schlug er zwei stabile Äste und zog einen langen Streifen Rinde von einer Eibe ab. Zurück am Grab hieb er beide Äste auf passende Länge und verknotete sie mit dem Rindenstreifen. Er legte sein ganzes Gewicht auf das Kreuz und versenkte es tief in der weichen Erde, gleich neben dem Spross wilden Jasmins. Mitsukoshi trat ein paar Schritte zurück. Wie dies dem Gott der Kristen gefallen sollte, blieb für ihn schleierhaft. Der Gedanke, dass ihm Kazumi vom Himmel herab zusah, so wie es der Sensei immer von den Toten behauptet hatte, war eher ein wenig verstörend als beruhigend. Aber wenn es stimmte – und wer wusste das schon genau –, würde sie sich freuen. Diese Vorstellung war umso tröstlicher. Zur Sicherheit sprach Mitsukoshi noch ein paar Worte zum Geist des Waldes und auch zu Buddha.

Er blieb noch lange vor dem Kreuz sitzen und betäubte seinen Schmerz mit dem süßen Duft des wilden Jasmins.

Als am späten Nachmittag die Zikaden die Stille brachen und ihren Gesang anstimmten, entschloss sich Mitsukoshi aufzubrechen. Als er in den Wald trat, verstummten die Zikaden wieder. Mitsukoshi blickte erstaunt hinter sich und erstarrte. Ein Fuchs mit silbernem Fell betrat die Lichtung, wanderte langsam hinüber zum Grab und ließ sich darauf nieder. Sein offener, neugieriger Blick traf sich mit dem des zutiefst erschrockenen Menschen, der sofort in einer tiefen Verbeugung verharrte. Kazumis Grab würde für alle Zeiten unter dem Schutz des mächtigen Kitsune stehen. Als die Grillen erneut mit ihrem Gesang begannen, richtete sich Mitsukoshi auf und setzte seinen Weg fort. Er schaute nicht zurück.

Asahi Shimbun, 14. August 1992, Seite 12

Nippon News Network/Tokio/Kyoto • Bei Rodungsarbeiten südlich von Kyoto/Fushimi Ward, entdeckten Waldarbeiter ein mittelalterliches Hügelgrab. Darin befand sich nach Angaben von Prof. Inozuka Kazuo vom Nationalen Archäologischen Institut die außergewöhnlich gut erhaltene Mumie einer etwa 20-jährigen Frau, die inzwischen von Teilen der Presse den Titel »Herrin des Waldes« verliehen bekommen hat. (Wir berichteten.) Wie das Institut jetzt bekannt gab, konnte die Mumie auf etwa Mitte des 16. Jahrhunderts datiert werden. Bei ihr wurde lediglich eine einzige Grabbeigabe entdeckt, die es eventuell notwendig macht, den bis dahin vermuteten historischen Zeitpunkt über die Einführung des Christentums in Japan neu zu datieren. Wie der Sprecher des Grundstückseigentümers verlauten lässt, werden die Arbeiten am neuen Zentrallager der bekannten Kaufhauskette Mitsukoshi bis zum Ende der Untersuchungen unterbrochen. Nach deren Abschluss soll im nächsten Frühjahr im Untergeschoss der Kyotoer Filiale den Kunden eine getreue Nachbildung des Hügelgrabs präsentiert werden. •

Übersetzung: Reuters Tokio

Glossar

Ashigaru	Fußtruppen, Infanterie
Bakufu	japanische Behörden, die Verwaltung
Biwa-See	größtes Binnengewässer Japans, etwas größer als der Bodensee
Bushi	Krieger
Bushido	Weg des Kriegers
Bushi no nasake	Sinn des Kriegers für Gnade und Milde
Chonmage	Männerhaarschnitt mit einem Zopf
Daimyo	Fürst
Dai-Nihon	Bezeichnung für Japan
Dainichi	anfänglich (hilfsweise) von den Portugiesen verwendete Bezeichnung für Christus, eigentlich die Bezeichnung für die himmlische Manifestation des ursprünglichen Buddha
Daisho	Schwertpaar des Samurai
Datsue-ba	mythische alte Frau, die in der buddhistischen Unterwelt über das Schicksal der Seelen nach dem Tod entscheidet
Dojo	Übungshalle für die japanischen Kampfkünste
Eboshi	hohe Mütze aus Geflecht, die bei Shinto-Ritualen getragen wird, unter anderem auch von Priestern im Tempel; durch die hohe Form ist der Träger deutlich erkennbar
Enma	Richter der Unterwelt
Fuchi	Griffzwinge

Fuji-san	höchster und heiliger Berg Japans
Fukashi	alter Name der Burg Matsumoto im heutigen Stadtgebiet von Nagano
Fuke-shu	Bewegung innerhalb des Zen-Buddhismus
Futatsubiki	Mon des Ashikaga-Klans: ein Kreis mit zwei horizontalen Balken
Futon	Schlafunterlage aus Baumwolle mit Stoffumhüllung, etwa zehn Zentimeter dick und zum Verstauen in Wandschränken aufrollbar
Gaijin	abschätzige Bezeichnung für Nichtjapaner, insbesondere westliche Ausländer
Gampi	wörtlich: Gänsehaut; Seidelbast, der zur Herstellung von Papier verwendet wird
Gashira	Endkappe am Schwertgriff aus Knochen oder Metall
Geisha	gebildete Unterhaltungskünstlerin, die Gäste mit Musik, Gesang und Tanz erfreut
Geiko	eine Geisha in Kyoto; eine Unterhaltungskünstlerin mit langjähriger Ausbildung in Gesang, Tanz, Kalligrafie, mehreren Instrumenten, Konversation und der Teezeremonie
Gempuku	Zeremonie zur Volljährigkeit
Geta	hölzerne Sandalen mit hoher Sohle
Gokuraku	wörtlich: das Reine Land; das buddhistische Paradies, in dem man erleuchtet wiedergeboren wird

Gomai	aufwändige Schwertkonstruktion, bei dem ein Harteisenkern mit einer Weicheisenschicht umgeben und anschließend von einer Schicht Hartstahl umhüllt wird
Habaki	Klingenzwinge, klemmt das Schwert in der Scheide ein
Haiku	traditionelle, sehr kurze japanische Gedichtform
Hakama	Hosenrock
Hakobore	Scharten in der Schwertklinge
Hamidashi	Variante des Tanto-Kurzschwertes für den Nahkampf, kürzer als ein Wakizashi
Hamon	Härtelinie entlang der Klinge
Haori	leichte Jacke
Hiei-zan	Berg bei Kyoto
Hikone	Burgstadt in der heutigen Provinz Shiga am See Biwa
Hitatore	dünnes Hemd, meist aus Seide oder einfacher Baumwolle
Hon-maru	Hauptburg
Iwakura	heilige Steine im Shinto, die oft in Steingärten gepflanzt werden und auf den Betrachter eine besonders ästhetische Wirkung haben sollen
Kabuki	Theater, oft komödiantisch mit Musik, Tanz, Gesang und Pantomime
Kaginawa	Seil mit Enterhaken
Kaimyo	buddhistischer Ordensname, der Mönche nach ihrem Tod verliehen wird

Kakemono	langformatiges, austauschbares Rollbild, das zum Beispiel in Teehäusern in einer extra dafür vorgesehen Nische hängt und dem Betrachter ästhetisches Vergnügen bereiten soll
Kami	Naturgeist, Gottheit
Kamishimo	zeremonielle, zweiteilige Oberbekleidung eines Samurai mit ausgestellten Schultern
Kamo	Fluss bei Kyoto
Kanpai!	Prost!
Karakami	großformatige Schiebewände zur Unterteilung von großen Räumen in kleinere Einheiten
Katana	japanisches Langschwert
Katayaki	hartes Gebäck, das als Proviant diente
Katsura-gawa	Fluss bei Kyoto
Kesa	Mönchsrobe
Kimono	traditionelle, kaftanartige Bekleidung
Kirogo	Kulissenschieber beim Kabuki, traditionell ganz in Schwarz gekleidet
Kissaki	Spitze der Schwertklinge
Kitsune	Silberfuchs, mythisches Tier mit übernatürlichen Kräften
Koiguchi	Öffnung der Schwertscheide
Kondo	Haupthalle eines Tempels
Kongobu-ji	Haupttempel des Shingon Buddhismus auf dem Berg Koya
Komoso	bettelnder Wandermönch, der einer Schweigepflicht unterliegt

Kosode	kurzärmliger Kimono
Koto	Saiteninstrument, ähnlich wie eine Zither
Koya	Berg in der Provinz Wakayama, südlich von Osaka, damals Provinz Yamato
Kozuka	Zusatzmesser zum Schwert, auch Wurfmesser
Kurumasike	Hieb durch den Bauch, genannt »Ende des Rades«
Kwaiken	sehr kurzes Messer, eher ein Dolch
Maiko	eine Geisha in Ausbildung
Maku	eine temporäre Einfriedung aus großen Stoffbahnen als Sichtblenden
Mala	eine im Buddhismus verwendete Gebetskette aus 109 Perlen
Maru	einfachste Form der Schwertklinge aus nur einer Stahlsorte, meist aus Massenfertigung
Mekugi	Stift aus Holz oder Bambus zur Fixierung der Klinge im Griff
Miso	Paste aus Sojabohnen
Mon	Abzeichen, Logo
Mu-shin	erstrebter Geisteszustand im Zen, die Loslösung von allen Gedanken, ein völlig offener Geist
Musume	wörtlich: Tochter; beschreibt aber auch eine weibliche Person in Abhängigkeit
Naginata	Schwertlanze, die von Mönchen, Kriegern und Fußsoldaten gleichermaßen verwendet wurde
Nakago	Verlängerung der Klinge mit einem Loch, steckt im Griff

Nakasendo	Eine der fünf Hauptstraßen, die durch ganz Nippon führten, vom südlichsten Punkt bis hoch in den Norden. Diese verband Kyoto mit Edo, quer durch das Kiso-Gebirge.
Nanori	Lesart japanischer Namen, wörtlich: seinen Namen sagen
Nembutsu	Anrufung Buddhas
Nijo	Burg in Kyoto
Ninjutsu	Aufklärungs- und Tarntechniken der Shinobi, auch Kampftechniken
Ni-no-do	einen zweiten Körperschlag von rechts nach links schwingen
Nishijin-Obi	breiter Seidengürtel; Nishijin bezeichnet ein Kyotoer Viertel, in dem dieser kostbare Brokat, der denselben Namen trägt, heute noch hergestellt wird.
No	sehr formales, traditionelles japanisches Theater
Noren	Banner, oft mit Schriften verziert, vergleichbar mit Reklameschildern
Nori	getrocknete Seegras-Algen
Obi	breiter Gürtel oder Schärpe eines Kimonos; Obi und Kimono sollten in Farbe und Gestaltung stets zueinanderpassend gewählt werden und sich ergänzen
Ofuro	Badezuber
Omaku	gepolsterter Schemel für die Ellbogen, um im Schneidersitz den Rücken zu entlasten
Omeshi	Seidenkimono höchster Qualität
Onsen	wörtlich: heiße Quelle; ein Badehaus

Rajomon	südliches Stadttor Kyotos
Ronin	herrenloser Samurai ohne Anstellung, Land oder Vermögen
Ryu	Schule
Sashimono	So wird die hohe Standarte mit dem Mon des Daimyo genannt, die von reitenden Samurai und auch den Fußtruppen auf dem Rücken getragen wurde. Damit waren Truppenbewegungen für den General während einer Schlacht besser überschaubar.
Saya	Schwertscheide aus gehärtetem Leder
Shakuhachi	Flöte der Komoso aus Bambus
Shamisen	dreisaitiges, lautenähnliches Instrument
Shichirin	Kohlestöfchen
Shinobi	ursprüngliche Bezeichnung für einen Ninja, einen Meister des Verborgenen; Shinobis entsprechen heutzutage Spionen oder Kundschaftern, wurden aber auch zur Aufklärung und für heimliche Attentate eingesetzt.
Shogun	Der Shogun ist der oberste General aller Generäle, wurde vom Kaiser ernannt und nahm den politisch und militärisch höchsten Rang unter den adligen Samurai ein. Shogune regierten große Teile Nippons über viele Jahrhunderte. Erst im Jahr 1603 gelang es einem Shogun Macht über alle noch bestehenden Fürstentümer Japans zu erlangen und hat damit die Staatsgründung vorangetrieben.

Shoji	Schiebetür
Shuriken	Wurfstern aus Metall mit geschärften Spitzen
Soba	Nudelgericht
Sobo	Mönchszelle
Sobo	Berg im Süden Japans, auf der südwestlichen Insel Kyushu
Sohei	buddhistischer Kampfmönch
Soshu Kitae	Schwerttyp höchster Güte
Sumotori	Sumo-Kämpfer
Sumo	Sumo ist die japanische Form des Ringkampfes Mann gegen Mann mit festen, religiösen Ritualen und ausgefeilten Taktiken. Im Unterschied zum klassischen griechisch-römischen Stil, bei dem der Unterlegene mit seinem Rücken den Boden berühren muss, gewinnt beim Sumo derjenige Kämpfer, der den anderen als Erstes aus dem Kampfring bewegt oder ihn wie auch immer zu Boden befördert.
Suritsuke	Schwerthieb quer oberhalb der Achselhöhlen, wenn der Gegner das Schwert über den Kopf hebt; Schlagtechnik beim Tameshigiri
Tachi	säbelähnliches Langschwert, länger als ein Katana
Tai-tai	Querhieb auf Höhe der Achselhöhlen, Hieb beim Tameshigiri
Tameshigiri	Schwerttest, bei dem gerollter grüner Bambus mit gezielten Hieben zerteilt werden muss

Tansu	kleiner transportabler Schrank, häufig aufwändig verziert und aus edlen Hölzern gefertigt
Tatami	stabile Bodenmatte aus fein geflochtenem Reisstroh
Tanto	Kampfmesser, etwa dreißig Zentimeter lang
Tekagi	Handkrallen aus Eisen, Werkzeug eines Ninja zum Erklimmen von Mauern oder auch im Kampf
Tengai	tief herunterreichender Korbhut mit Augenöffnungen, der von Komoso getragen wird
Tenno	wörtlich: Himmlischer Herrscher; der japanische Kaiser
Tenshu	Wehrtum einer Burg, mit einem Bergfried vergleichbar
Toji	buddhistischer Tempel im Süden Kyotos mit einer fast sechzig Meter hohen Pagode
Tokonoma	traditionelle Wandnische, geschmückt mit einem Rollbild und einer Pflanze
Torii	symbolisches Eingangstor zu einem Schrein; sinnbildlich der Übergang in einen heiligen Bereich im Shinto: Die meisten Toriis sind leuchtend rot lackiert und es gibt sie in vielen Variationen, auch bei buddhistischen Tempeln.
Tsuba	Stichblatt eines Schwertes zum Schutz der Hände am Griff, oft prächtig verziert und aus edlen Metallen gefertigt

Tsuka	leder- oder stoffumflochtener Schwertgriff aus Holz
Tsukamaki	Griffwicklung aus Seidenband oder Baumwollfäden
Tsurugi	gerader Schwerttyp mit zweischneidiger Klinge
Uji	Fluss südlich von Kyoto
Wakige	Hieb durch die Brust in Höhe der Achselhöhle
Wakizashi	Kurzschwert (das Zweitschwert eines Samurai)
Wako	Piraten
Waraji	geflochtene Sandalen aus Pflanzenfasern, meist Hanf oder Reisstroh
Washi	typisch japanisches Papier, handgeschöpft aus Bastfasern
Yari	Speer
Yomyo	Kindername
Yukata	einfacher Kimono, dient auch als Bademantel oder Schlafanzug
Zen	Zustand meditativer Versenkung im Buddhismus
Zori	Sandalen, normalerweise aus Stroh geflochten

Peter Erfurt

Der Reiter des Königs

160 Seiten
Klappenbroschur mit Lesezeichen
Buntstein Verlag
ISBN 978-3-95669-023-5
9,99 €

Mohammed Durani hat nur einen Wunsch: Er möchte unbedingt am Buzkashi, einem Reiterspiel, in Kabul teilnehmen, und vor den Augen des Königs den Siegespreis erkämpfen. Eine harte Ausbildung, große Mühen und der gefahrvolle Weg über die feindseligen Berge des Hindukusch nach Kabul erwarten Mohammed und die anderen Reiter von Masar-i-Scharif. Doch einer von ihnen wird sich schon bald als Verräter erweisen. Auf der Heimreise nach Masar-i-Scharif werden die Reiter von Banditen überfallen. Ihr abtrünniger Gefährte hat sich den Räubern angeschlossen und so steht Mohammed seinem einstigen Freund nun in einem erbitterten Kampf gegenüber. Zwei von Mohammeds Kameraden lassen ihr Leben und der junge Afghane schwört Rache.

Unermüdlich jagt Mohammed den Mörder, weit bis in die gebirgigen Landschaften Nuristans, wo unter Führung eines Räuberhauptmanns bereits der Aufstand gegen den König in Kabul geprobt wird. Dort trifft Mohammed die schöne Tahera, deren Ehre durch Mohammeds treulosen Gefährten verletzt wurde. Als Liebesbeweis fordert sie von Mohammed blutige Rache … Doch ist Mohammed wirklich dazu fähig, seinen ehemaligen Freund kaltblütig zu töten?

Ein packender Jugendroman, der einen Blick auf ein fast vergessenes Afghanistan erlaubt!

Bitte beachten Sie die Leseprobe auf den folgenden Seiten.

Kapitel 1

Todesangst lähmte Mohammed. Über ihm kniete ein bärtiger Tadschike und drückte ein langes Messer an seinen Hals. In den Augen des Mannes glitzerte kalte Mordlust.

»Ich werde schon aus dir herauskitzeln, wo du dein Geld hast, du kleine Ratte«, zischte ihm der Fremde ins Ohr. Mohammed aber brachte vor Angst kein Wort heraus.

»Lass ihn, der andere hat das Geld«, rief hinter ihm der zweite Bandit, der zwei mächtige Patronengürtel über der Brust gekreuzt hatte und einen modernen Karabiner in der linken Hand hielt. An seiner rechten Faust baumelte ein Ledersäckchen.

»Aber Habibullah, das wird doch nicht alles sein?« widersprach der andere, ohne sein Messer nur eine Haaresbreite von Mohammeds Kehle zu nehmen.

»Ach was, du siehst doch, es sind noch halbe Kinder. Und sie haben nur Esel, keine Pferde. Mehr ist bei denen nicht zu holen.«

Der als Habibullah Angesprochene trat zu Mohammed. Auf sein Zeichen hin ließ der Bärtige den Jungen los. Mohammed richtete sich auf und betastete seinen Hals, doch er war unverletzt. Er betrachtete diesen Habibullah angespannt. Es war auch ein Tadschike, hochgewachsen und mit leicht mongolischen Gesichtszügen. Er strahlte Mut und Brutalität aus. Vor diesem Mann musste man sich in Acht nehmen.

»Du hast doch wirklich nichts?« fragte Habibullah ihn lauernd.

Mohammed überlegte ängstlich. Offenbar hatte Afzal geschwiegen. Also würde er das Versteck für seine Silbermünzen auch nicht verraten.

»Nein, Herr«, antwortete er betont unterwürfig. »Mein Cousin hatte unsere Reisekasse, er ist der Ältere von uns beiden.«

Habibullah blickte ihn prüfend an und nickte dann grinsend. »Na schön, ich glaube dir. Wenn du ein Mann wärest, würde ich dich töten. Aber Habibullah, den seine feigen Feinde auch Batscha-i-Saquao, Sohn eines Wasserträgers, schimpfen, vergreift sich nicht an Kindern. Das tun nur die dreckigen Paschtunen.«

Er spuckte aus und drehte sich um. Die Banditen sprangen in ihre Sättel und trabten nach Süden davon. Die Esel der Jungen nahmen sie mit.

Mohammed sah sich nach seinem Freund um. Afzal lag hinter ihm reglos auf dem Boden. Sein Hemd, unter dem er den Lederbeutel mit seinem Geld getragen hatte, war aufgerissen.

»Afzal, hörst du mich?« rief Mohammed erschrocken. »So wach doch auf, die Banditen sind weg!«

Zu Mohammeds Überraschung öffnete Afzal sofort die Augen und sagte ruhig: »Ich weiß, aber ich wollte erst ganz sicher gehen.«

»Warst du denn gar nicht bewusstlos?« staunte Mohammed.

»Nein, ich hatte nur keine Lust, mich von den Kerlen foltern und umbringen zu lassen. Mein Geld und meinen Esel haben sie, mein Leben sollten sie nicht auch noch bekommen.«

»Aber du standest doch vorhin hinter diesem Batscha-i-Saquao, diesem Sohn eines Wasserträgers. Du hättest ihn doch angreifen können?«

Afzal schüttelte den Staub von seinen Kleidern und schloss sein Hemd notdürftig.

»Nein danke! Bedenke doch, ich bin erst sechzehn Jahre alt, ein Jahr jünger als du. Außerdem hatte ich keine Waffen. Wie sollte ich zwei bewaffneten Männern gegenübertreten? Das wäre doch Selbstmord gewesen! Und wofür?«

Mohammed schwieg. Afzal hatte natürlich recht. Aber Mohammed hätte seinen Freund in der gleichen Gefahr trotzdem niemals der Folter und dem Tod ausgesetzt, auch wenn es sein eigenes Leben gekostet hätte. Aber vielleicht konnte man darüber wirklich verschiedener Meinung sein. Er wollte dem Freund zwar keine Feigheit unterstellen, ein wenig enttäuscht war er aber doch von ihm.

»Lass uns weitergehen«, versuchte er die peinliche Pause zu beenden. »Es ist nicht mehr weit bis Masar-i-Scharif.«

»Verdammt, aber jetzt müssen wir laufen!« fluchte Afzal leise.

»Ich weiß«, lachte Mohammed, »aber wir können doch nicht hier sitzen bleiben und uns ärgern.«

So machten sich die beiden auf die letzte Etappe ihres Weges. Sie waren seit zwei Tagen von Khanabad, ihrem Heimatort, unterwegs zur Provinzhauptstadt Masar-i-Scharif. Afzal Younus war der Sohn eines begüterten Pferdehändlers, während Mohammed Duranis Vater, Abdul Durani Khan, der Malik von Khanabad war. Nur durch sein Ansehen hatte es Abdul Khan zum Malik, zum Bürgermeister also, gebracht, denn was Reichtum anging, konnte er sich mit Afzals Vater, Fath Younus Khan, nicht messen. Doch der Malik stammte aus dem ruhmreichen Stamm der Abdali-Durani-Paschtunen, aus dem auch die Emire und Könige Afghanistans hervorgegangen waren. Mohammed gehörte daher eigentlich ganz entfernt zur Sippe des in Kabul regierenden Königs Amanullah Khan, der seit 1919 als Nachfolger seines Vaters, des Königs Habibullah Khan, auf dem Thron saß. Natürlich waren die Duranis auf ihre Abstammung sehr stolz, obwohl sie eigentlich kaum etwas davon hatten.

Die »fetten Posten« in der Regierung teilten sich nämlich die Brüder und Cousins des Königs. Nicht einmal seine Stellung als Malik verdankte Abdul Durani dem König. Nur als er jung war, hatte er einmal an der Seite des mächtigen und gefürchteten Emirs Abdur Rahman Khan gefochten.

Die Geschichte dieser Taten hatte Mohammed schon oft gehört, denn ein echter Paschtune war stolz auf die Taten seiner Ahnen und seiner Stammesbrüder. Natürlich wollte auch Mohammed eines Tages große Taten vollbringen – Inschallah! – wenn Allah es so wollte.

Afzals Familie war nicht von so edler Abstammung. Er war in Wirklichkeit auch kein Cousin Mohammeds, wie dieser dem Räuber vorgeschwindelt hatte. Afzals Großvater war ein kleiner turkmenischer Basarhändler gewesen. Sein Vater Fath Younus hatte sich den Ehrentitel eines Khan – eines Herrn – vor allem durch seinen Reichtum erworben, während Abdul Durani bereits durch seine Geburt als ferner Abkömmling der Sippe der Durani-Prinzen Anspruch darauf hatte, Khan genannt zu werden.

Die Jungen liefen den ganzen Vormittag ohne Pause durch die Ödnis. Trockene Steppe und Felsen säumten links und rechts den schmalen Pfad, der von Khanabad nach Masar-i-Scharif führte. Ab und zu sahen sie eine Distel oder einen verdorrten Strauch. Nach Wasser hielten die Jungen vergeblich Ausschau.

»Ich habe Durst«, klagte Afzal gegen Mittag. »Dass diese Halunken auch unsere Wassertöpfe gestohlen haben! Allah möge ihre Seelen in der Dschehenna, der schrecklichen Hölle, peinigen!«

Mohammed ging gleichmütig weiter und antwortete nur: »Spar dir deine Kraft und deinen Atem. Wir müssen bis Masar durchhalten.«

»Ich kann aber nicht mehr laufen!« jammerte sein Freund.

»Na gut«, gab Mohammed etwas ärgerlich nach. »Legen wir eben eine Rast ein. Hinter diesem Felsen ist etwas Schatten. Wir werden uns dort ausruhen.«

Afzal ließ sich einfach hinfallen, während Mohammed sich noch suchend umschaute. Plötzlich wurde er bleich und starrte auf einen dunklen Fleck neben seinem Freund. »Rühr dich nicht!« zischte er. »Neben dir ist ein Skorpion.«

Afzal wurde starr vor Angst und wimmerte: »Diese Reise steht nicht unter dem Schutz Allahs. Erst der Überfall und nun ein Skorpion. Wäre ich dir doch nur nicht gefolgt!«

Mohammed hörte nicht auf ihn, sondern suchte sich einen Stein, mit dem er blitzschnell zuschlug. Der schwarze Skorpion, eine besonders giftige Art, war sofort tot. Doch sein Stachel richtete sich noch einmal auf. Afzal sprang sofort zur Seite und starrte mit weit aufgerissenen Augen auf das tote Tier. »Das ist ein Dämon, ein Teufel!”

»Ach was, hab dich nicht so, das ist doch nicht dein erster Skorpion gewesen!” fuhr ihn Mohammed an und setzte sich dann ungerührt in den Schatten. ...

Peter Erfurt

Die Rose von Nuristan

144 Seiten
Klappenbroschur
Buntstein Verlag
ISBN 978-3-95669-024-2
9,99 €

Afghanistan im Jahr 1929: Ausgezeichnet von König Amanullah für sein Geschick als Buzkashi-Reiter, geriet Mohammed Durani auf der Heimreise in einen Hinterhalt, bei dem sein ehemaliger Kamerad Afzal den Mannschaftsführer tötete und das Geschenk des Königs, eine kostbare Fahne, raubte. Mohammed schwor Rache.

Nun verfolgt er seinen Gegner Afzal bis in die Berge Nuristans. Als der Gejagte versucht, skrupellos eine junge Frau als Schutzschild gegen Mohammed in seine Gewalt zu bringen, kann dieser sie gerade noch vor Afzal bewahren. Doch Mohammed, der sich unsterblich in die »Rose von Nuristan« verliebt hat, will die scheinbar verletzte Ehre des Mädchens wiederherstellen. Dafür muss er seinen Gegner bis zum Tod jagen …

Packend und verzaubernd: Das zweite Abenteuer des »Reiter des Königs« entführt in die wilden Berge Afghanistans, mitten durch den blutigen Bürgerkrieg des Jahres 1929, der zum Sturz des Königs führt.

Mara Lang

RUN

416 Seiten
Klappenbroschur
Buntstein Verlag
ISBN 978-3-95669-039-6
12,95 €

Jans Welt steht Kopf: Seine kleine Schwester Katja befindet sich in den Händen eines Entführers. Bislang gibt es keine Lösegeldforderung, die Polizei tappt im Dunkeln.
Als Jan eine Datenbrille und einen Hinweis auf Katja zugesandt bekommt, steigt er über eine Social-Network-Plattform in das interaktive Spiel RUN ein. Der ominöse Spielleiter Zero schickt ihn und sechs weitere Jugendliche auf einen Adrenalintrip quer durch Wien, bei dem eine Reihe riskanter Aufgaben zu bewältigen sind, die mittels Videofunktion der Datenbrille aufgezeichnet und im Internet auf der Seite von RUN präsentiert werden. Täglich stellt Zero ein neues Rätsel auf der Seite von RUN ein, das bei richtiger Lösung Austragungsort und Uhrzeit des nächsten Levels verrät. Die eigentliche Aufgabe des Levels nennt Zero meist kurz vor Spielbeginn und hierbei entscheiden Zeit und Geschicklichkeit über die Platzierung der Spieler. Spieler, die ein Level nicht bewältigen, scheiden aus. Nach Auswertung der Videos gibt Zero die jeweils aktuelle Reihung bekannt. Ziel des Spiels ist es, durch Punktehöchststand den Sieg zu erringen und einen auf den Spieler individuell zugeschnittenen Preis zu kassieren.
Doch bald wird Jan klar: Er spielt um Katjas Leben …

Packend bis zur letzten Seite: ein Jugend-Thriller, in dem alles auf dem Spiel steht!